UN ÁNGEL ENTRE SOMBRAS

Agustín Del Valle y Lucero Del Valle

Mola
Publishing
Internacional

ISBN: 978-1-61244-754-4
Número de Control de la Biblioteca del Congreso: 2019906259

Impreso en los Estados Unidos de América

Hola Publishing Internacional
1100 NW Loop 410
Suite 700 - 176
San Antonio, Texas 78213
www.holapublishing.com
contactomexico@halopublishing.com

Para mi mamá, a quien aún le sigo contando mis secretos y abrazo todas las noches. Es cierto: el amor trasciende la muerte. A mi papá, el hombre más bondadoso que conozco y mi ejemplo a seguir. Papi: fue un honor haber escrito este libro contigo. A mi hermana, mi mejor amiga, mi incondicional y quien me hace un poquito más fuerte cada día.

Gracias a los tres, los amo para siempre.

-Lucero

A mis hijas que son mi motor de cada día, quienes me han enseñado a ser mejor padre, mejor ser humano y a lograr plasmar mis ideas en este libro.

A mi esposa, que aunque ya no está presente y no pueda leer este libro, sigue viva en mi corazón y en mis pensamientos. Sé que está a mi lado en cada momento de mi vida.

Las amo, gracias por compartir la vida conmigo.

-Agustín

Índice

CAPÍTULO 1
La llamada

Después de un día fatigante, regresé a mi casa con la idea de tirarme en la sala, disfrutar de una deliciosa taza de café, intentar olvidarme por un rato del trabajo y ver la televisión hasta quedarme dormido. Al fin que no era la primera vez que me quedaba en mi sillón favorito hasta otro día, así que, fui por una cobija, mi almohada más mullida y mi reloj despertador, la alarma la dejé puesta para que me despertara en punto de las cinco cuarenta y cinco de la mañana; lo coloqué en el suelo justo debajo de donde pudiera alcanzarlo cuando sonara al siguiente día, las demás cosas las puse encima del sillón, para después acomodarlas; me dirigí a la cocina para buscar lo necesario, y tomarme esa tan merecida taza de café, prendí la cafetera y la puse a funcionar, regresé a mi habitación para buscar mi pijama, mis pantuflas y enseguida meterme a bañar, no cabe duda que un buen baño resucita hasta un muerto. Me sentí como nuevo, después regresé a la cocina y me serví una taza enorme de café, le di unos sorbos para disfrutar su sabor por unos instantes, después me dirigí a la sala, acomodé la almohada, extendí la cobija, tomé el control remoto de la televisión para darle vuelta a la programación y decidir en qué canal dejarle, cuando de pronto sonó el teléfono, me sentía tan relajado y cómodo que lo primero que pensé fue el no contestar, pero después se me ocurrió que podría ser alguien del Instituto, o algún paciente con alguna urgencia, así que, muy a mi pesar, levanté el auricular y contesté.

Antes, quisiera hacer un paréntesis para platicarles a qué me dedico desde hace ya algunos años. Me llamo Javier Beltrán, tengo

39 años, soy doctor en psicología y en parapsicología, es decir, me dedico a los fenómenos paranormales físicos o psíquicos, y ha sido mi especialidad desde hace ya varios años, además de ser catalogado por muchos de mis colegas como un escéptico de hueso colorado, mi trabajo en el Instituto de parapsicología e investigación de fenómenos paranormales es investigar, analizar y llegar hasta el fondo de cada caso que tengo a mi cargo, siempre siendo lo más objetivo y veraz posible en mis dictámenes, por eso, para un verdadero investigador que se tache de serlo, es muy difícil determinar si un fenómeno acontece por razones físicas y naturales, o si de lo contrario se debe a un fenómeno extrasensorial, provocado por personas con habilidades muy especiales, o casos que aparentemente no tienen explicación lógica, como son la telequinesia, percepción extrasensorial, entre las cuales se encuentran la telepatía, clarividencia, visiones, apariciones, los sueños y algunas otras habilidades que en la parapsicología se llaman, "fenómenos PSI", un término más natural y no sugestivo de las causas, experiencias, y fenómenos que se estudian, y que tienen que ver más con el cerebro humano que con alguna otra causa, mismas que en la antigüedad y aún en nuestros días se siguen tachando de brujería o de posesión diabólica.

- Sí, ¿Bueno? - esperando que fuera alguien del Instituto, no lo dejé contestar - Espero que sea algo muy urgente o de lo contrario voy a colgar - Pero la persona del otro lado del teléfono me suplicó

- ¡No, por favor no cuelgue!, ¡se lo ruego!

La voz no era de alguien que yo conociera, sin embargo, su tono angustiante me dejó por unos segundos sin habla, instantes que aprovechó para seguirme diciendo.

- Usted no me conoce, pero es de vida o muerte que esté enterado de algo que sucedió, que es el inicio de muchos cambios en el mundo y que marcará el fin de la humanidad si no hacemos algo por impedirlo.

Pensé que todo esto se trataba de una broma, así que molesto le dije:

- ¡Oiga!, ¡qué le pasa amigo!, ¡éstas no son horas de molestar!, ¡y menos de hacer bromas como esta!

Cuando estaba a punto de colgar me volvió a suplicar:

- ¡No, por favor no vaya a colgar y escúcheme!, esto no es ninguna broma, quizá lo que está a punto de conocer le parecerá increíble, pero le aseguro que todo es verdad.

Después me hizo una pregunta

- ¿Ya revisó su correo? - yo le respondí con otra pregunta

- ¿Qué tiene que ver mi correspondencia con esto? Le repito, si esto se trata de una broma averiguaré de donde está llamando y recibirá su merecido.

- Le aseguro que no, por favor le pido que revise su correspondencia doctor Beltrán, ahí encontrará tres sobres de color amarillo, todos están numerados, solo le pido que los vea con mucha atención, y por favor no tome un juicio a la ligera de lo que le acabo de enviar, sin antes hacer sus propias investigaciones; le juro que todo lo que se encuentra ahí es verdad.

- Pero usted no me conoce, ¿cómo consiguió mi teléfono y mi dirección?

- Esto no es importante ahora, lo realmente importante es lo que le estoy diciendo. Después me volveré a poner en contacto con usted.

Y sin decirme más nada, colgó. No sabía si había sido objeto de una broma, pero me dirigí de inmediato a recoger la correspondencia, mi mente se encontraba llena de curiosidad, de dudas, así que mis ojos buscaban afanosamente esos sobres amarillos, quizá primero para asegurarme de que no había sido una broma, aunque también el hecho de jugar al detective e investigador me parecía fascinante.

Revisé en el interior del buzón, encontré varias cartas y junto con ellas, tres sobres de color amarillo perfectamente cerrados que tomé de inmediato, como temiendo que alguien me los quisiera quitar, al tiempo que volteaba hacia afuera y miraba para todas partes a través de la reja intentando descubrir a la persona que me los había mandado. Vivo en una casa de una planta, en una zona tranquila y de buen nivel económico, pero últimamente se ha dejado ver gente sospechosa rondando por el vecindario a altas horas de la noche. Así que, con cierto nerviosismo, agarré todo el material pensando quizá que en alguna carta pudiera haber algún dato o más instrucciones de la persona que me había llamado. De inmediato me dirigí nuevamente a la sala, me senté en uno de los sillones y con cuidado comencé a tomar los sobres, no sé, de pronto me sentí angustiado, llegué a pensar que al abrir alguno podría haber un explosivo, después, yo mismo me tranquilicé, esto era absurdo, como investigador de fenómenos paranormales, muchas veces vivo experiencias hasta escalofriantes, así que continúe abriendo la correspondencia. Comencé a quitarles las envolturas, estaban perfectamente cerrados, como evitando que se fueran a desprender entre ellos. Efectivamente, cada sobre estaba numerado, así que tomé el que tenía el número uno y lo empecé a abrir; en su interior solo había una hoja de papel con muchas líneas escritas a mano que parecían las instrucciones de lo que tenía que hacer.

SOBRE NÚMERO UNO

Primero que nada le pido nuevamente que me disculpe por la llamada tan misteriosa, y también por lo misterioso que parece todo esto, pero es que tenía que estar seguro que esta información llegara a sus manos sin ningún contratiempo, doctor Javier Beltrán. Hay mucha gente que quiere evitar a toda costa que la información que tiene en sus manos se dé a conocer a todo el mundo, hasta que ya no se pueda hacer nada, y él esté preparado para que todos lo conozcan, cuando sea ya demasiado tarde. En el sobre marcado con el número dos está el relato de esta historia que ojalá nunca hubiera pasado. Gran parte de la información que tiene en sus manos la recopilé de todos los que estuvimos directamente involucrados en esto, otra parte me la entregó el afectado en un relato de lo que poco a poco fue recordando, y que lo estaba atormentando hasta el grado de ya no saber quién era. No sabe, doctor Beltrán, el dolor tan grande que es para mí hacer lo que estoy haciendo, pero aún tengo la esperanza de impedir que esto suceda, y logre recuperar a mi nieto, arrancándolo de ese destino que él no eligió. Pienso en todos los momentos que vivimos juntos, que recordamos cuando pudimos platicar por última vez a solas, y que llorando se pudo desahogar conmigo, pensando quizá en todo lo que le estaba pasando y que en ese momento, aún no sospechaba todo lo que se estaba preparando a su alrededor. Después de ésta última vez que nos vimos, ya no fue lo mismo ni para él, ni para mí. Le vuelvo a pedir que lea todo sin adelantar ningún juicio, además en el sobre número tres está una parte de las únicas pruebas de lo que le estoy diciendo, el resto de ellas se las entregaré personalmente cuando llegue el momento, ya que aunque había muchas más, las destruyeron sus mismos padres. Le suplico que extreme todas las precauciones que sean necesarias para evitar que caigan en manos extrañas, ya que si esto pasara, no habría forma de poner al mundo sobre aviso, y la humanidad entera estaría perdida.

Creo que la mejor oportunidad de que mucha gente conozca lo que tiene en sus manos es precisamente en el Congreso que tendrá usted dentro de diez días, en el que habrá muchos medios de comunicación masivos, tanto nacionales como extranjeros, pero hasta que llegue ese momento, le pido nuevamente que tenga mucho cuidado, y extreme todas las precauciones que sean necesarias, estoy seguro que elegí a la persona indicada, por favor le pido que no se adelante con el contenido que le estoy entregando, y siga al pie de la letra mis instrucciones.

Por favor, Doctor Beltrán, le pido que tome esto con la seriedad que siempre acostumbra poner en su trabajo, le aseguro que los nombres y acontecimientos que aparecen aquí son reales, aunque si usted quiere, puede investigar, solo le pido que por favor lo haga de forma discreta y tenga mucho cuidado. Después, como le dije por teléfono, tendrá más noticias mías, esté alerta, ya que la próxima vez no será por teléfono, y que Dios le indique el camino o los caminos que debe seguir para que todo esto salga a la luz.

Con estas palabras, concluía el primer sobre. Busqué dentro, pensando que pudiera haber algo más pero no encontré nada, solo esa única hoja en la que me preparaba para lo que estaba por venir.

Lo realmente extraño era lo que me estaba pasando, que siendo un profesional de toda clase de fenómenos, este asunto me estaba poniendo un poco nervioso, quizá influía mi formación católica, ya que desde muy niño mis padres y principalmente mi madre, me inculcaron todo lo referente a esta religión, sin embargo, conforme fue pasando el tiempo, dejé de creer en muchas cosas y comencé a adentrarme en el mundo de la ciencia. Decidí tomar las cosas con calma y no darle la seriedad que todo esto parecía tener; dejé los sobres en el sillón a un lado mío, traté de tranquilizarme, me recosté por unos segundos sobre el cojín que apenas hacía unos minutos había traído para descansar, respiré profundamente varias veces, para después levantarme y dirigirme a la cocina por otra taza de café, ya que la primera se me había enfriado. Me serví el café y aproveché para ponerle un poco más de agua a la cafetera, pensando quizá, que ésta sería una noche muy larga.

Me senté nuevamente en el sillón, le di un sorbo a mi café, y tomé el sobre marcado con el número dos, al momento que lo estaba abriendo, volví a sentir un poco de nerviosismo, pero al mismo tiempo en mi interior me repetía "seguro que esto es una broma de un loco que pretende ponerme nervioso y reírse de mí, pero no le va a funcionar". Qué equivocado estaba en ese momento.

Abrí el sobre, y en su interior había solo papeles, una gran cantidad de hojas, saqué los papeles que estaban dentro, busqué si en el interior del sobre había algo más, pero no encontré nada; mi primera intención fue ponerme a leer el contenido de la primera hoja, pero la curiosidad me hizo abrir el sobre número tres, con la intención de ver que contenía y si había algo más que solo papeles, en él se encontraban dos discos también marcados como video número uno y video número dos, tomé el disco número uno y lo puse en la computadora para averiguar de una vez de qué se trataba todo esto. En ese momento, recordé que me había pedido no adelantarme a sus instrucciones, así que pese a mi curiosidad saqué el video y lo dejé nuevamente en el sobre correspondiente, agarré la primera hoja de lo que parecía ser una larga narración y recordé lo que me había dicho: tomar lo que tenía en mis manos con la seriedad que acostumbro darle a mi trabajo, que los nombres de todas las personas que ahí aparecían eran reales, y que con discreción, pero sobre todo con mucho cuidado, podía verificarlo. Por fin comencé a leer las primeras líneas, también para descubrir qué tenía que ver yo en todo esto. Lejos estaba de saber en lo que me estaba metiendo, y a donde me iba a llevar este asunto.

La historia había sucedido durante el mes de junio, hace casi doce años. En este momento, no entendía por qué se había dejado pasar tanto tiempo para querer dar a conocer toda esta información. Solo cuando me involucré lo pude entender. Esta es la historia, y para mí desde ese momento, el inicio de la peor pesadilla que jamás me hubiese imaginado vivir.

SOBRE NÚMERO DOS

Eran como las seis de la tarde, la fecha jamás la olvidaré: 6 de junio.

La tarde estaba nublada y amenazaba con venirse una tormenta, me encontraba en mi habitación terminando mi tarea cuando escuché un ruido que de momento no supe de donde venía, había dejado varias cosas sobre la cama, así que pensé que algo se había caído, y por inercia me agaché para buscar lo que había ocasionado el ruido, pero al no encontrar nada, pensé que había sido alguna otra cosa, así que no le di importancia. De nuevo lo volví a escuchar, pero en esta ocasión sí lo pude ubicar. El ruido provenía del clóset que mis padres habían mandado hacer provisional, y que por puertas tenía unas cortinas que lo cubrían de lado a lado. Así que me acerqué para recoger lo que se había caído, pensando en alguna prenda de ropa mal puesta, pero al abrir la cortina no lo podía creer, lo que vi me dejó totalmente sin habla. Vi una cueva obscura, tenebrosa y muy ancha, al mismo tiempo que escuché una voz que me hablaba por mi nombre.

- Alberto, Alberto, entra, no tengas miedo - algo muy raro me ocurrió, era como si no tuviera miedo, de hecho, sentí como si algo me jalara para entrar a ese lugar.

Conforme iba avanzando a través de la cueva percibí un horrible olor y algo de frío; aquella voz se hacía más fuerte, y al llegar al final vi una figura, que ahora que lo pienso, no entiendo como no le tuve miedo. Era un ser alto, con el rostro hinchado, su piel era oscura, traía puesto un traje obscuro, su cabello era negro, tenía una barba terminada en punta y ojos negros con una mirada muy penetrante. Al estar frente a él, me dijo:

- Acércate – después, señalando al frente, mencionó - ¿todo lo que ves ahí te parece hermoso? - Yo solo asentí con la cabeza, no sabía qué pensar en ese momento, y sobre todo no tenía idea de lo que estaba pasando. Él me volvió a decir

- ¿Te gusta? – pero no dio tiempo a que le respondiera - todo lo que ves ahí puede ser tuyo, solo tienes que hacer desde hoy todo lo que yo te diga, si actúas y piensas como yo quiero que lo hagas.

Quizá la expresión de mi rostro se veía extraña y llena de confusión, así que me volvió a decir.

- ¿Tú no tienes casa, verdad? Vives con tus papás en este cuarto, como arrimados, y con todos los problemas que tienen con tu abuelo y tu familia, dime, ¿no te gustaría que tú y tus papás tuvieran una casa muy grande y hermosa y que hicieran lo que les diera la gana, sin que nadie les dijera nada? Pues esto y muchas cosas más te ofrezco, nada más tienes que hacer lo que yo te diga.

Con una voz que apenas salió de mi garganta, le pregunté.

- ¿Quién es usted? ¿Es rico? ¿Por qué quiere darme todo eso a mí si no me conoce? No quiero estar aquí, quiero regresarme a mi casa

En ese momento, corrí de regreso a través de la cueva, hasta que toqué las cortinas de mi clóset, conforme iba corriendo, escuché su voz que me gritaba.

- Piénsalo, piensa en ti y tus papás

Su voz penetró en mis oídos como taladrándolos, abrí las cortinas y aturdido, me senté un momento en mi cama, estaba helado y temblando, no sabía si era por el frío de aquella cueva o por el pánico de lo que me había sucedido. Después, salí corriendo para contarle a alguien lo que acababa de pasar. Con el primero que me tropecé fue con mi abuelo, al que de inmediato le empecé a platicar de una manera tan rápida, que él tuvo que callarme.

- ¡Espera, espera!, ¡no te entiendo nada!, dímelo otra vez pero despacio – después, mirándome a los ojos me dijo - te escucho.

Yo le empecé a relatar detalle a detalle todo lo ocurrido, y al írselo contando, iba sintiendo un miedo que en aquel momento no sentí, un miedo que después se convertiría en pánico.

Mi abuelo trató de tranquilizarme.

- Mira hijo, lo más seguro es que te quedaste dormido y tuviste una pesadilla, para que estés tranquilo vamos a tu recámara a revisar tu clóset.

Con algo de temor, me dirigí de la mano de mi abuelo para revisarlo, él corrió las cortinas y para sorpresa mía, solo había lo que tenía que haber: ropa, y bolsas que cubrían todo el diámetro del clóset. Para terminar de convencerme, hizo a un lado algunas prendas de ropa y me mostró el fondo, éste tenía una pared de concreto de lado a lado.

- ¿Ves, hijo?, todo fue un sueño, una pesadilla – luego me pidió que saliera a jugar el resto de la tarde para olvidarme de aquel desafortunado incidente y yo, pensando que quizá tenía razón, le hice caso.

Al día siguiente no pasó nada, tenía algo de miedo, no quería entrar a mi recámara, y menos pasar por el clóset, pero trataba de convencerme que todo había sido una pesadilla, así que logré tranquilizarme y todo parecía marchar normal, pero la tarde siguiente, entré a la recámara para dejar mi mochila, ya que había hecho la tarea en el comedor con todos mis primos, quizá por no quedarme solo en mi habitación les pedí que la hiciéramos juntos, y cuando estaba por salir, escuché un horrible gruñido como de un animal salvaje que está listo para atacar, me dieron ganas de salir corriendo, pero tenía tanto miedo que me quedé como estatua, comencé a sudar copiosamente. De pronto, volví a escuchar esa voz gruesa y cavernosa que salía del clóset.

- Alberto, Alberto, ven acércate - no sé qué me ocurrió, pero algo cambió dentro de mí, y por segunda vez el miedo había desaparecido.

Así que me acerqué al clóset y al abrir la cortina ahí estaba nuevamente esa cueva grande y obscura. Fui caminando a través de ella, y justo al final, ahí estaba de nuevo ese ser tan extraño, me detuve unos pasos antes, pero él me dijo.

- Acércate aquí conmigo - yo me moví un poco más hasta quedar a un lado de él. Después, me miró con sus ojos profundos y me preguntó - bien, ¿qué has pensado?

- ¿De qué? – le respondí en voz baja y por primera vez, alzó el tono de su voz

- ¿Cómo que de qué, ya lo olvidaste? – yo me sentí intimidado, así que quizá pensando que su actitud me podría asustar, suavizó el tono de su voz de inmediato.

- Recuerda todo lo que te ofrecí - y como por arte de magia aparecieron ante mí las imágenes de paisajes y casas muy grandes y hermosas que antes ya había visto – mira - me dijo - ¿ya te acordaste?, una gran casa con hermosos jardines y todos los lujos para ti y tus papás, además de muchas cosas más que pueden ser tuyas. Nada más tienes que hacer todo lo que yo te diga.

Por unos instantes, dejó que siguiera viendo esas imágenes y hasta hizo que me viera viviendo en ella con mis papás. Después las imágenes se esfumaron.

- Entonces… ¿qué me respondes?

Yo le respondí, con algo que él no esperaba

- Usted no existe, yo debo estar dormido y todo esto es otra pesadilla como la otra vez. ¡Mi abuelo me dijo que tratara de despertar y que rezara con todas mis fuerzas para que usted se fuera!

Al terminar de decirle esto me dijo en un tono desesperado:

- No, no, espera, quizá eso de casas y jardines hermosos no es para ti ni tus papás - moviendo su mano me dijo - mejor, mira, ¿qué te parece?, es todo tuyo - y por increíble que sea, apareció ante mí un enorme baúl como de metro y medio de largo, por uno de ancho y uno de altura, totalmente lleno de monedas de oro hasta el tope - con todo este oro podrás ser el más rico del mundo y gastarlo en lo que tú quieras, podrás tener todos los centros de diversión que desees y darle a tus papás todas las comodidades que ellos se merecen. Tómalo, es todo tuyo - me quedé mirando el oro, en mi mente se repetían las palabras que él me había dicho y para terminar de convencerme, me hizo ver imágenes de centros recreativos que no conocía, en ellos estábamos juntos mis papás y yo, rodeados de lujos y gente sirviéndonos. Así que, por unos instantes me quedé sin habla, instantes que él aprovecho para dar por hecho que estaba de acuerdo - esta noche en punto de las doce iré a tu cama para que me acompañes nuevamente hasta este lugar, en donde cerraremos el trato, y ahora será mejor que regreses por donde viniste.

Conforme iba saliendo a través de la cueva el miedo se fue apoderando de mí, así que al chocar con las cortinas salí corriendo fuera de la habitación y busqué a quién decirle lo que me acababa de suceder. Con buena suerte para mí, choqué con mi tía María, hermana mayor de mi mamá, quien al verme tan acelerado me dijo:

- Espera, tranquilo, ¿qué te pasa?, parece que te van persiguiendo, hijo, y casi me tiras.

- ¡Tía, tía, otra vez lo vi., otra vez lo vi! - le dije totalmente asustado.

- ¿A quién viste, hijo?, ¡cálmate y cuéntame lo que te sucedió! - Yo la abracé y en sus brazos me puse a llorar. Ella dejó que me desahogara por un momento, después me miró y me volvió a preguntar.

- A ver, hijo, ¡dime a quién viste que estás blanco del susto!

Yo le platiqué, al igual que a mi abuelo, lo que me estaba sucediendo, ella tratando de tranquilizarme me platicó que algunas veces nos pasa a todos que un mal sueño o pesadilla se repetía o tal pareciera que fuera la continuación de la pesadilla anterior. Después, me tomó de las manos dulcemente y me dijo:

- Trata de olvidar toda esa horrible pesadilla, lo que vamos a hacer es que te voy a poner agua bendita en la frente y en la nuca, además te pondré este escapulario para que te proteja y te acompañe en todo momento. Y antes de acostarte les pedirás mucho a Dios y a tu ángel de la guarda que te acompañen toda la noche y te manden un sueño tranquilo.

- Oye tía, ¿qué es el escapulario? – pregunté un poco más tranquilo.

- Son dos pequeños cuadritos de tela con imágenes de Dios, y de la Virgen María, amarrados por dos cordeles y se cuelga en el cuello. Está bendito, hijo y te protegerá de todo mal.

Todo lo que en ese momento hizo mi tía por mí me volvió a tranquilizar, así que, pensando que ella tenía razón me salí a jugar para tratar de distraerme, el resto de la tarde transcurrió muy rápidamente, ya estaban por llegar del trabajo mis padres. Mi padre era un hombre duro e incrédulo, así que ni pensar en decirle lo que me estaba pasando, después dudé un momento en decirle a mi madre, pero entonces escuché que estaban discutiendo, así que decidí que por el momento podía guardar todo esto para mí.

Merendamos juntos, me quedé viendo la televisión un rato para después ponerme mi pijama y hacer mis oraciones como todas las noches, pero esta vez con todas mis fuerzas. Gracias a Dios, esa noche no pasó nada, y dormí hasta el otro día. Cuando escuché el despertador, me levanté por primera vez feliz y de inmediato le di gracias a Dios por una noche tranquila. Me fui a la escuela junto con mis primos, aunque no estaba muy lejos de la casa, siempre procurábamos salir todos juntos. El resto del día no pasó nada, pero al llegar la noche e irme a dormir, me di cuenta de un detalle, el escapulario que me había puesto mi tía, por alguna extraña razón había desaparecido de mi cuello, de inmediato me puse a buscarlo por toda la habitación, pero todo fue inútil, el escapulario ya no estaba conmigo. Mi error fue no decir nada, así que con miedo me acosté en mi cama, apreté fuertemente mis ojos para que el sueño llegara rápido y pasara pronto la noche, el escuchar a mis papás platicar y tener un rato más la tele prendida, me dio confianza y me quedé dormido, pero en punto de las doce de la noche volví a escuchar ese gruñido que me paralizó de miedo, yo no quería ni abrir los ojos, pero se hacía más intenso en mis oídos. En un instante, sentí que alguien se sentaba en mi cama, abrí los ojos y ahí estaba él, mirándome, pero esta vez su mirada me dio mucho miedo. Intenté gritar, pero el miedo hizo que no saliera ningún sonido de mi boca, de inmediato me calló.

- No te muevas, no intentes nada, escúchame con atención, te ofrezco ser el más rico del mundo y lo primero que haces es contarlo todo, y precisamente a quién, a tus parientes en los que menos puedes confiar, ¿no ves que ellos no te quieren?, menos van a querer que seas rico – Hizo una pequeña pausa, yo seguía sin habla y mirándolo con temor – pero bueno… quiero que tú tengas todo ese oro, así que te voy a dar otra oportunidad, solo te pido que ya no le cuentes nada a nadie. Ven, vamos, acompáñame para que empiece nuestro pacto, con el cual ambos ganaremos.

Justo en ese momento algo sucedió que me hizo tener las fuerzas para dejar escapar un grito lo suficientemente fuerte para despertar a mis padres.

- ¡Nooooooooo!

De inmediato se levantaron para ver qué me ocurría, pero como por arte de magia aquel ser había desaparecido, y en un instante mis padres estaban conmigo. Rápidamente me preguntaron qué pasaba, yo todavía aturdido les grité:

- ¡Era él, era él, quería llevarme, quería llevarme! - en lugar de preguntarme de quien hablaba, solo me dijeron

- ¡Cálmate, cálmate hijo! ¡Solo fue una pesadilla!, vuélvete a dormir, nos quedaremos un rato hasta que te duermas

Yo no quería dormirme solo, así que insistí para dormirme con ellos, a regañadientes pero aceptaron. Esa noche por lo menos ya no me iba a molestar y pude descansar tranquilo. Jamás hubiese esperado que al día siguiente, aquella horrible pesadilla que estaba viviendo en el clóset me iba a perseguir.

Era la hora del recreo, estaba con mi amigo Rubén, terminábamos nuestra torta, a él le tocaba ir por los dulces, así que lo apresuré para que fuera, yo lo esperé sentado en una de las bancas del patio de atrás, cerca del cuarto de los trebejos, donde guardan las sillas que están rotas, las bancas, y otras cosas más. Me quedé entretenido viendo para la cooperativa, cuando de pronto alguien me tomó del hombro y me habló por mi nombre, estaba tan distraído que pegué un brinco del susto.

Al voltear, observé que era un viejo como de unos 75 años de edad, muy delgado, cadavérico en realidad, su mirada era escalofriante y traía puesto el uniforme que usaban los trabajadores de mi escuela. Sin peguntarme me tomó del brazo con una gran fuerza y me llevó dentro del cuarto de los trebejos, a pesar de que intenté resistirme no me pude soltar.

- ¡Suélteme! - le dije asustado - ¿quién es usted?, ¿qué quiere?, ¡déjeme ir!

- ¡No! - me contestó en un tono fuerte y seco - ¡tú y yo tenemos algo pendiente y lo vamos a resolver de una vez por todas! - yo estaba muy asustado, casi se me salía el corazón, no entendía lo que estaba pasando, así que tratando de resolver la situación le dije:

- Pero es que yo no lo conozco, señor. Me está confundiendo

- No, sí me conoces – expresó cortante y de inmediato su rostro y todo su cuerpo se fueron transformando para dar vida a aquel ser horrible que habitaba dentro de mi clóset. No lo podía creer, de momento pensé que estaba dormido, así que apreté muy fuerte los ojos y después los volví a abrir, pensando que tal vez se habría ido, pero fue en vano, ese ser seguía ahí conmigo.

- ¡Dime de una vez por todas si vas a querer todo el oro que te estoy obsequiando! ¿no te das cuenta de que muchos en tu lugar no lo pensarían dos veces?, o ¿no te gustaría ser muy rico, tener todo y no desear nunca nada? – y sin dejarme hablar, continuó- ya no hagas las cosas más difíciles y acepta de una vez - al terminar estas palabras el tono de su voz se hizo más suave – mira, vamos a olvidar todo lo sucedido, esta noche estaré por ti en punto de las doce para que sellemos nuestro pacto.

- Pero es que yo no quiero - le dije, controlando mi miedo, y pensando que podía enojarse, le traté de explicar – Sí me gustaría ser rico y dárselo a mis papás, pero mejor dele todo ese oro a otro niño que sí lo quiera - Al terminar de hablar, observé cómo su rostro lleno de cólera se empezó a transformar, su piel se puso de un color negro intenso, su frente y todo su rostro se movían como si les fuera a brotar algo, sus ojos parecían dos llamas ardiendo; era algo horrible y antes de esperar algo peor, el sonido de la campana puso fin a aquella espantosa transformación. Afortunadamente, al no encontrarme sentado en la banca, a Rubén se le ocurrió buscarme dentro del cuarto de los trebejos con un par de gritos.

Al escuchar que mi amigo me llamaba, ese ser espantoso desapareció. Rubén me encontró y me miró extrañado.

- ¿Qué haces aquí?, ¿no ves que ya acabó el recreo? – yo solo lo miraba todavía en shock y entonces preguntó - ¿qué te pasó?, te ves muy espantado - traté de explicarle lo que me estaba pasando pero al parecer no me creyó, así que mejor ya no le dije nada más. No sabe cómo le agradecí lo que hizo por mí sin saberlo.

Ahora estaba seguro de que no se iban a quedar las cosas así, sabía que él volvería, que tendría que estar preparado. Lo primero que hice fue platicarle a mi tía para que me pusiera agua bendita y otro escapulario; no sé si ella me creyó todo lo que le decía, o pensaba que era solo una pesadilla, porque nunca trató de hacer algo más que solo tranquilizarme y convencerme que era un mal sueño, incluso hasta lo sucedido en la escuela, quizá no quería preocuparme más de lo que ya estaba. La confianza de tener el escapulario y el agua bendita me hizo sentir mucho mejor y más tranquilo. Al llegar la noche, tuve la precaución de revisar antes de acostarme si traía puesto el escapulario, y con el pretexto de salir al baño le pedí a mi tía que me pusiera un poco más de agua bendita, me acosté tranquilo esperando que la noche pasara lo más rápido posible. Por suerte no sucedió nada, y al abrir los ojos y ver que ya había amanecido salté de alegría de la cama, y como era sábado me dispuse a jugar todo el día, olvidándome por unos momentos de lo que me estaba pasando. Se fue la mañana volando, el resto de la tarde de igual manera, al llegar la noche, ni mis primos ni yo nos queríamos meter, así que muy a regañadientes pero todos terminamos haciéndolo. Tuve la precaución antes de meterme a bañar, de revisar que tuviera puesto el escapulario, me lo quité para que con el agua no le fuera a pasar nada, después lo volví a poner en mi cuello, me vestí, con trabajos terminé de merendar y casi dormido me metí en la cama; ya no le dije a mi tía que me pusiera el agua bendita, creyendo que con el escapulario estaría a salvo de ese ser del clóset. Nunca me imaginé lo que iba a vivir esa noche, la noche más horrible de toda mi vida.

De pronto, sentí la presencia de alguien a un lado de mi cama, abrí los ojos rápidamente y ahí estaba él, viéndome fijamente, intenté gritar pero él extendió su mano y me hizo callar. De inmediato, busqué el escapulario, pero inexplicablemente solo estaba el cordel sin ninguna imagen de Dios, y sin el agua bendita. Estaba perdido.

- Vengo a que sellemos nuestro pacto, así que vámonos de una vez por todas.

- No, espere, ¡no me lleve! – le expliqué aun con todo el miedo que tenía - ya le dije que no quiero nada, ya no quiero que me moleste, así que váyase o le grito a mis papás.

Él se puso furioso, de inmediato volvió a levantar la mano y me hizo callar. Todo su cuerpo comenzó a moverse como si temblara; el color de su piel se hizo más intensa; su rostro se fue desfigurando; de su piel parecía que le estaban brotando llagas que se rompían y se volvían a formar, escurriéndoles como una especie de pus; parecía que sus ojos arrojaban fuego, sus orejas le crecieron de un tamaño que casi le salían de su cabeza y se transformaron como en las de un murciélago; de su frente le empezaron a salir dos cuernos como de chivo que terminaban en punta; sus manos se habían convertido en dos enormes garras, iguales a las de un felino cuando está listo para atacar; con el movimiento de su cuerpo, su ropa se empezó a romper, dejando al descubierto varias partes de él; de su espalda salieron dos horrendas alas parecidas a las de los murciélagos; de la parte trasera de su cuerpo se movía una larga cola como si fuera una serpiente, y todo su cuerpo estaba lleno de pelos. No entiendo de vedad, como no perdí el sentido. Para terminar de horrorizarme, sus pies se habían convertido en unas enormes patas parecidas a las de un chivo o una cabra.

Era realmente un ser espantoso, ni en las peores pesadillas o películas de terror se podía imaginar un ser tan horrible. Deseaba estar muerto antes de seguir viendo aquel ser tan espeluznante

- Ahora ya sabes quién soy ¿verdad? ¡Soy Belcebú, o el diablo, o de las muchas formas que me llaman en este mundo!

En ese momento pensé que perdía el sentido, pero algo que aún no puedo comprender me mantuvo consiente, él me siguió diciendo.

- Estás desperdiciando la oportunidad más grande que le he dado a un mortal, de ser el más rico y poderoso de todo el mundo, y todavía te has atrevido a retarme. Pero te necesito para lograr lo que quiero y aunque eres un niño aún, cuando llegue el momento, el oro que te estoy ofreciendo te será de ayuda para que cumplas con tu destino, así que, ya vámonos.

Al decirme esto, estiró sus enormes garras para tomarme del brazo. No sé de donde, pero tuve las fuerzas suficientes, y antes de desmayarme logré gritar, al tiempo que sentí en mi brazo sus horribles garras que al quererme jalar me lastimaron, dejándome marcas en mi piel. Esto es lo último que recuerdo de aquellos momentos tan espantosos que viví a mis seis años de edad.

Después de eso todo era confuso, fue como si estuviera ya muerto o dormido, en un sueño muy pesado en el que intentaba despertar sin poder lograrlo. Recuerdo que me encontraba en un lugar obscuro, húmedo y con olores repugnantes, la atmósfera era nauseabunda, no podía ver nada, comencé a escuchar ruidos y una especie de quejidos que se iban acercando hacia donde yo estaba, sentía cómo chocaban conmigo muchas siluetas, que al sentir mi presencia se quejaban aún más dando gritos de dolor, como suplicando que les ayudara. Sentía sus manos frías y pegajosas que me agarraban. Podía respirarse el dolor y el sufrimiento en el aire.

Yo tenía mucho miedo, no sabía qué eran, y qué era lo que querían de mí. Además, algo les impedía estar conmigo, intentaban buscar consuelo, ayuda, pero no conseguían nada y se alejaban. También recuerdo que sentí una extraña fuerza o energía que me iba llevando por lugares extraños, tal parecía que estaba en diferentes escenarios, recuerdo que uno de ellos eran un lugar donde salía mucha lumbre y entre las llamas veía cómo se alargaban brazos muy delgados y escuchaba gritos horrendos que pedían que los ayudara, en otro, veía solo sombras que se retorcían para todos lados como si los estuvieran torturando y de igual manera se escucharan sus gritos de sufrimiento. Pienso, por lo que me han dicho, que me encontraba en el purgatorio: un lugar entre la vida y la muerte, un inframundo lleno de dolor, obscuridad, frío y húmedo, donde las almas que ya han sido destinadas a estar ahí, se la pasan sufriendo todo el tiempo, buscando una ayuda y un perdón que quizá nunca llegue. Después crucé un especie de túnel todo de piedra, en él habían pegadas caras horribles y monstruosas que me veían con sus miradas siniestras, con sus ojos rojos y malvados, pero en un instante cambiaban sus expresiones y parecía que me suplicaban que los liberara de ese suplicio, quizá estaban pagando una clase de culpa. Al intentar tocarlos, de inmediato cambiaron nuevamente sus miradas, queriéndome morder con sus filosos dientes. Conforme lo iba atravesando se estiraban de entre las rocas largos brazos pálidos y descarnados que intentaban alcanzarme sin poder lograrlo, y al mismo tiempo escuchaba gritos de dolor, de un modo tan desgarrador que me daban pena. Sobre el camino en una especie de niebla espesa y apestosa, se levantaban del piso cuerpos medio desnudos y descarnados que me suplicaban con sus manos que los ayudara, sus rostros estaban deformes y feos y al mismo tiempo, se rasgaban sus propias pieles de forma desesperada. Era aterrador, así que por miedo a que me quisieran hacer algo, traté de no moverme más de lo necesario.

Yo pensé que todo esto era parte de una pesadilla horrible y espantosa que estaba viviendo, intenté abrir los ojos, pero por más esfuerzos que hacía por despertar no lograba nada. Después, llegué a un lugar donde no sentía frío ni estaba húmedo y había una luz muy tenue que al mismo tiempo generaba también una temperatura cálida y suave. Al revisar el lugar, me di cuenta de que era una especie de cárcel en donde me encontraba atrapado, parecía estar hecha de roca, en el piso encontré una piedra grande y lisa en la que pude sentarme y tratar de pensar qué era todo esto que me estaba pasando; aunque la luz era muy tenue, nuevamente pude ver que algunas siluetas se acercaban hacia donde yo estaba, eran de cuerpos humanos flacos y pálidos, pero por más que intentaba, no lograba ver sus rostros, estaban muy borrosos y deformes. Al querer llegar a donde yo estaba, chocaban con una especie de energía en forma de barrotes, mismos que les impedían entrar y que también me mantenían encerrado en ese lugar. Ahí permanecí todo el tiempo que estuve inconsciente, había momentos que creía escuchar la voz de mi madre que me decía cuánto me quería y que estaría todo el tiempo conmigo. Por más esfuerzos que hacía por gritarle y pedirle que me sacara de ese lugar, ella no lograba escucharme. Era realmente desesperante. El tiempo parecía que no transcurría, no sentía hambre, ni sed, ni calor ni frío, lo que me molestaba eran los cuerpos de esos seres que todo el tiempo querían llegar a donde yo estaba, y con sus quejidos y gritos me tenían más nervioso y asustado de lo que ya estaba. Conforme fue pasando el tiempo, comencé a sentirme cada vez más débil, hasta que por momentos creí que estaba muriendo, me la pasaba sentado y recargado en la pared esperando que llegara mi fin, la verdad pensé que eso era lo mejor para no seguir más en ese espantoso lugar.

De pronto, vi cómo todas las almas corrieron despavoridas y una luz muy intensa rodeó todo alrededor dejándome casi ciego, alcancé a escuchar tronidos muy intensos, parecía que mis tímpanos iban a reventar. Después de unos momentos vi cómo se acercó un ser oscuro, trepando rápidamente por las rocas, las almas se alejaron temerosas, aquella horrible figura dio un salto y en un instante estaba frente a mí. Entonces pude ver a aquel ser espantoso que me había estado atormentando. Con una voz cavernosa me dijo:

- Vengo a sellar el pacto, porque de lo contrario no saldrás nunca de aquí y permitiré que esas almas se acerquen a ti para atormentarte para siempre. Tú decides.

Por un instante, sentí que podía tener las fuerzas suficientes para rechazarlo, pero el miedo se apoderó de mí y luego de unos segundos, asentí. En ese momento, aquel ser me miró, parecía extasiado, se acercó a mí, colocó una de sus garras sobre mi pecho y lentamente fue rasgándolo creando una línea vertical, que de inmediato sangró. Yo sentí mucho dolor mientras él me miraba y se reía diabólicamente. Después, me dijo "el pacto está hecho". Acto seguido, desapareció.

Entonces me sentí muy extraño, como si algo me jalara muy rápidamente, y de pronto ya estaba de regreso con mis padres y en el mundo que yo conocía. Cuando abrí los ojos me encontré en un hospital, ellos me dijeron que había sufrido un accidente, y que todo ese tiempo había estado inconsciente, yo les creí, porque al despertar no recordaba nada de lo que me había ocurrido. Después de un tiempo y poco a poco fui recordando, me llegaban imágenes que yo no comprendía y horribles pesadillas que me fueron revelando lo que había vivido, realmente fueron momentos muy espantosos. A petición de mi abuelo todo lo fui escribiendo, él me dijo que buscaría a alguien que me pudiera ayudar a saber qué era lo que me estaba pasando, y así llegar al fondo de todo esto; desgraciadamente había momentos en que ya no sabía si era algo malo para mí, o algo bueno, porque tenía cambios de personalidad que no comprendía, lo cierto es, que ya no estoy seguro de qué pueda pasar y qué pueda ser yo capaz de hacer, así que, con las pocas fuerzas de la razón, estoy escribiendo esto.

Por un tiempo, todo transcurrió como siempre, pero después comenzaron a suceder cosas muy raras. Nosotros no éramos de buena posición económica, más bien teníamos nuestras limitaciones, pero de repente nos dijo mi padre que le estaba yendo muy bien en el trabajo y que nos cambiaríamos de casa a un lugar mejor y lejos de ahí; se hicieron los arreglos y nos mudamos. En nuestra nueva casa empezaron a llegar gentes muy extrañas, llegaban personas con carros muy lujosos y ropas muy finas, y entre ellas había también religiosos, se veía que tenían cargos muy importantes porque llegaban acompañados de mucha gente más que los atendían en todo lo que ellos pedían. Después, se reunían con mi padre en una habitación grande y toda cerrada, en donde solo entraba la gente que ellos autorizaban, las primeras veces no entraba mi madre, no sé si porque no estaba de acuerdo con todo lo que estaba pasando o porque no le permitían entrar. Lo más seguro era lo primero, pero tanto de ella como de mí, toda la gente siempre se despedía con mucha solemnidad, y hasta con respeto. Conforme fue pasando el tiempo mi madre terminó por aceptarlas, cuando se encerraban en esa habitación, algunas veces los alcancé a escuchar con algunos cánticos en una especie de ritual y unos rezos muy extraños. El comportamiento de mi madre hacia mí también fue cambiando, me comenzó a tratar como si fuera alguien muy especial e importante.

También mi propio comportamiento se fue transformando cada vez más sin saber por qué, en la escuela, o en donde estuviera, si alguien me hacía algo malo, tan solo con desearlo le ocurrían al día siguiente las cosas más horribles que yo había pedido para ellos; lo mismo sucedía con relación a mis padres, si alguien les hacía algo, me enfurecía, deseaba que le pasara algo malo y por increíble que esto sea, le sucedía a esa persona o personas acontecimientos terribles, como accidentes inexplicables que la mayoría de las veces resultaban fatales. Recuerdo que en una ocasión, alguien no estaba de acuerdo con lo que mi padre le dijo, y molesto habló mal de él, diciéndole a los demás que estaba loco y que no haría lo que le había pedido, al escucharlo y sin saber más del asunto me llené de rabia y pedí que se quedara ciego, al día siguiente, ese pobre hombre estaba completamente ciego. Las primeras veces me sentía mal y me arrepentía del daño que le hacía a las personas, pero después, al contrario, me daba gusto y hasta disfrutaba lo que yo mismo les había provocado.

Por mucho tiempo he luchado con todo lo que me está sucediendo, pero esto es más fuerte que yo y que todo lo que pensé que era lo correcto, así que creo que voy a terminar por aceptar que los cambios que me están ocurriendo son lo mejor para mí, ya que muy dentro así lo siento. Me comenzaba a sentir con un poder muy especial que me estaba gustando, además las visitas de toda esa gente que fueron llenando de regalos toda mi casa, me tenían aún más confundido porque la gran mayoría eran para mí, me hacían sentir como si fuera alguien muy importante.

Yo le pregunté muchas veces a mis padres quienes eran todas esas personas, por qué me daban regalos, y por qué se dirigían a mí con tanto respeto, además les cuestionaba sobre mis cambios de personalidad, pero ellos solo me decían que cuando llegara el momento lo sabría, que cuando eso pasara estuviera preparado para aceptar el destino que fue elegido para mí, y que ya estaba escrito desde hace mucho tiempo.

Algo que no me gustó y que no comprendía la razón, fue que poco a poco me fueron alejando de toda mi familia y amigos que según ellos no me convenían para los cambios que se estaban dando, decían que estaban en el pasado, un pasado triste y miserable, que de aquí en adelante mi única familia sería toda la gente que me visitaba, a la que iría conociendo más adelante, y a muchos más que querrían estar conmigo, y que estarían dispuestos a hacer lo que yo les dijera. En ese momento no los entendía, así que a escondidas seguí viendo a mi abuelo, con el que platicaba, y al que le entregaba por escrito como si fuera mi diario, todo lo que me había pasado, y también lo que estaba viviendo en ese momento. Pero desgraciadamente sin darme cuenta, un día me siguieron al salir de la escuela dos guardaespaldas que mis padres habían asignado para cuidarme todo el tiempo y evitar que se acercaran a mí gente que me quisiera hacer algún daño, aunque en ese momento no entendía la razón. Por mala suerte me descubrieron hablando con mi abuelo, se pusieron furiosos y trataron de hacerle daño, lo zarandearon como un muñeco de trapo y lo tomaron del cuello con una fuerza sobrenatural, pero yo les ordené que lo dejaran en paz, que nos llevaran a los dos con mis padres, entonces le pidieron que se alejara de mí o se uniera con ellos en el destino que estaba por venir. Él les dijo que todo eso era una locura, que se alejaran de toda esa gente que los había cambiado y olvidaran lo que les habían dicho, pero mis padres le dijeron que no era solo esa gente, que esto iba más allá de lo incomprensible y que por algún tiempo, ellos se habían negado a aceptar lo que ocurría, pero que a través de sueños les fueron revelando mi destino y que tenía que cumplirse, así que si no estaba con ellos, entonces estaba en su contra, y lo mejor sería que no me volviera a ver, ni a meterse con nosotros o la pasaría muy mal; no entendía como mi madre podía amenazar de esa manera a su propio padre. Fue la última vez que le entregué las notas y también la última vez que lo vi en muchos años. Esto último que estoy relatando, llegó a las manos de mi abuelo gracias a un amigo del colegio que a escondidas pudo darle mi último adiós, y las gracias por todo lo que intentó hacer por mí, aunque ahora ya sea demasiado tarde.

El ruido del despertador, que sin querer tiré con los pies, me hizo volver a la realidad, me agaché para levantarlo y ver también la hora que era. Sin darme cuenta había transcurrido prácticamente toda la noche, eran casi las tres de la madrugada, así que por salud física y mental, decidí descansar lo que quedaba de la noche, a pesar de que lo que había leído hasta ese momento era fuera de lo común, y muy bien estructurado, era muy pronto para pensar en algo, por lo que decidí guardar todas las hojas en el sobre, lo cerré perfectamente, tomé los demás sobres y los guardé en un portafolio de color café pequeño que tengo donde guardo la información básica que llevo todos los días a mi trabajo. Levanté mi almohada y lo puse justo debajo, procurando que al acostarme no se fueran a maltratar, o me lastimaran, jalé la cobija y me dispuse a dormir. A pesar de que me sentía cansado, daba vueltas en mi mente todo lo que hasta ese momento me acababa de ocurrir. Por fin, el cansancio logró vencerme y me quedé dormido.

DÍA UNO

A la mañana siguiente me di un baño, tomé una taza de café y salí corriendo hacia el Instituto, tomé el portafolio, y como si creyera que todo había sido un sueño, lo revisé esperando que en su interior solo estuvieran los papeles y notas del día a día de mi trabajo, y no los sobres amarillos; pero ahí estaban, entonces comprendí que todo esto había sido verdad, pensé terminar de revisarlos en el Instituto y llegar al final del asunto.

Decidí ver todos mis pendientes lo más rápido posible para después encerrarme en mi oficina, revisar el resto de la información y analizarla minuciosamente para ver si no era algún tipo de fraude, que en estos temas es muy común encontrar.

De camino al Instituto, sentí que un auto me iba siguiendo, pero después de unos instantes desapareció. Traté de tranquilizarme, olvidar el asunto, y la paranoia que en ese momento sentía. Di vuelta a la esquina y por fin ahí estaba, con letras grandes y de color plateado "Instituto de Parapsicología e Investigación de Fenómenos Paranormales". Todo el Instituto abarcaba casi una manzana entre los tres edificios que formaban las instalaciones y los amplios estacionamientos con que contaba. Tenía tres entradas, cada una de ellas con una caseta de seguridad custodiada con dos guardias perfectamente uniformados y armados, por si fuera necesario, y solo si fuera necesario usar las armas, además de sus radios para comunicarse entre ellos.

Aunque a mí ya me conocían de años, estaba prohibido dejar pasar a cualquier persona que no portara su gafete que autorizara su acceso. Así que, me coloqué mi credencial en un lugar visible y entré por la puerta número tres. Bajé hacia el estacionamiento. Cuando uno trabaja en un lugar por mucho tiempo, hace siempre lo mismo, así que por inercia me dirigí a mi lugar de siempre, pero al llegar vi que estaba mi auto estacionado y recordé que el día anterior tuve que salir de inmediato de la Institución, así que para no ir hasta donde estaba mi coche, tomé uno de los vehículos que están asignados para nosotros. Busqué entonces otro lugar donde estacionarme y luego me dirigí a la oficina. Los pendientes me mantuvieron ocupado prácticamente todo el día, para cuando terminé de verlos, ya casi era de noche, pero estaba decidido a terminar de ver el contenido de los sobres amarillos, así que por la hora decidí encerrarme en otra oficina que casi no se usaba y tratar de pasar desapercibido el mayor tiempo posible, arriesgándome a que un guardia me descubriera y me pidiera que dejara el Instituto, después me dispuse a seguir con la historia.

CAPÍTULO 2
Petrificado

Al escuchar el grito, el padre de Alberto se levantó de inmediato y corrió a ver qué le pasaba a mi nieto, el niño estaba a un lado de la cama con parte de las cobijas en el suelo, se acercó y al verlo inconsciente lo tomó en sus brazos y le gritó angustiado.

- ¡Alberto!, ¡hijo!, ¡¿qué te ha ocurrido, qué tienes?! − mientras, mi hija asustada, corría hacia donde él estaba. Lo tomó de las manos tratando de que el niño le respondiera, pero Alberto no dio ninguna señal.

Juan, mi yerno, se había criado prácticamente solo, cuando conoció a mi hija ya no era un jovencito, no era muy cariñoso que digamos, pero era un buen hombre, y con mi hija hasta complaciente. Es delgado, de estatura mediana, piel blanca, cabello castaño claro y usa un bigote bien arreglado; mi hija es diez años menor que él, lo conoció en el trabajo, y a pesar de la edad decidieron casarse, después, ella siguió trabajando por un tiempo para mejorar la economía familiar y poderse independizar, ya que al principio vivían conmigo. A pesar de que quería mucho a Alberto, mi hija no le brindaba la suficiente atención, ya que el trabajo la absorbía demasiado, siempre iba de un lado para el otro, eso hacía que se mantuviera también delgada. Ella es de estatura media, de cabello negro y ondulado, su mirada es dulce igual a la de mi nieto y sus ojos son color miel, también como los de mi nieto. Se parecen tanto, a excepción de su cabello, que es igual al de su padre.

- ¡Rápido, hay que subirlo a la cama, y ver qué tiene nuestro hijo! - le repetía mi hija bastante angustiada. Pero cuando prendieron la luz, los dos quedaron perplejos.

- ¡Ay, Dios mío!, ¡qué le ha ocurrido a mi hijo! - por unos instantes mi yerno no exclamó ningún sonido, pero los gritos de mi hija lo hicieron reaccionar.

- ¡Cálmate!, ¡cálmate, mujer!, déjame revisarlo, verás que solo es un desmayo por una de sus pesadillas que lo impresionó de más - pero muy en su interior él también sabía que eso no era normal, lo que realmente les preocupaba, era saber que su hijo estuviera vivo. Había una horrible expresión de miedo en su rostro, la cara se le había quedado paralizada, como petrificada, su cuerpo también estaba rígido, sus ojos los tenía abiertos y fijos, la verdad su expresión daba terror, sé que jamás la podré olvidar mientras viva.

Rápidamente, mi yerno checó la respiración y el pulso del niño, mientras mi hija le repetía insistente:

- ¡Está vivo verdad, dime que está vivo!

- ¡Sí mujer, cálmate, sí está vivo!, lo que urge es llevarlo de inmediato con un médico para que lo atienda y nos diga qué tiene nuestro hijo.

Los gritos no pasaron desapercibidos en la casa, así que yo entré en la habitación sin pedir permiso.

- Perdón por meterme así, pero… ¿qué es lo que está pasando?

- Don Alberto, el niño se ha puesto mal y no sabemos qué es lo que le ha ocurrido, ¡mírelo, está inconsciente!

- ¡Pero cómo es posible!, ¡díganme que es lo que le pasó! - recuerdo que en ese momento lo estaba tapando mi hija para llevarlo a que lo atendiera algún médico, así que no lo pude ver.

- No lo sabemos, solo escuchamos un grito, y cuando lo encontramos estaba tirado a un lado de la cama en este estado, papá - me terminó de decir mi hija muy angustiada.

- Bueno, ahora lo importante es llevarlo con un médico para que lo revise y nos diga qué tiene mi nieto.

Le pedí a mi hija que me lo diera un momento en lo que nos subíamos al auto, parecía que no sentía el peso del niño, solo pensaba en tenerlo en sus brazos como cuando era bebé; lo tenía tapado para cubrirlo del frío de la noche, pensando que en ese estado el aire lo podía poner peor. Cuando lo tomé en mis brazos y le destapé un poco el rostro para darle un beso en la frente, no podía creer lo que estaba viendo.

- ¡Dios mío, pero qué es lo que le ha ocurrido!, ¡esto no es normal!, ¡a este niño le ha pasado algo!, su rostro tiene una expresión de miedo, y de terror que nunca había visto, ¡tenemos que hacer algo rápido!

- ¡Sí, papá! Ya lo vamos a llevar con un médico para que lo revise.

- Pero hija, esto que tiene Alberto no lo cura un médico, mi nieto vio algo - en ese momento fui interrumpido por mi yerno que nos apresuró para que nos subiéramos al auto, así que ya no le mencioné nada. En el trayecto nadie abrió la boca, estoy seguro de que los tres íbamos rezando.

Eran las doce treinta de la noche, decidimos buscar el hospital o la clínica más cercana para que fuera lo más rápido y mejor atendido posible, lo bueno es que por la hora no encontramos mucho tráfico, así que llegamos a una clínica que parecía ser privada, en ese momento nada importaba, solo queríamos que atendieran a mi nieto. Nos bajamos del auto, yo con él en brazos y rápidamente buscamos un médico que lo atendiera.

- ¡Doctor, doctor!, ¡por favor un doctor que ayude a nuestro hijo! - gritaba mi hija fuera de sí. Por suerte, en la entrada estaba un

UN ÁNGEL ENTRE SOMBRAS

médico, que al escuchar el tono angustiante de mi hija, nos condujo con mi nieto en brazos hacia un privado, después me pidió que lo recostara para que lo pudiera examinar, pero cuando le descubrió el rostro, el tono de su voz cambió radicalmente.

- ¡Pero qué le pasó a este niño!, ¿qué es lo que le han hecho?, ¡dígame de una vez antes de que haga valer mi autoridad!

- No doctor, no es lo que usted piensa, ni mi esposo ni yo maltratamos a mi hijo eso se lo puedo jurar, déjeme explicarle lo sucedido. Estábamos durmiendo cuando lo escuchamos gritar y cuando nos paramos para ver qué le ocurría, lo encontramos en el suelo a un lado de su cama precisamente así como está. En ese momento entró mi yerno, que de inmediato le preguntó al doctor.

- ¿Qué tiene nuestro hijo, se va a poner bien, verdad? - el doctor todavía dudando de lo que tenía el niño, le respondió

- Todavía no lo reviso, pero le decía a su esposa que el rostro que tiene su hijo es de miedo, y esta clase de traumas solo suceden cuando el niño sufre algún maltrato físico o de algún otra índole.

Mi yerno se puso como "energúmeno," y alzando la voz le dijo:

- ¡Qué es lo que nos está diciendo!, ¿acaso piensa que nosotros le hicimos esto a nuestro hijo?, está muy equivocado, jamás le haríamos algún daño. Le suplico que lo revise que es lo que importa en este momento

- Discúlpenme pero nunca había visto tal expresión de miedo en el rostro de alguien como la de su hijo. Los músculos de su rostro están totalmente rígidos, al parecer los de todo su cuerpo están igual, y de sus ojos fijos no sé qué pensar. Les pido que me dejen examinarlo a solas, por favor vayan a la sala de espera hasta que tenga algún diagnóstico que pueda darles.

El doctor le pidió a una de las enfermeras que le ayudara a revisarlo, no pasó mucho tiempo cuando el doctor salió para hablar con nosotros.

- Señores, hace apenas unos minutos estuve a punto de hablarle a la policía.

- ¿Pero a la policía por qué, doctor?, explíquese.

- Cálmese señor, pero es que al revisarlo minuciosamente le descubrí en la parte posterior del brazo izquierdo unas laceraciones enormes, y esto me terminaba de confirmar que ustedes maltrataban a al niño, pero al revisarlas bien, comprobé que habían sido hechas por algún animal. Para salir de dudas, le pedí a otro doctor que las revisara y me diera su opinión, corroborando mis sospechas, pensamos primero en algún gato, pero los rasguños que tiene su hijo son demasiado grandes, yo tengo un gato y créanme que sus rasguños no son así. Las heridas que tiene su hijo parecen ser de un animal mucho más grande, así que lo único que me queda es preguntarles si saben algo al respecto.

- No doctor, nosotros no tenemos ningún animal en casa, además que yo sepa, nuestro hijo al acostarse no tenía nada en su brazo, ¿o, sabes algo que yo no sepa, mujer?

- ¡Claro que no!, si le hubiera pasado algo así no te lo hubiera ocultado, a no ser que en la noche se hubiera arañado con algo y no nos dijo nada para que no lo regañáramos, pero yo lo revisé cuando se puso el saco del pijama, después de que se bañó, y me acuerdo que no tenía nada.

- Entonces no lo entiendo - dijo el doctor todavía dudando de lo que le habían dicho mi hija y mi yerno. Pero en esos precisos momentos yo intervine para dar mi versión de todo lo que sabía.

- Yo creo saber qué ocasionó las heridas y el estado en el que está mi nieto.

- ¡Pues dinos ya, quién pudo lastimar así a nuestro hijo y dejarlo de esta manera! - me dijo mi hija casi en forma de reclamo

- Cálmate hija y escúchenme todos con mucha atención. Hace unos días, Alberto salió corriendo de su recámara muy alterado, y prácticamente chocando conmigo, de inmediato traté de calmarlo, él me dijo que había una cueva en su clóset y que dentro había un señor muy raro, me dijo que tenía miedo, yo le dije que se calmara y que seguramente había sido una pesadilla, pero él seguía insistiendo que no, así que para tranquilizarlo, le pedí que fuéramos a su recámara y revisáramos su clóset para demostrarle que todo había sido una pesadilla, él me dijo que sí todavía con temor, pero después de que le mostré que solo había ropa y otros objetos dentro, mi nieto se quedó tranquilo al pensar que había sido una pesadilla. Después, le pedí que tratara de olvidar el incidente y que se encomendara a Dios para que no volviera a tener esa clase de sueños. Hasta ese momento estaba seguro que sí había sido una pesadilla, así que no le di importancia. Después, platicando con tu hermana María, me comentó de la falta de apetito de Alberto, y que últimamente estaba demasiado callado y pensativo, así que le pedí que le diera una cucharada de aceite de ricino para que le volviera el apetito, y ella preocupada también por el niño, me contó que le había ocurrido algo parecido, y que para calmarlo le había puesto agua bendita y hasta un escapulario. También me platicó como ese ser lo había molestado en la escuela, transformando su imagen en forma de un viejito, además de la insistencia de este ser de que Alberto hiciera lo que él le pedía.

- ¡Pero papá y qué es lo que quería que hiciera mi hijo y por qué no me dijiste en su momento!

- Hija, la verdad no pensé que todo esto tuviera la importancia que ahora veo que tiene, seguía creyendo que Alberto se lo estaba figurando por el mismo miedo que sentía, ¡perdóname hija por no decirte lo que estaba pasando! Al parecer, ese ser quería que Alberto hiciera una especie de pacto o algo así, y a cambio él tendría mucho oro.

El doctor, que había escuchado todo sin interrupciones, intervino.

- Perdóneme, pero no pensará que todo esto que está platicando lo pueda creer, más bien parece extraído de una película de terror.

- No doctor, creo que mi padre dice la verdad, y yo tonta que no me di cuenta de nada. Lo había visto algo distante y nervioso, pero pensé que era cuestión de la escuela, además la noche anterior, que tuvo esa pesadilla o quizá otro encuentro con ese ser, yo no le pregunté nada, solo lo traté de calmar sin preguntarle por qué gritaba así, recuerdo que gritaba ¡no dejen que me lleve! Lo gritaba con tanta desesperación y yo no me di cuenta de nada, soy la única culpable doctor, ahora lo comprendo, y pienso que mi padre tiene razón, a mi hijo lo atacó un espíritu maligno. Por primera vez, mi hija había dicho una palabra fuera del vocabulario común de casi cualquier persona, estábamos helados a excepción del doctor, que en ese momento se guardó sus comentarios. Por supuesto, él no podía aceptar, así nada más, lo que yo les había platicado. Fue mi yerno quién de inmediato alzó la voz.

- ¡Eso no puede ser, mujer, mi hijo tiene otra cosa, y en lugar de decir tonterías debemos dejar que el doctor le haga todos los estudios que sean necesarios, para saber en realidad qué tiene el niño!

- Señores, si ustedes están de acuerdo me gustaría internar a su hijo de inmediato para empezar a realizarle los primeros estudios. Soy el doctor Héctor Sánchez, director de esta clínica, y tengan la seguridad de que haremos lo que sea necesario para que su hijo se recupere lo más pronto posible.

- ¡Adelante, doctor, haga lo que tenga que hacer, pero hágalo ya! - le dijo mi hija en un tono de súplica.

El doctor dio las instrucciones necesarias para que se comenzaran a realizar los primeros estudios: bioquímica sanguínea general, urianálisis, revisión de su presión arterial. Al revisar minuciosamente a mi nieto y por extraño que esto sea, se le encontraron pegados entre las heridas del brazo dos pelos que de inmediato se llevaron a analizar para saber de qué animal se trataba, se le realizó una tomografía computarizada axial y una resonancia magnética o RM cerebral para saber si había alguna lesión en el cerebro, y otras más para saber si tenía alguna lesión en otra parte de él que ocasionara la rigidez de su rostro y de todo su cuerpo, se le realizaron estudios de electroencefalograma digital EEG, que es el estudio más avanzado que hay en la actualidad, y de un mapeo cerebral que sirve para ver las ondas cerebrales en forma de gráficas y dibujos, pero desgraciadamente los primeros estudios no arrojaron nada. Fueron días muy angustiantes para todos, por lo extraño del caso se le instaló en una área que parecía ser solo para nosotros, en ese momento, no nos interesaba lo que se iba a pagar, yo tenía algunos ahorros y por mi nieto no me importaba nada. Se le siguieron realizando más estudios, y después de varios días, el doctor Sánchez habló con nosotros.

- Señores, desgraciadamente los estudios realizados a su hijo no nos han revelado nada que nos diga el porqué de su estado. Algo que nos llamó la atención, fue que las ondas cerebrales se duplicaban como si fueran dos personas las que estuvieran conectadas al mismo aparato

- ¿Está usted seguro de lo que nos está diciendo, doctor?, quizá los aparatos ya no estén funcionando bien - le dijo mi yerno, intentando buscar alguna otra explicación.

- Tiene toda la razón en dudar, yo mismo no lo podía entender, así que al realizarle los primeros estudios y darnos cuenta de lo que les acabo de decir, decidimos practicárselos varias veces con el mismo resultado. Efectivamente pensamos que el equipo se había dañado, así que para estar seguros le conectamos el mismo aparato a otro paciente, y los resultados fueron diferentes, una sola onda cerebral, o pulsación para un solo cerebro.

- ¿Pero entonces, qué es lo que tiene nuestro hijo, doctor?

- Aún no lo sé señores, pero tengan por seguro que haré todo lo posible por averiguarlo. El cerebro humano es muy complejo y desconocido para los seres humanos, así que lo que tiene su hijo pudo ser causado por alguna enfermedad extraña que aún se desconoce.

Justo en ese momento llegaban los resultados de los análisis practicados a los pelos encontrados en el brazo de Alberto. El doctor los recibió, y se dispuso a revisar el contenido, no daba crédito de la respuesta de los especialistas.

- Señores, les voy a leer la respuesta del análisis de las muestras de los pelos que encontramos en el brazo de su hijo. No puedo creerlo, según ellos las muestras no pertenecen a ninguna especie de animal conocida, por esa razón, se tardaron tanto en darnos los resultados, me dicen que los van a volver a analizar por si hubiera algún error, hasta encontrar con el animal que arañó a su hijo, después los del laboratorio se pondrán nuevamente en contacto con nosotros.

- ¡Pero esto no puede ser posible, doctor! Debe haber alguna explicación para esto, lo más seguro es que no están haciendo bien su trabajo - le dijo mi yerno al doctor en un tono de reclamo. El doctor Sánchez nos pidió que tuviéramos paciencia, que tenía que haber alguna explicación, y que seguramente la iban a encontrar.

Los días seguían transcurriendo, y las cosas estaban igual, se le volvieron a realizar más estudios de toda clase, sin que estos arrojaran algún resultado, la herida del brazo tardó mucho tiempo en sanar, y por momentos parecía que le brotaba una pus con un olor bastante desagradable, pero gracias a los medicamentos se logró detener la infección. Mi hija y mi yerno se la pasaban pegados a la cama de mi nieto, solo se separaban cuando mi yerno se iba a trabajar, ya que mi hija pidió un permiso especial en su trabajo para estar al pendiente de su hijo, esperando a cada momento que los doctores les dieran alguna buena noticia de su estado. Lo más extraño era que todos los signos vitales de mi nieto estaban disminuyendo de una manera muy extraña, como si su cuerpo se preparara para algo, quizá para una lucha interna, una lucha que tal vez no ganaría. Lo que terminó de convencer a los doctores de que algo fuera de lo normal estaba pasando, fue que en los últimos estudios que le realizaron, una de las ondas cerebrales estaba disminuyendo su intensidad, como si en cualquier momento el cerebro de Alberto se fuera a colapsar, mientras que la otra pulsación se estaba haciendo cada vez más intensa. Pero, ¿cómo saber con certeza lo que le estaba pasando al cuerpo de mi nieto en ese momento sin poner en riesgo su vida? Lo más extraño era que al principio, esas pulsaciones estaban al contrario, y para colmo de males el análisis de los pelos confirmaba que no pertenecían a ninguna especie de animal conocida; se disculparon por no tener una respuesta clara. Todo era un caos, no se explicaban cómo habían podido llegar esos pelos al brazo de mi nieto y de quién eran, así que muy a su pesar y a sus conocimientos, el doctor Sánchez y los demás especialistas hablaron con nosotros.

- Señores, hemos agotado todos los recursos humanamente posibles por parte de la ciencia médica, y no hemos logrado ningún cambio en su hijo - nos dijo el doctor Sánchez dejando ver su impotencia - Así que, no nos queda otro remedio que pensar que algo o alguien está afectando a este niño, y muy a mi pesar y a mis creencias, les aconsejo que busquen otra clase de ayuda.

Mi yerno lo interrumpió bastante alterado.

- ¿Qué está usted diciendo?, ¿que no pueden hacer nada por mi hijo, y como disculpa nos aconsejan que veamos a un curandero?, ¡por favor! ¿trata de decir que nuestro hijo esta embrujado o algo parecido?

- ¡Cálmese por favor, señor Allende!, recuerde que hay cosas que la ciencia no ha podido explicar, y lamento decir que esta es una de ellas. Pero si quieren buscar otra opinión médica están en libertad de hacerlo en el momento que ustedes me lo indiquen.

A pesar de la rudeza de Juan, volteó a ver a mi hija buscando una respuesta y fortaleza que parecía se le estaba acabando.

- ¿Qué hacemos mujer, dime qué hacemos?

Los dos se abrazaron y lloraron con todas sus fuerzas, sacando ese dolor y sufrimiento que los estaba matando. Luego de unos instantes, mi hija con una entereza que solo una madre puede tener, interrumpió el silencio:

- Vamos, cálmate, no nos podemos derrumbar ahora que nuestro hijo nos necesita más que nunca. Mejor hay que ver quien le puede ayudar a nuestro Alberto para que lo traiga de regreso con nosotros - se quedaron por unos instantes mirándose uno al otro, instantes que aprovechó el doctor Sánchez para hablar.

- Disculpen señores, si deciden buscar a alguien que vea a su hijo, me gustaría ofrecerles todo mi apoyo tanto en servicios médicos, atención, y lo que sea necesario para poder ayudar a su hijo, y si están de acuerdo lo trasladaremos a la parte de atrás donde estará más privado, y así podrán traer la ayuda que crean pertinente, sin que les cause molestias tanto a ustedes como a la clínica, y por supuesto los gastos corren por cuenta de la Institución.

Quizá el doctor se sentía comprometido al no poder hacer nada más por mi nieto, y con esto trataba de remediar y ayudar en algo la impotencia que en ese momento sentía. Mi yerno ya más calmado se disculpó con él.

- Doctor Sánchez, le pido que me disculpe por lo que le dije hace unos momentos, es que quiero que nos entienda, estamos desesperados, y sin saber qué hacer - El doctor le dio una pequeña palmada en la espalda.

- Créame que lo entiendo más de lo que usted piensa, sé por lo que están pasando. Yo perdí un hijo de la edad de Alberto y... no sabe cómo quisiera tenerlo a mi lado.

- Lo siento mucho doctor…. y… de verdad le agradezco lo que está haciendo por nosotros – comentó el Señor Allende, con cierto pesar.

- De nada… - dijo mientras sonreía levemente - Y bien, ¿qué deciden de lo que les acabo de proponer?

- Claro que estamos de acuerdo, así también estará vigilado por usted, mientras vemos quien puede ayudar a nuestro hijo – dijo Juan, amable.

Ahora el tiempo sería el que determinaría las cosas, así que de inmediato nos pusimos a buscar a la persona adecuada, pensamos en llevar a un sacerdote que viera a mi nieto y que nos dijera qué era lo que tenía, y si fuera necesario le practicara un exorcismo, pero esto no iba a hacer nada fácil, ya que la iglesia católica requiere de pruebas antes de enviar un sacerdote que esté capacitado para ello. Lo segundo que se pensó fue en un espiritista facultado y sobre todo que fuera el más respetado. Por lo pronto hablaríamos con el párroco de la colonia para ver qué nos podía aconsejar y le pediríamos que viera a mi nieto en el hospital. Así que, mi hija y mi yerno se fueron de inmediato a contarle todo lo sucedido al sacerdote de la colonia donde vivíamos, una vez que estuvieron en la iglesia, el padre los escuchó sin interrumpirlos, para después decirles que lo más seguro era que mi nieto tenía alguna enfermedad que ocasionara estos síntomas, que buscaran otras opiniones médicas hasta encontrar el motivo, y que él rezaría por su salud desde ahí, ellos le insistieron para que lo fuera a ver pero el padre fue determinante, y con el pretexto de que tenía que hacer varias confesiones, los despidió.

Salieron bastante molestos por la actitud tan desesperante del padre, pero no se darían por vencidos, si fuera necesario buscarían la ayuda del mismo Papa para salvar a su hijo.

Nos esperaba una tarea muy difícil, y pensando quizá que entre más tiempo estuviera así mi nieto, sería más difícil regresarlo de vuelta con nosotros, tendríamos que actuar lo más rápido posible. Mi hija decidió regresar al hospital para estar al pendiente del niño de cualquier cambio que tuviera, y de inmediato informárnoslo, mientras tanto mi yerno y yo, comenzaríamos por buscar a la persona o personas adecuadas para ayudarlo. Ahora el problema sería precisamente ese, el encontrar un profesional en el campo de lo paranormal, un espiritista o un síquico serio, que fuera el más capaz y reconocido, y aunque en este medio no es fácil encontrar, tendríamos que hacerlo lo más pronto posible.

Antes de dejar a Alejandra en el hospital, nos miró angustiada y con lágrimas en los ojos.

- Traigan pronto la ayuda que mi hijo necesita y que Dios nos ayude.

Con estas palabras la dejamos y partimos en ese momento, sin tener una idea clara de lo que podíamos hacer. Caminamos unas cuadras sin una dirección fija, al dar vuelta en una esquina encontramos un parque, así que por inercia buscamos la banca más cercana y nos sentamos con el pretexto de descansar y poner en claro nuestros pensamientos, después de un rato de discernir sobre lo que haríamos, decidimos buscar por Internet a la persona más calificada para este asunto. Nos dirigimos de inmediato a la casa, para que ahí con toda la calma tomáramos la mejor decisión. Encontramos entre tanto charlatán a dos personas que a nuestro juicio cubrían nuestras expectativas, tomamos todos los datos para contactarlas, y que nos pudieran atender lo más pronto posible, los dos tenían unos nombres algo raros, una era una mujer que se hacía llamar Celeste la vidente, de inmediato le marcamos para contarle de qué se trataba, pero una señorita que parecía ser su asistente nos dijo que estaba fuera de la ciudad, y que tardaría un par de días en regresar, así que le dimos las gracias y nos dispusimos a marcarle a la otra persona, por suerte para nosotros sí se encontraba en la ciudad y en su oficina, así que la señorita que nos contestó nos comunicó de inmediato con él. Juan le explicó qué era lo que nos estaba pasando y la urgencia de la llamada, nos dio una cita para que lo viéramos en un par de horas, y nos pidió que por favor fuéramos puntuales, recuerdo que cuando lo vi por primera vez me dejó muy impresionado. Él era un hombre como de unos treinta y ocho años de edad, como de un metro setenta y cinco centímetros, delgado, moreno claro, de cara ovalada, se hacía llamar Hassín y usaba un atuendo algo especial: llevaba puesto en la cabeza un turbante de color azul obscuro brillante, usaba una barba bien arreglada, negra como la noche. Más que un espiritista parecía ser extraído de un cuento de las mil y una noches, llevaba puesta una bata o toga de color azul intenso y plasmada en ella una estrella de color amarillo claro, colgaba de su cuello una larga y gruesa cadena con un especie de talismán en forma de estrella y justo en el centro de ella, un cristal en forma de diamante que le partía el pecho en dos, y en ambas manos anillos llamativos de diferentes colores para terminar así con su apariencia esotérica. Anunciamos nuestra llegada con su secretaria, después de unos minutos ella nos llevó hasta la oficina y nos indicó que pasáramos. Se escuchó una voz fuerte y gruesa.

- Adelante, pasen por favor - al entrar no pude evitar ver con cierto disimulo toda la habitación, estaba llena de infinidad de objetos raros, y una de las paredes estaba tapizada con fotografías de él, con gente que al parecer había ayudado. Mi yerno tomó la palabra.

- Señor Hassín.

- Maestro Hassín - lo corrigió el psíquico.

- Perdón, maestro Hassín, como ya le hemos contado por teléfono, mi hijo está en grave peligro, y entre más pronto estemos con él será mejor, así que le suplico que nos marchemos de inmediato.

- No tan rápido. Primero, necesito saber más al respecto, para poder decidir qué llevar con su hijo - ambos le explicamos lo más rápido posible tratando de no omitir algún detalle que creyéramos importante, y que le pudiera servir al espiritista.

Después de escucharnos con mucha atención, se levantó de su asiento, dio algunos pasos y nos dijo:

- Todo parece indicar que es una posesión de algún espíritu maligno, así que hay que estar bien preparados, llevaré algunas otras cosas más. – tomó la biblia, y una cruz que yo nunca había visto, después nos enteramos que es usada para casos de posesión. Continuó hablando - pero algo quiero decirles desde ahora, luchar con esta clase de entes no es nada fácil pero sí muy peligroso para todos los que estén alrededor del poseído, y desde luego para él mismo, ya que su vida está en grave peligro.

Partimos de inmediato hacia la clínica, con la sola idea de que con esta persona podríamos tener de regreso a mi nieto sano y salvo. En el camino, el maestro Hassín nos fue platicando de algunos casos de posesión en los que había intervenido, y que gracias a su poder todo había salido bien. Al llegar a la clínica, nos dirigimos rápidamente a la parte de atrás hasta el piso en donde estaba mi nieto, de inmediato le preguntamos a mi hija por Alberto, si había tenido algún cambio o alguna mejoría.

- Apenas hace más de una hora, Alberto comenzó a temblar, que más que un temblor era una especie de estremecimiento muy fuerte y de inmediato le hablé al doctor – comentó mi hija, angustiada.

- ¡Doctor, doctor, venga rápido por favor, algo le sucede a mi hijo! - el doctor Sánchez, que prácticamente se había quedado al cuidado de mi nieto, quizá porque no había podido hacer algo más por él, se sentía comprometido con nosotros y con él mismo. Llegó rápidamente, y junto con su enfermera lo empezaron a revisar.

- ¡Pronto, señorita! Hay que tomarle sus signos vitales. - desgraciadamente una de las pulsaciones del cerebro seguía siendo cada vez más fuerte que la otra, su estado parecía realmente muy malo, pero al terminar de revisarlo el doctor le dijo a mi hija.

- No encontramos algún cambio notable en su hijo, solo quizá por el movimiento tan fuerte de su cuerpo, su ritmo cardiaco y su presión arterial están un poco elevados, y como ya sabe, una de las pulsaciones del cerebro sigue disminuyendo, pero en general ya se están normalizando sus signos vitales. No encuentro ninguna explicación a lo que le acaba de suceder, una causa para lo que le está pasando a su hijo, pero voy a estar al pendiente de cualquier cosa que pueda suceder, en lo que llega la persona que lo puede ayudar, desgraciadamente en estos casos la ciencia no tiene nada que hacer. Lo que pienso es que Alberto está haciendo un gran esfuerzo, quizá por liberarse de eso que lo tiene así, y esto es solo una forma de decirnos que lo ayudemos, ojalá que ya no tarde la ayuda que él necesita.

- Esperemos que así sea, doctor, porque creo que mi hijo ya no puede más, y no sé cuánto tiempo podrá resistir.

La clínica seguía trabajando normalmente, el ir y venir de ambulancias y el ruido de sirenas era algo cotidiano en este lugar. La clínica contaba con tres pisos, y por la buena atención médica casi siempre estaba llena, solo la parte de atrás del último piso se había destinado para la atención de mi nieto, se le acondicionó una habitación especial bastante grande, tenía una cama matrimonial con un solo buró, toda estaba pintada de verde pistache, su puerta era toda de madera, y tenía una ventana como de metro y medio de largo por uno de ancho de un cristal bastante grueso que se cambió pensando en que no se fuera a hacer daño mi nieto cuando se tratara de sacarle ese espíritu que lo tenía cautivo. Él seguía conectado a varios aparatos para revisar constantemente sus signos vitales, además de los medicamentos y el alimento que se le suministraban por vía intravenosa, contaban con todo lo necesario para cualquier emergencia, tenían circuito cerrado de televisión, con cámaras en su habitación que estaban prendidas de día y noche y grababan minuto a minuto cualquier cosa o cambio que le estuviera pasando.

- Nuestro hijo nos suplica que lo ayudemos, Dios quiera que no sea demasiado tarde.

- ¡Cálmate mujer!, trajimos a la persona que puede ayudar a nuestro hijo. Mira, te presento al maestro Hassín.

- Mucho gusto señora, va a ver que pronto tendrá a su hijo de vuelta con usted.

- Gracias y que Dios se lo pague.

- No señora, todavía no me dé las gracias hasta que esto haya terminado y tenga a su hijo de regreso - finalizó el maestro con un aire de suficiencia, después se acercó para ver a mi nieto, al ver su rostro con esa mueca de terror y sus ojos abiertos, se quedó sin habla, además de ver que todo su cuerpo estaba completamente rígido, era algo que en todos sus años como espiritista jamás había visto, a pesar de que nosotros ya le habíamos dicho del estado de mi nieto, el verlo así lo dejó bastante preocupado. Después, se dirigió a nosotros - señores, creo que es el momento de empezar y averiguar quién está en el cuerpo de su hijo, así que les voy a pedir que nos dejen solos por unos minutos, les quiero advertir que puede ser que vean y escuchen cosas no muy agradables, es mejor que no estén presentes, y principalmente usted señora, solo le pido un favor señor Allende, que esté alerta por si lo necesito.

- Así lo haremos, maestro Hassín. Recuerde que nuestro hijo queda en sus manos y que Dios le ayude – comentó mi yerno.

Una vez que se quedó solo, fue sacando varias cosas de su maleta, tomó un frasco con una especie de loción que se untó en sus manos, al mismo tiempo que decía algunas palabras, que desde donde yo estaba no las pude escuchar, me imagino que eran oraciones, después se puso un poco más de esa loción y se la frotó en todo el cuerpo empezando por la cabeza hasta que terminó por los pies sin dejar de hablar. No sé si era mi imaginación, pero alcancé a notar una especie de luz o energía que emanaban de su cuerpo, después tomó el medallón que tenía en el pecho sin quitárselo, lo frotó varias veces como para terminar de cargarse de esa fuerza que en unos instantes iba a necesitar, acto seguido, se acercó a mi nieto, poniendo la mano derecha en su frente y la otra mano en su medallón; parecía como si se estuviese conectando con mi nieto. Después, él nos reveló que en ese momento se dio cuenta de que existía una fuerza muy oscura y extraña dentro de él.

- ¿Quién habita este cuerpo que no le pertenece?, ¡te ordeno que te manifiestes! - estas mismas palabras fueron repetidas varias veces más con mayor intensidad sin resultado alguno, así que prácticamente gritándole, le volvió a exigir.

- ¡Te ordeno que me digas quién eres y qué quieres de este niño! - de pronto, toda la cama comenzó a vibrar cada vez con mayor fuerza, para después volverse a quedar quieta. El maestro Hassín le volvió a decir las mismas palabras pero con mayor fuerza.

- ¡Te ordeno que te manifiestes espíritu inmundo y me digas qué quieres con este niño que no te ha hecho nada! - esta vez, la cama comenzó a elevarse poco a poco casi hasta el techo, para después ir bajando despacio. Cuando llegó hasta el piso, la cama volvió a vibrar fuertemente y entonces se quedó estática.

El maestro Hassín ya había tenido algunas experiencias parecidas, así que no se veía muy alterado, pero de pronto, el cuerpo de mi nieto que se había quedado rígido, se empezó a mover cada vez con mayor intensidad, en una especie de temblor que fue convirtiéndose en unas sacudidas muy violentas, sus ojos se le ponían en blanco, y se le cerraban en una forma horrible, hasta que su cuerpo tomó una postura como si estuviera muerto boca arriba con sus manos sobre el pecho, y sus piernas estiradas completamente. Todo su rostro que había estado con esa mueca horrible, había desaparecido; sus ojos que se habían deformado tan espantosamente durante esas sacudidas tan violentas, se quedaron cerrados por completo. Parecía como si estuviera muerto o en un sueño muy profundo, pero de pronto, su rostro se empezó a desfigurar, le comenzaron a surgir como llagas que se rompían y les brotaba una especie de pus de un color verdoso, y con un olor horrible, podrido. Su rostro se palideció de una manera tal, que parecía no tener una gota de sangre, y unas ojeras muy marcadas; el rostro de mi nieto ya no era el mismo, y todavía faltaba lo peor: cuando abrió sus ojos eran de color amarillo, parecían estar inyectados de una maldad que de verdad paralizaba. Cuando el maestro terminó de ver todo esto, le dijo nuevamente:

- ¡Te ordeno que me digas quién eres y qué quieres de este niño!

No podía creer lo que estaba pasando, cuando lo escuché hablar, me quedé aún más horrorizado. De su boca salió una voz ronca y cavernosa que parecía que cimbraba toda la habitación.

- ¡Cómo has hozado dirigirte a mí, estúpido individuo, te advierto que me dejes terminar lo que he empezado! - el rostro del maestro Hassín se veía algo perturbado, pero se dirigió a él con mucha energía y le dijo:

- Te ordeno que me digas qué es lo que empezaste, y para qué quieres a este niño - el ente lo interrumpió y le dijo en un tono altanero.

- ¡Calla iluso, no tienes por qué preguntarme nada a mí, qué no sabes quién soy! ¡Yo soy por el que se cometen todos los pecados y atrocidades en este mundo! Soy el director de las nueve jerarquías infernales o como aquí me llaman, Belcebú. Pero déjame decirte algo - expresó en un tono irónico - la mayoría de ustedes me buscan a mí sin que yo los tenga que buscar, todos ustedes están llenos de envidia, avaricia, odio, lujuria, de rencor, de ira, se detestan entre ustedes, así que yo lo único que hago es alimentar más esos instintos que ustedes mismos tienen. Como ves, la bestia no soy yo, son todos ustedes los verdaderos monstruos.

El maestro Hassín se quedó atónito, sabía que gran parte de lo que le había dicho era verdad, pero su misión era traer de regreso a mi nieto, así que le preguntó:

- ¿Y todo esto qué tiene que ver con este niño, por qué no lo dejas?, si como dices, tienes a la mayoría de nosotros en tus manos, ¿para qué lo quieres a él?

- ¿Qué no lo has entendido?, a la mayoría de ustedes es muy fácil convencer, porque en cierta forma lo desean, solo les facilito más las cosas para que caigan en tentación y en sus propias debilidades, pero hay un porcentaje muy pequeño de almas que no es fácil llevar por donde yo quiero, este tipo de almas son muy importantes y valiosas para mí, y ésta en particular lo es, porque él y yo guiaremos al mundo a su verdadero destino, un destino que ya estaba escrito desde hace mucho tiempo. Además, con esto ganaré mucho más poder del lado obscuro. ¡Ahora vete y déjame en paz, que tú ya tienes tu lugar en el infierno!

Al terminar de hablar se volvió a acostar y cerró los ojos quedándose nuevamente como si estuviera dormido. A pesar de que el maestro Hassín se encontraba muy alterado, no podía dejar las cosas así en ese momento, tomó un libro, y comenzó a orar, sacó el crucifijo, que me enteré después que es la cruz de San Benito, que se utiliza para realizar exorcismos, la puso sobre la cama y tomando fuerzas se dirigió a él en un tono de exigencia.

- ¡No creas que te será fácil adueñarte de esta alma!, ¡haré lo que sea para que dejes a este niño en paz, y te vayas de regreso al infierno que es donde perteneces!

De pronto, y sin que el médium lo esperara, el demonio se sentó de improviso, todos los cables que tenía conectados en su cuerpo se le arrancaron violentamente, con el movimiento, la cruz de San Benito se resbaló cayendo a un lado de la cama, y lleno de cólera le gritó:

- ¡Estúpido cretino, te atreves a retarme!, ¡tú que eres menos que un gusano, todo el mundo sabrá de mi poder, y esto solo es una pequeña muestra! - al decir estas palabras, el ente levantó su mano izquierda y arrojó al maestro hacia la pared con una fuerza increíble, para después llevarlo por toda la habitación, e incluso por el techo con solo mover su brazo. Después, levantó el otro brazo, y de sus dedos le brotaron unas uñas largas y filosas que comenzó a mover como una fiera cuando ataca y suelta sus zarpazos mortales a su víctima, y sin tocar al maestro, le aparecían araños horribles que lo estaban lastimando y marcando por todo el cuerpo. Era realmente espantoso lo que le estaba haciendo ese demonio, que en ese momento ya no era mi nieto. Para terminar, llevó al maestro justo frente de él, lo miró de un modo que parecía que lo estaba traspasando, abrió su boca y lo impregnó con su aliento fétido, era como el vaho de un animal pero de un color verdoso, después lo tomó por el cuello con su horrible garra y lo arrojó al suelo, al mismo tiempo que le gritó - ¡Lárgate de una vez por todas, que esto te sirva de lección y como un ejemplo de mi poder!, ¡que la próxima vez no te perdonaré la vida! - después se volvió a acostar, puso sus manos sobre su pecho y cerró los ojos, las garras de su mano derecha se le fueron desapareciendo, y las erupciones de su piel se habían detenido, pero el rostro de mi nieto ya no era el mismo, se veía extraño, siniestro, no cabía duda que él ya no estaba en ese cuerpo.

Habíamos visto todo desde el cristal, totalmente horrorizados y sin poder dar crédito a lo que había sucedido. De inmediato, el doctor Sánchez y mi yerno corrieron para auxiliar al maestro y sacarlo de la habitación. Ya estando afuera, el doctor le gritó a su enfermera para que lo auxiliara.

- ¡Por favor, señorita Carmen, venga rápido y ayúdeme a revisarlo! - entre todos llevamos al maestro a otra habitación para que vieran qué le había hecho ese demonio, limpiaron y curaron todas las heridas y lo revisaron por completo sin que él se diera cuenta, ya que todo el tiempo estuvo inconsciente. Después, poco a poco fue recuperando el sentido, y en cuanto pudo hablar pidió hacerlo con todos nosotros todavía un poco alterado.

De pronto, el golpeteo de la puerta me regresó al presente y al Instituto, era uno de los guardias que al ver luz en la oficina, tocó la puerta con la mano derecha puesta en su arma, y con la precaución que ameritaba el caso; estaba tan concentrado que cuando escuché el sonido de la puerta, por poco me caigo de la silla, y casi de inmediato le contesté al oficial.

- Adelante oficial, soy yo, el doctor Beltrán, disculpe que no les haya avisado que me iba a quedar un rato más trabajando, pero al parecer se me fue el tiempo demasiado rápido.

El oficial, y todos los del Instituto son demasiado estrictos con todas las medidas de seguridad, y aunque a veces pareciera ser exagerado incluso con los que ya nos conocen de años como a mí, creo que aunque resulte molesto, así debe ser por nuestra propia seguridad y la de toda la gente que día a día circula por las instalaciones.

- Está bien doctor, pero ya sabe que cuando alguien se va a quedar a trabajar un rato más después de su turno, se nos debe informar por medio de un memo, por lo menos con un día de anticipación, y que yo sepa, no se nos avisó que usted se quedaría a trabajar el día de hoy hasta esta hora – dijo un poco molesto

- ¡Perdón, oficial!, pero es que no era mi intención quedarme trabajando tan tarde en el Instituto, le repito que aquí dentro el tiempo se pasa mucho más rápido que en el exterior.

Muy a mi pesar, tuve que dejar la historia para otro momento, comencé a guardar todas las hojas en el sobre y algunas anotaciones que iba haciendo mientras leía la historia, y que a mi juicio eran importantes. Después, el guardia les avisó por radio de mi presencia a los demás guardias para que estuvieran tranquilos, sabiendo que no era alguna persona extraña o peligrosa, me acompañó por todo el pasillo como un carcelero a su rehén, hasta donde estaba mi vehículo, por ultimo también se disculpó conmigo.

- Doctor, le pido que nos entienda, usted sabe que no es nada personal, pero debemos acatar las órdenes y las políticas establecidas en el Instituto.

Solo le di una palmada en el hombro, como aceptación de sus disculpas, me subí a mi automóvil y me dirigí a la salida. En el camino a casa, me llegaban imágenes de esta historia cada vez más increíble que a cualquiera le pondría los pelos de punta, así que traté de olvidarla y prestar atención a lo que estaba haciendo. Por suerte, el estómago me recordó que no había comido nada desde la mañana, y eran más de las nueve de la noche, así que me dirigí al restaurante más próximo para cenar algo no muy pesado, por la hora que ya era. Al llegar a casa, preparé la información con los datos de cada una de las personas que aparentemente estuvieron involucrados en este caso, mi primer impulso, usando los datos que tenía, fue averiguar por teléfono si eran ciertos los nombres, si realmente existían, pero decidí que era mejor dejarlo para mañana, además iba a estar gran parte del día en la calle, y me daría un tiempo para comenzar a investigar si todo esto tenía algo de cierto, por lo pronto esta noche había decidido continuar con el relato lo más que se pudiera, pero a una hora prudente irme a descansar para tener la mente fresca, pensar bien por donde comenzar y no cometer ningún error.

Al ver el doctor Sánchez el estado en que todavía se encontraba el maestro, lo trató de calmar rogándole que no se levantara.

- ¡En seguida les llamo, pero por favor no intente levantarse!

En cuanto entramos, el maestro Hassín se dirigió a nosotros.

- Señores - la voz del maestro y su rostro denotaban el cansancio y la impotencia del primer encuentro con ese ser del infierno - cuánto siento no haber podido hacer algo por su hijo en este momento, pero el espíritu que lo tiene cautivo no es cualquier ente con el que podamos luchar por los medios que conozco. El espíritu que posee el cuerpo de su hijo es un demonio muy importante, un ser con una jerarquía y un poder que jamás había visto.

No podíamos creer lo que el maestro nos estaba diciendo, mi hija casi fuera de sí le preguntó al maestro.

- ¡Pero qué es lo que quiere ese demonio de mi hijo!, ¡dígame por piedad, si tan solo es un niño, para qué lo puede querer!

Aunque a mi hija no se le había permitido ver nada a través del cristal, le tuvimos que decir todo lo que había ocurrido minutos antes, así que ya sabía que Alberto ya no estaba en ese cuerpo y que ese demonio sería capaz de cualquier cosa.

- Escúchenme por favor, por lo que me dijo ese demonio antes de echarme fuera, su hijo es muy especial para él, y aunque tiene su cuerpo lo que realmente le interesa poseer es su alma, y su voluntad. Ahora lo importante es en este momento, es que su hijo siga luchando desde donde esté, y no haga lo que ese ser le pida.

- Le repito maestro, ¿qué es lo que quiere que mi hijo haga y por qué lo eligió precisamente a él? - lo volvió a cuestionar mi hija, desesperada.

En la cabeza del maestro nada estaba claro todavía, por primera vez en su vida se encontraba con algo que no terminaba de comprender, con un ser, que si de verdad era tan poderoso como le había dicho, tendría que buscar la forma y la ayuda que fuese necesaria para luchar con esa bestia, y así traer de regreso a mi nieto a este mundo.

- No estoy seguro todavía, señora Allende, pero quiere que le sirva de alguna manera, que haga algo que le dé mucho más poder, logrando que la balanza se incline del lado obscuro; su hijo al parecer está señalado desde antes de nacer, la luz que irradia es muy grande y sirve para ayudar a los demás sin que él lo sepa. Pero si ese demonio termina por convencerlo me temo que su hijo estará perdido, ya que esa luz o energía se irá del lado de la obscuridad, usándola al servicio de las tinieblas, y desgraciadamente ya nada podrá traerlo de regreso con ustedes.

- No puede ser posible todo lo que nos está diciendo maestro. ¡Pero cómo podemos ayudarlo!, ¡qué es lo que tenemos que hacer para que ese demonio lo deje libre!, ¡qué no comprende que es nuestro hijo, díganos por piedad!

- Desafortunadamente, Alberto tendrá que luchar solo desde donde está, mientras, nosotros buscaremos la forma de ayudarlo desde aquí. Recuerden que ese monstruo tiene su cuerpo pero su espíritu es fuerte, aunque en este momento lo tenga en un lugar entre la vida y la muerte para mientras ganar fuerzas y lograr convencerlo. Este lugar es un especie de inframundo donde hay infinidad de almas que esperan un rayo de luz y de esperanza, o el justo castigo que tendrán a sus pecados, él debe estar luchando desde ahí para no ceder a lo que ese ser le está pidiendo. Señores, en estos momentos debemos de pedirle a Dios que nos ayude y proteja a su hijo.

- Pero nosotros, ¿qué es lo que podemos hacer en este momento aparte de rezar? - le preguntó mi yerno muy preocupado.

- Lo primero que tenemos que hacer es trabajar juntos, ese ente del infierno buscará la forma de separarnos, tratará de meterse hasta en nuestros pensamientos, y aprovecharse de nuestras debilidades, así que por ningún momento debemos olvidar que en ese cuerpo no está Alberto, de ese modo no logrará engañarnos, ya que su intención es distraernos para así tener más tiempo y ganarnos la batalla. Principalmente a ustedes como sus familiares les vuelvo a repetir, en ese cuerpo habita un demonio muy poderoso, que puede engañarlos fácilmente aparentando ser su hijo, por favor tengan mucho cuidado. Y bueno, si me lo permite el doctor Sánchez, me quedaré esta noche en este sitio, les pido que mañana temprano nos reunamos aquí, para empezar nuestro plan de ataque.

De pronto, el maestro Hassín se tambaleó y cayó con todo su peso sobre la cama, todos corrimos para tratar de ayudarlo.

- Maestro, maestro, ¡qué tiene! - yo salí para buscar al doctor Sánchez.

- ¡Pronto doctor, el maestro se siente mal!

De inmediato, el doctor lo empezó a revisar, por fortuna solo era el cansancio y los nervios lo que tenían en ese estado al maestro, así que, el doctor le aplicó un calmante que lo mantendría dormido por toda la noche. Después, nos recomendó también a nosotros que nos fuéramos a descansar, muy a nuestro pesar pero así lo hicimos, era la primera noche que mi hija dejaba el hospital desde que Alberto se internó, pero le hicimos comprender que en ese momento podría ser muy peligroso quedarse ahí, ya que ese demonio podría usarla a su conveniencia fingiendo incluso la voz de mi nieto. Aunque no estuvimos de acuerdo, mi hija se acercó al cristal de la habitación para despedirse de su hijo. En el camino hacia la casa, la angustia y la desesperación se estaban apoderando de nosotros, le pedíamos a Dios que todo esto fuera una horrible pesadilla, y que en cualquier momento despertáramos, pero, la realidad era otra, ahora el verdadero temor en ese momento era saber si el maestro Hassín sería la persona adecuada para ayudarlo, recuerdo como si lo estuviera viendo, todo lo que le hizo ese demonio al maestro, y la forma en la que el cuerpo de mi nieto se fue transformando, si no lo hubiera visto quizás no lo creería. Esto nos hizo pensar si sería mejor buscar otra persona, o dirigirnos directamente con las autoridades eclesiásticas, y exigirles que nos ayudaran mandando un sacerdote para que le practicara un exorcismo a mi nieto. Decidimos esperar hasta mañana y ver lo que el maestro Hassín tenía planeado.

Mientras tanto en el hospital, al maestro Hassín no le estaba yendo nada bien, el demonio se había metido en sus sueños, convirtiéndolos en horribles pesadillas. Le mostraba horrendas visiones en las que ese demonio hablaba con mucha gente, había niños, mujeres y hombres de todas clases sociales, había sacerdotes, políticos y gente muy poderosa, todos vestidos de negro y con una capucha parecida a la que se usaba en tiempos de la inquisición que les cubría parte de sus rostros inclinándose ante él y acatando sus designios, en una especie de reunión macabra. Al final hacían horribles sacrificios, no solo de animales sino también de seres humanos, volviendo frenética a toda la gente; lo más horrible era que ese demonio tenía el rostro de Alberto. El maestro Hassín se movía para un lado y otro de la cama, sudando copiosamente, después, el demonio lo comenzó a atormentar con visiones de su pasado en el que lo cuestionaban y le hacían reproches por su ingratitud hacia una persona acusándolo ferozmente, hasta que ya no pudo más y dando un grito se despertó muy alterado, el resto de la noche solo pudo dormitar. Después y solo por un instante el maestro tuvo contacto con una persona, una mujer muy querida para él, en ese especie de trance, ella le decía que tuviera cuidado con ese demonio, que desde mucho tiempo antes ya sabía que vendría, y que causaría muchos males aquí en la tierra, que ella no lo iba a dejar solo, y que pasara lo que pasara siempre estaría con él, pero sobre todo que no se dejara engañar por aquella bestia que haría cualquier cosa para perturbar sus mentes y lograr su cometido. Que siempre estaría en su corazón, a pesar de la distancia y del tiempo.

Al día siguiente, el doctor Sánchez llegó muy temprano para ver cómo estaba todo en la clínica y en especial en el área donde estaba mi nieto; se dirigió a su habitación y lo observó a través del cristal, a pesar de saber que en ese cuerpo estaba un demonio muy peligroso, no podía evitar pensar en lo que sería de mi nieto si no se hacía algo pronto por él, lo miró por unos segundos y al parecer no tenía ningún cambio importante, seguía acostado en posición recta, con las manos puestas sobre su pecho, sus ojos cerrados como si estuviera profundamente dormido, como se había quedado la noche anterior. Después, se dirigió a la habitación donde había pasado la noche el maestro Hassín, tratando de no hacer ruido, abrió la puerta con mucho cuidado para ver si todavía estaba durmiendo, pero fue sorprendido por el maestro, quien lo hizo brincar.

- Qué bueno que lo veo, doctor Sánchez.

- Perdón por asomarme sin tocar, pero no quería despertarlo — dijo disimulando un poco.

- No se preocupe, tengo ya un rato despierto, aproveché para darme un baño, y tratar de poner mi mente en claro. Como puede ver mis ropas están en un estado desastroso y mi toga se llevó la peor parte, así que en cuanto se pueda, si usted me lo permite, mandaré comprar una camisa para no salir en este estado.

- Maestro, usted puede disponer de lo que guste, es más, en este momento si usted me dice su talla la mandaré comprar. Me quedé muy preocupado por usted, ¿cómo se siente?, ¿pudo dormir bien?

- Mire doctor, de cómo pase la noche mejor se lo digo después, y de mi salud, me siento mucho mejor, gracias. Ahora le quiero hacer una pregunta, si usted me lo permite.

- Adelante maestro, lo escucho.

- Dígame. ¿Por qué sigue involucrado en este caso, si con solo darlo de alta y decirles a sus padres que todo esto ya no le compete, terminaría para usted esta horrible pesadilla que apenas está comenzando?

- Maestro, la verdad aún no estoy seguro, cuando conocí el caso de Alberto poco a poco me fui involucrando, primero fue el deber de médico, después el hombre de ciencias que trataba de buscar alguna explicación lógica a todo lo que le estaba pasando al muchacho, hasta que muy a mi pesar y a mis ideas tuve que aceptar que no existía ninguna explicación científica que ocasionara ese estado, así que decidí darle todo mi apoyo a sus padres, quizá en gran parte por la impotencia de no poder hacer algo por él, pero también por mi deseo genuino de ver de regreso a Alberto con sus padres. Y si es necesario hacer algo o necesita que haga algo más solo dígame maestro, que lo haré con mucho gusto.

- No, doctor, al contrario. Pienso que alguien como usted, una persona de ciencia, haya aceptado que también existen cosas inexplicables que están fuera de toda razón y lógica son muy pocos y en particular todo lo que está haciendo me parece admirable. El hecho de que haya tomado este asunto tan en serio, y además se tome el tiempo para poder estar prácticamente al pendiente con tantas ocupaciones y asuntos que debe tener siendo el director de esta Institución es muy loable, creo que personas como usted ya no hay. El caso de Alberto es muy especial para mí, y lo más importante, se lo vuelvo a repetir, es el grave peligro en el que se encuentra en este momento, y no solo él, sino todas las personas que se involucren directamente con él y quieran detener a ese demonio. Así que, es mi deber advertírselo, ya que tomó la decisión de ayudarlos. Es necesario que esté preparado y no se deje engañar por ese ser del infierno. Además, me gustaría que estuviera presente en un rato más cuando esté reunido con los padres y el abuelo de Alberto, para que juntos hagamos un plan para detener a ese… ese ser… aunque, si le soy sincero, no sé si esta batalla la vayamos a ganar.

Después, el doctor Sánchez se dirigió a su despacho para revisar algunos pendientes, no sin antes decirle al maestro Hassín que en cuanto llegaran los padres de Alberto, se reuniría con nosotros.

El doctor Sánchez era un hombre que llevaba consigo una pena muy grande, siendo el accionista principal de la clínica, su posición económica era bastante desahogada, se sentía orgulloso de que con su esfuerzo y tesón había logrado llegar hasta donde estaba, pero daría cualquier cosa por recuperar ese pequeño ser que la vida le había arrebatado, por volver a tener a su hijo nuevamente en sus brazos. Llevaba aquella tragedia en su mente como una horrible pesadilla que se repetía, y se repetía sin dejar de atormentarlo a cada instante. Había transcurrido casi una semana desde que Jorgito le pidió al doctor Sánchez un balón profesional de futbol con las siglas y el color de su equipo favorito, el doctor le pidió que le diera un par de días más para conseguirlo, al niño, a sus seis años, se le hacia el tiempo eterno para tener el balón en sus manos, pero a tanta insistencia llegó ese día, el niño no lo podía creer, primero no lo quería ni ensuciar, pero después se imaginó que era el centro delantero y que le metía muchos goles al equipo contrario, así que se puso a patear el balón por todo el patio, pero una patada demasiado fuerte hizo que el balón saliera por encima de la reja, de inmediato Jorgito salió corriendo sin medir el peligro, atravesándose la calle, cuando, desgraciadamente fue envestido por un automóvil, que sin detenerse, se dio a la fuga. El rechinido de las llantas y los gritos de algunos transeúntes pusieron en alerta al doctor y a su esposa, y presintiendo que algo había pasado, salieron corriendo, buscando con sus miradas a su hijo, deseando que estuviera en el patio, pero al no verlo se sintieron desfallecer, desgraciadamente ya era demasiado tarde, el pequeño acababa de fallecer. Desde ese día, la vida para el doctor Sánchez y para su esposa se había convertido en algo triste y gris, a pesar de que ya habían transcurrido casi dos años desde la pérdida de su hijo, no habían encontrado la resignación ni el consuelo que necesitaban, así que, se refugiaron los dos en el trabajo, buscando tener la mente ocupada y no pensar demasiado en esa pena que los estaba matando poco a poco, y aun sin quererlo, los estaba alejando. Quizá el paso de los años como en todo, mitigaría su pena, y les daría la resignación que en ese momento no tenían. Pienso que otra de las razones que tuvo el doctor Sánchez para ayudar a mi nieto fue precisamente que le recordaba a su hijo, y estaba dispuesto a salvar su vida pensando que con esto haría también algo por atenuar su dolor y en gran parte también la culpabilidad que sentía por haberle regalado ese balón aquel trágico día.

CAPÍTULO 3
El elegido

En cuanto estuvimos reunidos con el maestro Hassín, él se dirigió a nosotros para decirnos de sus planes, todos lo vimos tan tranquilo y decidido, que nos hizo tener nuevamente esperanzas.

- Buenos días, sé que nos espera una lucha muy difícil, pero quiero pedirles que me tengan confianza, ese ser que tiene atrapado a su hijo, como ya les mencioné, es un demonio muy poderoso, pero si trabajamos juntos, estoy seguro de que podremos traer a su hijo de regreso; entre más tiempo pase ese ser en el cuerpo de Alberto, irá ganando mayor fuerza, así que el peor enemigo en este momento es el tiempo. He pensado en algo que podemos hacer, pero para esto tenemos que dividirnos, ya que solo así acortaremos el tiempo que ese demonio pase en el cuerpo de Alberto. Tengo una teoría, por lo que ese demonio me dijo y por unas visiones que tuve, pero no soy yo el indicado para decirles de qué se trata mi sospecha, sino otra persona que muy pronto conocerán, él nos aclarará a todos algo que me hizo llamarlo, y que pienso, tiene relación con su hijo.

- ¡Pero, qué es maestro, qué tiene que ver nuestro hijo con ese demonio! - gritó mi hija, en un tono desesperado.

- En este momento solo es una teoría señora, Allende, pero no quise pasarlo por alto.

- Explíquese de una vez por todas qué es lo que sospecha, y no nos tenga en este estado por favor, maestro - le recriminó mi yerno un poco molesto.

- En uno de los muchos momentos que pude charlar con mi amigo, me platicó muy preocupado que habían encontrado en una de las últimas excavaciones que se realizaron en el mar muerto dentro de una cueva, un manuscrito muy especial, que hacía referencia a un ser de obscuridad que vendría en estos tiempos, y que debíamos de estar alerta.

- Pero esto es absurdo maestro, ¡el mar muerto está al otro lado del mundo!, ¡no puede ser que esto tenga que ver con lo que le está pasando a mi hijo!

- Ojalá tenga razón, señor Allende. Por bien de su hijo y de todos.

El maestro Hassín, ya no quiso hablar más del tema sin tener las pruebas de lo que nos acababa de decir, sin embargo, continuó diciendo:

- Antes de enfrentarnos con ese demonio, quiero ser sincero con todos ustedes: en toda mi vida, jamás había encontrado un caso así y no quiero que piensen que tengo miedo o que dudo en ayudar a su hijo, al contrario, les puedo asegurar que haré todo lo que esté a mi alcance y usaré todos mis conocimientos para vencer a ese ser del infierno, pero antes, me gustaría que supieran de quien aprendí todo lo que sé, ya que tengo un plan y estoy seguro de que nos va a ayudar. Hablo de la persona que me crió, y a la que le debo todo lo que soy.

La verdad es que por unos instantes pensé que era irrelevante lo que nos estaba contando, si lo que menos teníamos era tiempo, pero de todas formas, lo dejamos continuar.

- Esa persona es mi madrina, como yo siempre le he dicho, aunque para mí es como mi madre. Ella nunca permitió que yo le dijera madre, decía que esa palabra era sagrada, y que le dijera solo madrina. Vive en Oaxaca, en una población apartada de la civilización, y que muy poca gente conoce, se encuentra cerca del estado de Veracruz. Mi madrina conoce todas las formas que existen para ayudar a la gente, y también para acabar con ellas, ya que domina tanto la magia blanca, como la negra. Ella ha realizado muchísimos exorcismos, se ha enfrentado al mal cara a cara, y siempre ha salido triunfante, además, es experta en astrología y en todas las ciencias que se relacionen con el cosmos y con la vida misma. Todo esto la hace ser muy poderosa, recuerdo que ella siempre me decía "nunca uses el mal para hacer el mal, mejor aprovecha lo que sabes de él y úsalo a tu favor para hacer el bien". Por esa razón, mi madrina siempre ha usado todos sus conocimientos y la magia blanca, pero para ayudar a la gente tenía que conocer al enemigo, para poder contrarrestarlo y acabar con él.

- ¿Cree usted que ella puede ayudar a mi hijo, maestro Hassín?, porque si es así, ¡hay que ir por ella de inmediato!

- Pienso que sí, señora Allende. Además estoy seguro, por lo que sentí esta noche, de que ella ya sabe sobre ese demonio y está pensando en la forma de enviarlo de regreso al infierno.

- Explíquenos por qué cree que su madrina ya sabe de todo esto, y cómo es que usted está tan seguro, maestro – lo interrumpí intentando saber más sobre el asunto.

- Aunque parezca increíble, después de que ese demonio me estuvo torturando toda la noche con horribles visiones, en un momento mi madrina me habló y me dijo que no estaba solo en la lucha con esa bestia, que tuviéramos mucho cuidado. Así que, mi trabajo es ir por ella, y ayudarle para que juntos logremos vencerlo. Les pido nuevamente que me tengan confianza en esta lucha que estamos por comenzar, le pedí al doctor Sánchez que estuviera en esta reunión, ya que él me ha reiterado su apoyo incondicional.

Me voy a tomar la libertad de pedirle, doctor, - dijo mientras lo miraba - que mantenga toda esta área prácticamente cerrada para toda persona ajena a todo esto, que por favor solo tenga al personal estrictamente necesario y de toda su confianza, además, solo podrán entrar las personas que estamos en este momento aquí, y las que sean autorizadas solo por nosotros. Perdón doctor, porque pareciera que me estoy metiendo en asuntos que solo le competen a usted, pero creo que en este momento es lo mejor para todos, incluso para la clínica en general, pienso que así no se arriesgará a gente de más, aunque si usted no está de acuerdo o tiene alguna otra idea le pido que nos lo haga saber.

- No maestro, creo que en este momento es una buena idea, es más, aquí en esta área, solo estaremos cuatro personas: los dos policías de guardia que se rolarán cada veinticuatro horas, la señorita Carmen que es mi enfermera de toda mi confianza y un servidor. Quiero estar el mayor tiempo posible en esta área, para estar al pendiente de Alberto, ¿le parece, maestro?

- Estoy de acuerdo con usted, porque aunque no está conectado a ningún aparato, ya que él mismo se los quitó cuando nos hizo saber quién era, es preciso vigilar sus cambios físicos, la temperatura ambiente de su habitación, o algún tipo de olor extraño que haya. Cualquier cosa de estas que ocurra, se nos deberá informar de inmediato, porque en cada cambio ese demonio irá ganando mayor fuerza. Por eso es que tenemos que darnos prisa para lograr liberarlo.

Al maestro Hassín lo había criado su madrina cuando apenas tenía cinco años, ella era una mujer dura pero justa, de acuerdo a lo que el maestro nos platicó de su madrina, en ese momento tenía setenta años de edad, era de estatura baja, y delgada, con muy pocas canas como lo presumía el maestro, originaria del estado de Oaxaca, sus ropas eran las típicas del estado, una blusa o vestido blanco con motivos de flores y aves, o sus faldas de colores largas con encajes y listones. Siempre cuidaba su apariencia, ya que desde muchos lugares la venían a ver para consultarla gente muy importante, pero jamás despreció a la gente humilde que siempre ayudó sin pedirle nada a cambio. El maestro Hassín llegó a la vida de esta mujer por un hombre, al parecer muy importante de la ciudad de México, que al tener su propia familia, no podía criarlo, ya que le estorbaba para sus propios intereses, así que ella lo aceptó con todo y papeles, y una buena suma de dinero para su mantención, desde ese momento, lo vio como si fuera su propio hijo, lo llevó a la escuela, y le fue enseñando todo lo que ella sabía. El maestro, por su parte, seguía guardando rencor hacia aquel hombre que lo había abandonado, ya que también por culpa de él, su madre había muerto al no poder soportar el dolor y el abandono en el que los había dejado, consumiéndose poco a poco. Conforme pasaban los años, fue aprendiendo cada vez más y más las artes de la magia blanca, pero también las artes del ocultismo. Guiado por su sed de venganza solo pensaba en encontrar a su padre y hacerle pagar todo lo que les había hecho, pero para su madrina nada estaba oculto, así que muchas veces intentó persuadirlo de aquella absurda venganza que solo lastimaba su corazón y lo llenaba de odio. Desgraciadamente aquello era más fuerte que él, y poco a poco fue adquiriendo más conocimientos del lado obscuro, hasta que solo bastó con conocer su nombre y sus apellidos para hacerle un terrible maleficio, y poco faltó para que lograra su venganza y matara a su padre. Gracias a que su madrina se pudo dar cuenta a tiempo, logró detener ese terrible mal sin que hubiera consecuencias de las que pudiera arrepentirse más tarde, llevando consigo el peso de una muerte en su conciencia. Su madrina ya no pudo más, y un día habló con él.

- Hijo mío, te he brindado mi cariño como si fueras mi propio hijo, te di toda mi confianza y gran parte de mis conocimientos, pero veo con tristeza que no has podido deshacerte de ese odio que te está haciendo mucho daño, y no quiero que mis conocimientos se usen para hacerle daño a la gente, aunque puedan existir motivos para hacérselos como tú lo piensas, así que desde este momento, cierro para ti todo lo que sé y con el corazón lleno de llanto, te pido que busques tu propio destino, espero que en la soledad de tus pensamientos logres apagar ese odio que te está destruyendo. Estoy completamente segura de que lo vas a lograr, hijo mío, y cuando estés preparado, búscame, que aquí estaré esperándote.

Desde ese día y hasta hoy, el maestro ha vivido solo. Su madrina en cuanto supo dónde estaba, le depositó mes a mes dinero para que terminara sus estudios, pero el maestro, después de terminar la preparatoria decidió ya no aceptar el dinero y se dedicó a trabajar en varias cosas, hasta que se inició en lo que ahora es. Todo ese tiempo siguió en comunicación con ella solo por cartas, porque desde que ocurrió aquella mala experiencia en la que casi le cuesta la vida a su padre, no se había atrevido a verla personalmente, aunque ya había pasado mucho tiempo desde aquello, y el maestro ya lo había superado, se sentía nervioso, avergonzado y a la vez con un enorme deseo de volver a verla y decirle cuánto la quería.

El maestro fue interrumpido por mi hija

- Pero maestro, ¿a qué se refiere con todos esos cambios que nos está diciendo?, ¿quiere decir que mi hijo se va a poner todavía peor?, ¡no, no lo puedo aceptar!, ¡le ruego a Dios cada vez con más fuerzas, pero al parecer no me escucha!, ¡por más que le pido que se apiade de nosotros y que pronto termine esta horrible pesadilla!, ¡tal pareciera que no está con nosotros!

- Tengan fe señora, por favor no la pierda, que es lo único que en este momento puede salvar a su hijo. Desgraciadamente a lo que me refiero señora Allende, es que ese demonio empezará a trasladar su ambiente hasta aquí; ellos viven en un mundo muy distinto al de nosotros, un inframundo que siempre está lleno de obscuridad, de humedad, con olores muy desagradables y de una energía muy obscura, se alimentan de los malos pensamientos y de acciones tan perversas como los crímenes, las violaciones, y todos los males que existen en el ser humano, los cuales dejamos salir cuando somos dominados por estos demonios, y que regularmente son una especie de plasma o energía con un olor bastante desagradable que se comienza a sentir cuando algún ser de estos va llenando de su ambiente el lugar donde está. Desgraciadamente también van cambiando el aspecto de las personas que poseen, en su forma de ser. Por ejemplo, poco a poco se van volviendo muy agresivas hasta el punto de hacerle daño a sus propios seres queridos sin que exista alguna razón para ello, y también en su aspecto físico como en este caso, todo depende del ente o espíritu obscuro que lo posea. Todos estos cambios no se dan de inmediato, sino conforme va pasando el tiempo, y estos serán los avisos de que ese ser está ganando mayor fuerza en este plano.

Las palabras dichas por el maestro Hassín nos dejaron a todos muy preocupados, y con el corazón partido en dos, en ese momento, deseábamos poder hacer algo más por mi nieto que solo escuchar palabras de desaliento. Así que, Juan le pidió que nos dijera a todos qué podíamos hacer para detener a ese demonio.

- Maestro, creo que no hay que perder más tiempo, no debemos darle la oportunidad a ese ser de ganar mayor fuerza.

- Tiene razón, señor Allende, por eso es que les voy a pedir algo más, por favor busquen la ayuda de la iglesia católica.

- ¡Pero maestro! - lo interrumpió nuevamente mi yerno un tanto irritado - para que la iglesia nos pueda ayudar se requiere de pruebas, que aunque en este momento ya tenemos, no creo que con eso sea suficiente para que nos ayuden, además, pienso que si lográramos captar su atención, en lo que nos envían a un sacerdote experto en este tipo de sucesos, pasaría mucho tiempo y eso es lo que menos tenemos.

- Desgraciadamente así es señor Allende, pero conozco a la persona indicada, que además es un erudito en la materia, es el amigo que les mencioné hace un momento, es sacerdote, pero muy diferente a todos los que había conocido. Él es el padre Saúl, un gran amigo que tengo el gusto de conocer desde hace ya un par de años. Lo conocí en un caso en el que me pidieron ayuda, y muy a su pesar me permitió participar en el caso, mostrándole mi capacidad y mi profesionalismo. Después de esto trabajamos juntos en algunos otros sucesos más y fue creciendo también una amistad sincera. Él tiene todos los conocimientos, la autorización del obispo y de los altos clérigos para realizar exorcismos, y estoy seguro de que es también la persona indicada para ayudar a su hijo.

- Pero maestro, sé que la religión no acepta con buenos ojos a ustedes los espiritistas, y a todo lo relacionado con el esoterismo, ya que dicen que todo va en contra de lo establecido por la iglesia católica, además de engañar a la gente que cree en ellos - le dijo mi yerno, dudando un poco de lo que nos acababa de decir.

- Desgraciadamente por personas sin escrúpulos como bien lo ha dicho, señor Allende es que no solo el clero, sino mucha gente nos tacha de charlatanes, dicen que jugamos con las personas, con su dolor y sus sentimientos, y por culpa de ellos pagamos todos. Pero el padre Saúl, además de tener un amplio criterio en todo esto, sabe que hay cosas, fenómenos que no se pueden explicar, y que hay gente con un don o una cierta sensibilidad muy especial que pueden ayudar a los demás, e incluso hasta curarlas, devolviéndolas de nuevo a la vida. Bueno, lo importante es que me tomé la libertad de platicarle al padre Saúl el caso de Alberto hace unos minutos por teléfono, está muy interesado en conocer más sobre esto y ayudarnos. Les pido que vayan y le expliquen sin omitir ningún detalle todo lo que ha pasado hasta este momento, para que pueda prepararse y sepa qué hacer.

Esta era la luz que estaba esperando mi hija, en cuanto terminó de hablar el maestro, le pidió de inmediato la dirección:

- ¡Maestro, por favor dígame en qué iglesia se encuentra, deme la dirección del padre Saúl para traerlo de inmediato y que salve a mi hijo!

- Trate de calmarse, señora Allende. Antes de ir por él, es importante que nos pongamos de acuerdo para trabajar en equipo, y creo que lo más recomendable es tratar lo más que se pueda de no estar solos, ya que ese demonio nos puede atacar con mayor facilidad utilizando nuestras propias debilidades, e incluso puede ponernos uno en contra del otro; les pido que no se dejen sorprender en ningún momento por ese espíritu maligno, que lo único que desea es ganar tiempo y lograr su cometido, así que sugiero que usted, don Alberto me acompañe a Oaxaca por mi madrina, mientras ustedes, señores Allende, van por el padre Saúl.

El maestro les dio la dirección de la parroquia donde se encontraba el padre Saúl; desgraciadamente estaba al otro lado de la ciudad, y con el tráfico que hay a toda hora, habría que darse prisa. Por último, el maestro nos pidió a todos que estuviéramos en comunicación por lo menos cada hora, incluyendo al doctor Sánchez, ya que él nos mantendría informado del estado de mi nieto, o mejor dicho, de los cambios que tuviera ese demonio.

De inmediato partimos para tratar de ganar el mayor tiempo posible, el maestro y yo, directo al aeropuerto de la ciudad de México, para tomar el primer vuelo a Oaxaca y de ahí continuar el resto del viaje en automóvil hasta la población en donde se encontraba la madrina del maestro. Desde que salimos de la clínica, el maestro Hassín ya no llevaba puesta la toga de color azul, ya que ese engendro del mal se la había rasgado por todas partes, sino una ropa cómoda y normal; se dejó puesto su turbante, ya que solo se lo quitaba cuando estaba a solas en la intimidad de su casa, cuando se bañaba, o para dormir. De todas formas, no mucha gente viaja con un turbante ni con una apariencia poco convencional, parecida a la de un maharajá de cuento de las mil y una noches, como ya lo había comentado. El trayecto de la clínica al aeropuerto se complicó por el tráfico tan pesado que encontramos, eran las ocho treinta de la mañana, y ya había un tráfico de locura, a pesar de que el taxista trataba de cortar camino parecía imposible llegar a nuestro destino, de verdad, que en esta ocasión quedaba la frase "esto es cosa del diablo". La idea era estar de regreso en la clínica con la madrina del maestro por la tarde, y no darle ninguna ventaja a ese demonio.

- Oiga maestro - le pregunté - ¿cómo está tan seguro de que su madrina nos acompañará?

- Por eso no se preocupe, don Alberto, si todo sale bien estaremos esta tarde de regreso en la clínica junto con mi madrina, además, espero que los instantes en que ella estuvo conmigo, sean también la confirmación de que nos está esperando, así que no dude de que está lista para enfrentarse a ese ser del infierno.

El resto del camino hacia el aeropuerto casi no hablamos, íbamos cada uno sumergidos en nuestros pensamientos, solo por momentos comentábamos el calor que empezaba a sentirse a esta hora de la mañana, pero al llegar al aeropuerto, el maestro rompió el silencio.

- Ya llegamos, don Alberto, verá que todo saldrá bien.

- Gracias por sus palabras, no sabe el miedo que siento, y el dolor de ver así a mi nieto, si usted lo conociera… él es un niño tan bueno, por eso no entiendo por qué le está pasando todo esto - sin terminar de hablar se me hizo un nudo en la garganta, por primera vez pude desahogarme, dejando salir ese torrente de llanto que me estaba ahogando por dentro.

- ¡Cálmese, cálmese don Alberto!, aunque, creo que le hará bien desahogarse y sacar todo ese dolor que le está haciendo tanto daño. Además, es mejor que se desahogue, porque lo necesito tranquilo y con fuerzas para todo lo que nos espera. La batalla apenas está por iniciar. Antes de abordar el avión, me gustaría que hablara con su hija y también a la clínica para saber si hay alguna novedad - el maestro me dio su celular.

- Tenga don Alberto, es importante que mientras usted habla, yo vea lo de los boletos, aunque por teléfono ya hice la reservación hay que hacer los trámites de rutina

Tomé su celular un poco nervioso y me dispuse a hablarle primero a mi hija.

- ¿Bueno?

- Hola papá, ¿ya llegaron al aeropuerto?

- Ya hija, el maestro fue a ver lo de los boletos y los demás trámites para abordar el avión, dime hija, ¿hay algo nuevo?

- Acabamos de llegar a la parroquia, el sacristán nos dijo que el padre Saúl está ocupado con unos feligreses, que en cuanto se desocupe le va a informar que estamos aquí. Ya le hablamos al doctor Sánchez, dice que por el momento las cosas están como las dejamos, Alberto sigue dormido y en la misma posición, pero si algo ocurre de inmediato nos avisará, tal y como lo acordamos.

- Bien hija, cuídense mucho, cualquier cosa nos hablan.

- Sí, papá, ustedes también cuídense y tengan mucho cuidado.

- No te preocupes, estaremos bien, y a tiempo con la madrina del maestro – luego de estas últimas palabras, colgué.

El maestro llegó justo en ese momento, indicándome que ya estaba todo listo, y que en unos minutos abordaríamos el avión. Mientras esperábamos, lo puse al tanto de lo que acababa de hablar con mi hija. De pronto, anunciaron la salida del vuelo 705 con destino a la ciudad de Oaxaca, en el trayecto hacia el avión, notamos algo que nos llamó la atención, algo de lo que ya nos habíamos percatado en la sala de espera: vimos a un tipo muy extraño vestido de negro, y con una especie de túnica del mismo color, bastante amplia que le llegaba casi hasta los tobillos, de mangas largas y holgadas, era de un material parecido a la gabardina y muy brilloso; tenía puesta su capucha que solo le dejaba ver parte de su rostro. Nos había estado observando con mucha insistencia, pero como en este mundo hay muchos locos, y gente que se viste de muchas maneras, lo tomamos como un "tipo desubicado", y no le dimos importancia, pero al ir bajando las escaleras eléctricas, volvimos a sentir su mirada fija. Teníamos cierto nerviosismo, pero tratamos de aparentar que no nos habíamos dado cuenta de nada, y con discreción comentó el maestro:

- Es preciso estar alerta, no sabemos si es solo uno de esos tipos raros, o un enviado de Satanás para tratar de evitar que cumplamos con nuestra misión.

- No se preocupe, que si algo quiere, estaré preparado para lo que sea.

- Bien, don Alberto, subamos al avión, espero que no haya necesidad de nada.

Ya abordo, vimos que el tipo se sentó hasta la parte de atrás, pero del lado contrario de donde estábamos sentados nosotros, así que, de reojo yo lo alcanzaba a ver. El avión despegó sin ningún contratiempo, a las diez con cuarenta minutos, esperando estar en el aeropuerto de la ciudad de Oaxaca en aproximadamente cuarenta minutos, y sin ninguna novedad. Acordamos que íbamos a estar vigilando a aquel hombre extraño, y de ser necesario informaríamos a la tripulación. El viaje comenzó tranquilo, había un cielo azul con muy poca nubosidad y casi sin viento, pero de pronto el avión comenzó a moverse violentamente como si un viento muy fuerte chocara con él, la gente se empezó a alarmar, pero el capitán rápidamente les pidió que se tranquilizaran, que solo eran unas bolsas de aire que ocasionaban esos movimientos, que nada más por seguridad todos nos abrocháramos bien los cinturones, y que pronto pasaría. Todos seguimos las indicaciones al pie de la letra, pero aquel cielo despejado, en un momento se cubrió de nubes espesas y negras, que no permitían que pasaran los rayos del sol. Todo se llenó de obscuridad, además, la visibilidad era nula, parecía que era de noche. El pánico se comenzó a apoderar de los pasajeros, el avión empezó a vibrar con mayor fuerza, las azafatas nos pidieron a todos que mantuviéramos la calma, pero la verdad, en sus ojos se veía que ellas también estaban muy angustiadas; nadie sabía qué era lo que estaba pasando, nuevamente el capitán nos pidió que no nos moviéramos de nuestros asientos y que por ningún motivo nos quitáramos los cinturones de seguridad. El maestro Hassín y yo, que de reojo habíamos estado viendo a ese tipo tan extraño, notamos que algo tenía en sus manos.

- ¡Ya vio, don Alberto!, ¡ese hombre tiene un libro en sus manos, y pareciera que está haciendo algo con él!

- ¡Pronto maestro, hay que quitárselo y averiguar de qué se trata todo esto!, ¡seguro que está invocando a las fuerzas del mal y quiere evitar que lleguemos a Oaxaca!, ¡estoy seguro de que él es el responsable de esto, aun a riesgo de su propia vida!

- Pero don Alberto, ¿y si estamos equivocados y solo es un libro cualquiera que sacó para tratar de calmarse?, mejor, para estar seguros, le sugiero que con cuidado nos acerquemos a ese tipo con el pretexto de ir al baño, entonces aprovechándonos de que el avión se mueve violentamente, trastabillar encima de él y tirarle el libro, y así, revisar su contenido.

De acuerdo al plan nos levantamos de nuestros asientos, a sabiendas que en este momento estaba prohibido hacerlo, y con cuidado, nos acercamos a ese tipo; pero cuando lo tuve lo bastante cerca para poderle quitar el libro, no lo pude evitar, y de un jalón se lo arrebaté, esperando alguna reacción ofensiva de ese tipo; el maestro y yo nos pusimos alerta, pero solo nos miró fijamente y nos dijo.

- El tiempo ha llegado y ustedes no lo podrán evitar, ya que sus minutos están contados y si no es en este momento, será más adelante.

Después, comenzó a decir unas palabras en un extraño idioma e hizo que el libro que yo tenía en mis manos se prendiera en llamas, así que lo solté de inmediato. Un pasajero que vio las llamas, gritó "¡fuego, fuego!". La azafata corrió a donde estábamos, pero así como se prendió, en un instante eran solo cenizas. Lo primero que hizo la azafata fue regañarnos por estar fuera de nuestros asientos.

- ¿Qué es lo que pasa aquí?, ¿por qué no están en sus asientos?, y ¿dónde está el fuego?

- No sé nada, señorita, solo me levanté de mi asiento porque mi padre se había tardado en el baño, y con este mal tiempo, la verdad me preocupé por él, pero todo está bien, gracias y disculpe – dijo el maestro Hassín de forma rápida y astuta.

De inmediato y sin voltear, nos dirigimos a nuestros asientos, así que a la azafata no le quedó más remedio que dejarnos ir sin hacernos más preguntas. Pero al dar un paso, sintió algo que la hizo mirar hacia el piso.

- ¿Qué es esto, qué está pasando aquí?

Después, se agachó para ver qué era lo que había pisado, con cuidado tomó un poco de aquello que estaba en el suelo, pero de inmediato lo soltó, comprobando que eran un montón de cenizas aun calientes, y al ver que estaban junto a uno de los asientos, le preguntó al pasajero de la apariencia extraña.

- Disculpe señor – él disimuló estar dormido y después de que la azafata se dirigió a él un par de veces, respondió.

- Dígame, señorita, ¿qué se le ofrece?, estoy tratando de relajarme y no preocuparme de más por este mal tiempo.

- Perdón que lo haya molestado, pero, ¿no sabe qué hacen estas cenizas a un lado de su asiento? - el tipo, terminando su actuación, le respondió de una manera altanera.

- ¡Cómo voy a saberlo!, ¡se supone que la que debe de estar al pendiente de todo en el avión es usted!

La azafata se sintió agredida y apenada, así que no le quedó más remedio que disculparse y recoger las cenizas del piso. Algo que le llamó la atención fue que al recoger las cenizas la alfombra estaba intacta, sin ninguna marca o seña que mostrara que hace unos instantes algo se había quemado. Y como por arte de magia después de que se quemó ese libro malévolo, el mal tiempo desapareció.

El avión llegó a su destino a las once con cincuenta minutos, que era el horario fijado; nos recibió un cielo despejado y un sol radiante. El maestro y yo nos dirigimos a las escaleras del avión, y cuando íbamos bajando, el enviado de Belcebú nos dio alcance, cuando nos tuvo justo a un lado, volteó, mirándonos de una manera tan extraña. Con su capucha puesta se veía aún más escalofriante, los ojos de aquel hombre se veían como inyectados con brazas de lumbre provenientes del mismo infierno, era un ser que realmente daba miedo, después nos dijo de nuevo

- Les repito, ¡el reinado de mi señor está por comenzar!, ¡y ustedes no evitarán que la gran profecía se lleve a cabo!, y que hemos esperado por tanto tiempo − nosotros solo lo mirábamos entre asustados y sorprendidos. Él siguió hablando - ¡nos volveremos a ver, y esta vez mi señor no será tan benevolente con ustedes!

Después, el tipo apresuró el paso hasta perderse en la multitud del aeropuerto, yo intenté seguirlo, pero el maestro Hassín me hizo ver que por el momento no estábamos preparados para enfrentarlos. Yo estaba muy confundido, me preguntaba qué tenía que ver todo esto con mi nieto, y por qué ese ser tan extraño dijo que desde hace mucho tiempo ya lo estaban esperando; la verdad estas palabras por primera vez me hicieron pensar que estábamos enfrentándonos no solo con el mismo Diablo, sino también con muchos seguidores de él, y sus fuerzas obscuras. A pesar de que en este momento no entendía quiénes eran, estaba seguro de que iban a hacer lo que sea por evitar que enviáramos de regreso a su señor a las mismas entrañas del infierno. Mi cabeza era un mar de confusiones, deseaba que alguien pudiera decirme lo que estaba pasando, así que le pregunté al maestro Hassín si sabía algo de lo que nosotros no estábamos enterados.

- Maestro, ¡dígame de una vez toda la verdad, quién era ese tipo, y a qué se refería con que ya lo estaban esperando desde hace mucho tiempo!

- Don Alberto, recuerde que ya les había dicho algo sobre este asunto pero no estaba seguro. Cuando me dijo ese demonio lo que pretendía hacer y que Alberto había sido el elegido para realizarlo, la verdad no los quise alarmar más de lo que ya estábamos todos en ese momento, pero con lo que acaba de ocurrir se confirman mis sospechas.

- ¿De qué sospechas habla, maestro? - lo cuestioné con el temor que albergaba mi corazón.

- Desgraciadamente el cuerpo de Alberto no fue habitado por cualquier demonio, como ya les había dicho, este ente, además de ser uno de los más importantes, digámoslo así, en la jerarquía o rango de los demonios, o espíritus de obscuridad, tiene una misión en este mundo y para lograr sus propósitos requiere de un espíritu muy especial, un espíritu como el de su nieto, además de seguidores que ya lo estaban esperando desde hace más de dos mil años para guiarlos a todos, llenando este mundo de los más terribles males y de una gran obscuridad. Desgraciadamente esto lo sé porque el padre Saúl, desde hace varios meses ya lo estaba esperando. Y además, cuando hablé con ese demonio me dijo quién era, me dijo que su nombre era Belcebú.

- ¿Belcebú?, pero, ¿quién es Belcebú?

- Es un demonio muy poderoso que de acuerdo con las jerarquías demoníacas, ocupa el tercer sitio en la triada comandada por Satanás y Lucifer. Juntos hacen la fuerza más poderosa del lado oscuro.

- ¡Esto no puede ser maestro, no puedo creer lo que me está diciendo!, pero mi nieto qué tiene que ver con todo esto si solo es un niño que no le ha causado ningún daño a nadie, le repito, ¡me niego a creer lo que me está diciendo!

- Desgraciadamente todo indica que así es…

- Pero, ¡qué vamos a hacer para salvar a mi Alberto, todo esto me parece tan injusto! Dígame, ¿hay alguna esperanza?

- Espero que sí, don Alberto, por esta razón es que estamos aquí, para que mi madrina nos ayude a salvar a su nieto; ella también ya sabía de este demonio, así que tengamos fe para que tenga la respuesta para enfrentarlo. Además, también por esa razón, les pedí a su hija y a su yerno que fueran con el padre Saúl, ya que él es el indicado para aclararles todas sus dudas, y estoy seguro de que también nos ayudará en esta terrible lucha con ese espíritu del mal, yo lo puse al tanto esta mañana, y me dijo que no todo está perdido, que aunque exista una profecía acerca de ese demonio, debe haber alguna forma de evitar que se cumpla, ¡y la vamos a encontrar!, así que hay que tener confianza en que todo saldrá bien.

Salimos del aeropuerto con la idea de alquilar un auto y dirigirnos a la casa de la madrina del maestro. Tenía mucho tiempo que no estaba en Oaxaca, y jamás pensé que regresaría a este hermoso estado ante una situación tan difícil y peligrosa, en la que estaba en juego la vida de mi nieto y la nuestra.

Preguntamos en donde podríamos alquilar un vehículo, nos indicaron que unas cuadras adelante había una agencia donde rentaban toda clase de autos, así que nos dirigimos hacia allá, las calles conservaban toda la magia y la riqueza de esta ciudad tan majestuosa. El camino hacia la casa de la madrina del maestro era de terracería, por lo tanto, algo difícil de manejar; por esta razón, el maestro sugirió rentar una camioneta todo terreno, y evitar cualquier contratiempo. En el camino hacia la agencia pasamos por un mercado de artesanías y de comida típica, el maestro, quizá para distraerme un poco y romper la tensión en que nos encontrábamos, me preguntó si quería comer algo antes de continuar con nuestro viaje, la verdad en ese momento no tenía hambre, solo pensaba en mi querido Alberto, y en la forma de poderlo ayudar. Recuerdo la primera vez que vine a este lugar, quedé maravillado con toda la riqueza que hay en su pasado y que sigue vigente hasta nuestros días. Muestra de ello es su arquitectura colonial y sus templos, entre los que destaca el de "Santo Domingo", que es una verdadera joya del más puro barroco mexicano, su altar mayor está recubierto de hojas de oro; en el Zócalo, se puede escuchar a los músicos calle-jeros tocando las marimbas mientras se disfruta de un rico mezcal y unos chapulines enchilados. El mercado "20 de Noviembre" es un mosaico de colores y sabores, sus frutas, sus flores, y sobre todo la comida son un agasajo para los sentidos. Hay de todo y para todos los gustos, desde los tamales envueltos en hoja de plátano, el mole negro, rojo, verde, las quesadillas de elote, y el quesillo oaxaqueño, así como el atole blanco, su delicioso chocolate o su típico chile atole. Todo el estado de Oaxaca es muy rico en artesanías, se elaboran manteles bordados a mano, deshilados, cerámica, joyas de oro y plata, entre muchas cosas más. Además, las ruinas de Monte Albán y Mitla dan testimonio de la importancia que tuvo esta región habitada por los Zapotecos y Mixtecos en los tiempos precolombinos; y su ya mundialmente famosa Guelaguetza, que es un ritual prehispánico con mezcla española la cual significa: "Participar Cooperando". Sin duda, es una fascinante tierra mexicana.

- Don Alberto, el camino todavía es largo, ¿de verdad no quiere comer algo? – insistió el maestro.

- No maestro, no tengo nada de hambre, pero si usted gusta comer algo por mí no se detenga.

- Creo que yo tampoco tengo hambre, será mejor que nos demos prisa para estar de regreso en la clínica lo más pronto posible. Estaba seguro de que en ese momento, la mente del maestro era un caos, el sentimiento auténtico de volver a ver a su madrina lo tenía muy emocionado, pero por otro lado se seguía sintiendo culpable de lo que había hecho, no obstante, de todos los años transcurridos, y aunque con sus acciones él le demostró a su madrina que se había arrepentido, seguía guardando esa espinita clavada en su corazón. Desgraciadamente en todos estos años el maestro jamás volvió a verla, a pesar de que tuvo oportunidades para hacerlo, pero por una u otra cosa dejó pasar el tiempo, y este hecho lo hacía sentirse ingrato ante sus ojos.

Llegamos a la agencia, y rentamos la camioneta que a juicio del maestro cubría nuestras necesidades, para después partir de inmediato. De este punto hasta la casa de la madrina del maestro, todavía faltaba poco más de una hora de camino; habíamos calculado estar con ella como a las 13.30 horas si manteníamos una buena velocidad. Le sugerí al maestro que les habláramos a mi hija y al doctor Sánchez para saber cómo estaban las cosas por allá, además de prevenirlos de esos seres de obscuridad que con toda seguridad también los estarían esperando para evitar que hagan algo en contra de su amo.

- Don Alberto, pienso que es conveniente por la salud de su hija, contarle lo sucedido con mucho tacto, ya que en el estado que se encuentra, podría sentirse más mal de lo que ya está.

- No se preocupe maestro, mi hija es muy fuerte, el amor de madre le da el coraje, y la fuerza necesaria para luchar con quien le pretenda arrebatar a su hijo, aunque para ello tenga que luchar con el mismo Diablo - tomé el celular, y le marqué a mi hija.

- ¿Bueno? Hola hija, soy yo, ¿cómo están?

- Bien papá, pero seguimos esperando que se desocupe el padre Saúl, apenas el sacristán le dijo que lo estamos esperando, todo esto pareciera ser cosa del Diablo, ¡cómo es posible que el padre tarde tanto en atendernos! Espera papá, al parecer ya se desocupó.

- Qué bueno hija, nosotros ya llegamos a Oaxaca, y vamos en camino a la casa de la madrina del maestro por carretera, ¿sabes algo del estado de Alberto?, ¿ha tenido algún cambio?, me imagino que el doctor Sánchez ya nos habló, pero como estábamos en el avión teníamos apagados los celulares.

- Así es papá, hace un poco más de media hora, y al parecer todo sigue igual, espero que esto sea bueno para nuestro Alberto, y pronto lo tengamos de regreso con nosotros.

- Ya verás que así será hija, pero por favor, tengan cuidado y cuídense mucho.

- Pero, ¿por qué lo dices?, ¿les ha sucedido algo malo, o sabes algo que nosotros no?, ¡dime papá! ¿qué te sucede? - el tono de mi voz algo afligido fue el que me delató, así que tuve que suavizar las cosas tratando de no darle mucha importancia a lo que había sucedido.

- Cálmate hija, es que en el aeropuerto, un tipo de esos raros que están a disgusto con todo el mundo, todo de negro y con una vestimenta muy extraña, se nos acercó al maestro y a mí, y nos dijo que había muchos como él que estaban esperando a su señor, y que no interfiriéramos en su llegada. Pero estoy seguro que es un loco de esos que andan sueltos por todas partes, y que solo espantan a la gente con sus tonterías.

- Pero papá, ¿y si esto sí tiene que ver con lo que le está pasando a Alberto?, ¿qué tal si no es solo un loco?, ¡qué vamos a hacer!

- No lo sé, hija, pero debemos de estar a alerta y tener mucho cuidado por si las dudas

En ese instante se escuchó la voz de un hombre que se dirigía a ellos, así que me despedí de mi hija y corté la llamada.

- Disculpen, el padre Saúl por fin ya se desocupó de esa mujer que al parecer tenía muchas cosas que hablar con él. La verdad, nunca la había visto, se veía tan extraña, como si lo hiciera a propósito, pero lo bueno es que ya los puede atender.

- Sí, gracias. Él ya nos está esperando, somos los padres de Alberto.

- Síganme por favor, el padre está en la sacristía.

El padre Saúl era un hombre maduro, como de cuarenta y cinco años de edad, alto, de uno ochenta de altura, de barba cerrada negra y espesa, usaba unos anteojos redondos con poco aumento, tenía una mirada suave que inspiraba confianza, aunque el tono de su voz era fuerte y grave. Él era un sacerdote como muy pocos hay en la actualidad, siempre preocupado por lo que le sucede a sus feligreses y a toda persona que se acercaba a él. Era muy querido y apreciado por todos los que lo conocían; además de ser un erudito en muchos temas religiosos, tenía estudios de arqueología, de lenguas muertas, Demonología, y de muchos temas más. Realmente era un hombre muy preparado, en muchas ocasiones el Vaticano lo había mandado llamar para que los ayudara en lo relacionado con excavaciones y hallazgos relacionados con la Iglesia Católica. El padre conocía los lugares más extraños del mundo en donde realizaba las investigaciones que le pedían en ese momento. Además de casos de milagros, de gente estigmatizada y de supuestas posesiones diabólicas. Ya se habían cansado de pedirle su traslado a otra ciudad de mayor jerarquía y que a él le pudiera convenir para su futuro eclesiástico, pero siempre se negó, decía que lo dejaran donde estaba, que ahí estaba bien, y si lo necesitaban, como siempre estaría para ayudarles. Se abrió la puerta de la sacristía.

- Adelante, pasen por favor - y con la mano, los invitó a tomar asiento, pero antes de que el padre pudiera reaccionar, mi hija corrió y se le arrodilló a sus pies, sin dejarlo hablar tomó sus manos fuertemente y con lágrimas en sus ojos le suplicó.

- ¡Padre, padre, sálvelo por lo que más quiera, salve a nuestro hijo!

- ¡Cálmese, cálmese señora, por favor siéntese, le aseguro que haré todo lo que esté en mis manos! El maestro Hassín ya me explicó lo que le pasa a su hijo, pero me gustaría escucharlo de ustedes y tener un juicio más claro de todo esto, por favor, les pido que no omitan ningún detalle por pequeño que este sea, ya que cualquier cosa puede ser muy importante para salvar a su hijo.

Mi hija y mi yerno le platicaron todo sin omitir nada, como el padre Saúl les había pedido

- Bien señores, nos enfrentamos a un ser muy poderoso, un demonio que ha esperado por mucho tiempo otra oportunidad como la que se está dando en este momento.

- Pero, ¿qué es lo que nos está diciendo, padre?, ¡por favor explíquenos, cómo sabe usted eso si todavía no lo ha visto! - le dijo mi yerno dudando de sus palabras.

- Por favor, escúchenme con atención, que en todo lo que les voy a contar están muchas de las respuestas que necesitan. En el comienzo, cuando Dios creó el universo, formó también su corte celestial, y en este orden se encuentran Los Serafines, que son los encargados del trono de Dios, cantándole todo el tiempo sus alabanzas, se dice que regulan los movimientos de los cielos por la fuerza de Dios, después, los querubines, que son los guardianes de la luz y las estrellas, los Arcángeles atienden todas las áreas de los esfuerzos humanos, además de que nos protegen de las tentaciones siempre que nos acercamos a ellos, y bueno, muchos ángeles más, todos con alguna tarea que realizar. Pero… de todos ellos, había un ángel muy especial llamado "Luz Bell", éste ángel tenía mucho poder, dado por Dios mismo, para servirle a él. Hasta que este espíritu lleno de una belleza y luz esplendorosa, rompió el equilibrio que había en el universo, sintiéndose tan poderoso como nuestro creador o aún más, así que muchos ángeles, guiados por él, se voltearon en contra de Dios, iniciándose, una gran batalla en los cielos. Pero el poder de Dios es infinito, y desgraciadamente esta lucha fue infructuosa para "Luz Bell" y para los que lo siguieron; pero las cosas no se iban a quedar así, tenían que recibir su merecido a su osadía, su castigo fue terrible, de ser seres espirituales llenos de luz y belleza se convirtieron en seres monstruosos, deformes, confinados a vivir en el lado obscuro, en aquel submundo al que nosotros llamamos "Infierno". Estos ángeles caídos, como también se les llama, al romper el equilibrio de paz y armonía que había en el cielo, de alguna manera formaron lo que conocemos como "las fuerzas del mal", estos espíritus comandados por el que era el ángel más hermoso, se convirtieron en demonios que no descansan nunca, y que siempre están luchando por inclinar la balanza a su favor, tratando de ganar almas y hacer que el mundo se pierda. Además, estos demonios tienen también jerarquías y trabajos muy específicos que realizar, su misión más importante, es tentar a la humanidad usando sus propias debilidades para hacerlos caer, como el demonio de la "Lujuria", que alimenta los instintos más bajos del ser humano, haciéndolos cometer infinidad de atrocidades logrando que el ser humano se pierda.

Desde ese momento, "Luz Bell" se convirtió en un monstruo, en la serpiente del mal, en el Diablo como la mayoría lo conocemos. Él tiene ya un plan, solo espera que llegue el tiempo para llevarlo a cabo, y al parecer ese tiempo ha llegado. Para eso tiene demonios que todo el tiempo están tratando de ganar más almas, y con esto, más poder, desgraciadamente para nosotros, hay demonios que a lo largo de los tiempos, y desde que el hombre es hombre, han subido de jerarquía y al mismo tiempo de poder, llevando consigo una gran legión de demonios dispuestos a servirles y cometer toda clase de atrocidades. Esto no es nada fácil para ellos, ya que para lograrlo tienen que conseguir almas muy pero muy especiales, y desgraciadamente Alberto es una de esas almas tan codiciadas por ellos. Créanme hijos, que le ruego a Dios que mis sospechas al respecto de su hijo estén equivocadas, y que sea otro demonio de menor importancia… por bien de todos, y principalmente de Alberto, espero que así sea.

- ¡Pero padre Saúl, díganos qué es lo que sospecha, díganos de una vez por todas! - lo interrumpió mi hija desesperada.

- Bien hija, se los voy a decir, y como ya les comenté, espero estar equivocado – expresó y luego jaló un poco de aire - En las últimas investigaciones que realizamos, acerca de unos manuscritos que fueron encontrados en unas excavaciones que se realizaron dentro de una cueva cerca del Mar Muerto, se menciona parte de lo que les he dicho, además de muchas otras cosas, como la aparición desde el comienzo de la humanidad de los siete jinetes del Apocalipsis, que son los que rigen los destinos de todos nosotros, y uno de ellos como saben, es el de la guerra, que ha ocasionado los Holocaustos que han pasado, y también los que están por venir; así como otras predicciones que créanme hijos, le ruego a Dios que se apiade de todos nosotros, y no sucedan. Sí hacemos un análisis de los momentos más trágicos que ha vivido el mundo, han tenido que ver con seres monstruosos, llenos de un deseo de poder y de sangre, que por eso se les ha llamado "Anticristos", por estar en contra de las enseñanzas de nuestro Señor Jesucristo, de La vida, y del mismo ser humano, llenando al mundo de una gran obscuridad y preparando el camino para otros como ellos, hasta que el momento llegue y venga el esperado. Esto, y cosas mucho peores, están anunciadas en el libro de las revelaciones. Habrá tiempos de obscuridad en las que la humanidad se encontrará extraviada sin saber qué hacer, dejándose manipular por diferentes cultos, sectas y religiones. Serán momentos tan difíciles, que solo almas limpias y puras como la de Alberto, repartidas en todo el mundo, podrán de alguna manera inclinar la balanza hacia la Luz. Por eso dijo nuestro señor Jesucristo "vayan y sean luz del mundo". Pero desgraciadamente estas almas son muy vulnerables, cuando no se han preparado, o se les ha preparado para soportar las tentaciones a que son sometidas por las fuerzas del mal, haciéndolas dudar de lo que es lo correcto, y del lado al que deben estar. Para esta clase de almas, todos los días es una lucha constante, ya que son atormentadas con infinidad de tentaciones para hacerlas caer y lograr con ello que estén a su servicio, haciendo que el lado obscuro se vuelva más fuerte, ya que la energía que emanan es muy poderosa, por esa razón es muy importante que no se vuelvan al lado obscuro, ya que así como su luz sirve a la humanidad, también esta misma luz al servicio del mal nos puede hacer mucho daño a todo el mundo. Desgraciadamente estos tiempos de prueba están ya comenzando, porque así como nosotros esperamos a nuestro señor Jesucristo, hay seres de obscuridad que por generaciones han esperado al último y más poderoso de los demonios, "el Hijo de Satanás", que nosotros conocemos como el Anticristo, o como en el libro de las revelaciones lo llaman "La Bestia", que buscará reinar aquí en la tierra, demostrándole a Dios que él es más poderoso. Pero antes de que este ser se dé a conocer, así como a nuestro señor Jesucristo le preparó el camino San Juan Bautista, al Anticristo también le preparará el camino un ser demoniaco disfrazado de cordero llamado también por el libro de las revelaciones "El Falso Profeta". De esto y mucho más hablan dichos manuscritos que les he mencionado, y que en su momento les explicaré con más detalle si mis sospechas fueran ciertas, y en especial de uno de ellos que estaba enrollado apartado de todos los demás, como queriendo que se leyera primero, para advertirnos de esta terrible profecía, y del nombre del demonio que la llevará a cabo.

- Pero padre, ¿qué nos está tratando de decir?, ¿que el hijo del Diablo ha poseído a nuestro hijo? - le gritó Juan, mostrando en su tono y en su expresión la angustia y la impotencia que lo estaba destrozando.

- ¡Cálmate hijo, déjame terminar!, como les he dicho, primero tengo que estar seguro de esto, recuerda que hay infinidad de demonios que todos los días tientan a la humanidad, pero esto está permitido por Dios mismo, es lo que él llama… libre albedrío. Podrás escoger entre el bien y el mal, y aquí es donde está, o se encuentra el equilibrio del Universo, la lucha constante entre la luz y la obscuridad. Pero si es Belcebú el demonio que le dijo al maestro Hassín que era, este ser es de una jerarquía tal que en todo el mundo ya saben de su presencia, y de la fuerza que le dará al lado obscuro, ya que lo han estado esperando desde hace dos mil años que fue encerrado por última vez, y de acuerdo a los estudios de estos manuscritos que les he mencionado dice "Vendrá un ser de Obscuridad, y al mismo tiempo de una Luz tan brillante y resplandeciente, que confundirá con sus palabras de víbora a toda la humanidad, preparándole el camino a la Gran Bestia de la tierra". Nos advierte que debemos estar alerta y en constante vigilia, ya que antes de su llegada habrá señales que tendremos que entender para saber qué hacer y la forma de enfrentarlo, desgraciadamente pienso que este tiempo se está iniciando con Alberto.

- Pero padre Saúl, me niego a creerlo, ¿cómo puede afirmar que todo lo que nos ha dicho se está iniciando?, ¿por qué piensa, o cree que ese demonio quiere obligar a mi hijo a ser el "falso profeta" si aún no ha visto a Alberto y no tiene ninguna prueba que lo diga?, me niego a creerlo.

- Tienes razón hija, todavía no lo he visto, y espero en Dios estar equivocado. Desgraciadamente creo que todo lo que está pasando en el mundo en estos últimos tiempos, es parte de las señales que están escritas en el libro de las revelaciones, en los manuscritos, y en muchos libros más, pero el hombre no termina por aceptar que hay cosas que fueron escritas desde hace mucho tiempo atrás por seres que fueron inspirados por Dios para prevenirnos de todo lo que nos puede pasar, si no le damos un orden a nuestras vidas, y nos acercamos a él, pero las arenas del reloj se terminan, el tiempo se nos agota sin darnos cuenta de lo que está pasando a nuestro alrededor, y lo peor de todo es que seguimos sintiéndonos omnipotentes, e incrédulos a todas estas cosas y a los designios de Dios. Si por un momento nos quitáramos la venda de los ojos, nos daríamos cuenta de que todo lo que está pasando ya se nos había advertido desde mucho antes, y el tiempo como ya les dije se nos ha agotado, y nosotros seguimos sin hacer nada para cambiarlo, así que tenemos que atenernos a las consecuencias que nosotros mismos hemos provocado. Todo está cada vez peor aquí en la tierra, nuestro mundo se ha convertido en un caos total en todos los ámbitos, si no, nada más véanlo por Dios hijos, en lo que toca a las cuestiones religiosas, dense cuenta cuantas sectas, cultos y religiones nuevas han aparecido, haciéndonos dudar cada vez más del verdadero camino hacia Dios, recuerden lo que dijo nuestro señor Jesucristo "Nadie Llega al Padre si no es a través del Hijo". Algo muy grave en estos días es la política entre los gobiernos de las diferentes naciones, que se está tornando cada vez más tensa y riesgosa, poniendo al mundo al filo de una tercera guerra mundial, y para colmo toda la economía en el mundo está en crisis, provocando con ello más hambruna en todas partes. Otra cuestión es el medio ambiente, ya se encuentra en una situación bastante grave, provocando infinidad de desastres en todo el mundo como terremotos y huracanes cada vez más intensos, además de meteoritos que han estado cayendo en diferentes partes del mundo lastimando y destruyendo a su paso, y todavía lo que nos espera en los siguientes años, dense cuenta hijos, todo lo que está pasando no es casualidad, son señales que ya se estaban esperando, que fueron anunciadas sin que nadie hiciéramos algo para evitarlas. Muchas de estas señales se siguen viendo en el cielo, marcando sus terribles presagios, pero la mayoría de las veces estamos demasiado ciegos para poder notarlas. Muy en especial en estas últimas semanas, las señales en el cielo se hicieron más intensas, todo apuntaba a que esto pasaría aquí en nuestro país, aunque en un principio llegué a pensar que sería del otro lado del mundo, pero esto fue un ardil para que no estuviera alerta. Gracias a un análisis astronómico que realicé, a otros datos y a lo que le dijo ese ser al maestro Hassín, es que creo que pasará aquí. Sin embargo, tengo que confirmar antes de asegurar cual quier cosa. Les puedo decir que, de lo que hasta este momento conozco respecto al caso de su hijo y si mis sospechas fueran ciertas, ese demonio lo eligió por ser tan especial y con una luz tan grande que si logra convencerlo, podrá cambiar el rumbo de la humanidad sin que nada podamos hacer por impedirlo. Lo que debemos rogarle a Dios, es que ese ser de obscuridad no logre manchar con sus tinieblas el espíritu de Alberto, que no lo haga dudar, porque si esto sucede y lo convence, ya no habrá nada que lo haga regresar y entonces estaremos perdidos. Les repito nuevamente, le ruego a Dios que esté equivocado.

Las palabras dichas por el padre Saúl les cayeron como una enorme y pesada lápida que los aplastaba, sin dejarlos respirar.

En la clínica, las cosas no estaba nada bien, comenzaba con más fuerza la terrible pesadilla, y por extraño que esto fuera, se comenzaban a dar cambios muy curiosos en el medio ambiente.

- ¡Doctor, doctor, qué es lo que está pasando! - le gritaba la enfermera de toda su confianza al doctor Sánchez. Y es que había bajado la temperatura de toda el área donde estaba Alberto, de una manera increíble.

- No lo sé, Carmen, créame que no lo sé, pero hay que estar preparados para lo peor, le pido que desde este momento considere muy seriamente el permanecer en este lugar, sin que se vea obligada por ninguna razón a quedarse. Como se podrá dar cuenta, esto se va a poner peor y no quisiera que usted corriera algún peligro por permanecer más tiempo aquí. Aunque no había una razón de peso que obligara a la enfermera a seguir en el área donde estaba mi nieto, ella le había pedido al doctor Sánchez quedarse junto a él por cualquier cosa que se necesitara.

- Tanto usted como yo nos enfrentamos a algo desconocido, señorita Carmen, le agradezco como siempre su confianza en mí y en esta institución.

- Doctor Sánchez, gracias por preocuparse por mí, pero en estos cuatro años que llevo trabajando con usted, en esta clínica, he aprendido a querer mi trabajo día con día, así que si usted me lo permite, me quedaré en mi puesto colaborando con lo que sea necesario, y apoyándolo como siempre. El doctor Sánchez, la tomó del hombro y con una tenue sonrisa le agradeció por permanecer con él.

Mientras tanto, rumbo a la casa de la madrina del maestro Hassín, algo hizo que éste perdiera el control de la camioneta zigzagueando para todos lados, por suerte, yo me di cuenta a tiempo, tomé el volante y poco a poco la saqué de la carretera hacia un claro, evitando algún percance que pusiera en peligro nuestras vidas o la vida de alguna otra persona.

- ¿Qué le pasa maestro, se siente mal? - por un instante el maestro no dijo nada, estaba como ido, pero de pronto.

- ¡No Madrina! ¡No se vaya, no se vaya! - gritó desesperadamente.

- ¡Cálmese Maestro, qué le sucede!

- ¡Don Alberto, acabo de sentir a mi madrina, percibí a mi madrina!, estaba tan cerca de mí, que por un momento pude sentir su calor, me dijo: hijo mío, sé a qué vienes, todo esto que está sucediendo lo he visto en el cielo desde mucho tiempo atrás, y el momento ha llegado. Como te lo dije la vez pasada, lucharemos juntos desde donde esté, para lograr dominar a ese ser de obscuridad, sé lo que tengo que hacer, y en su momento lo haré. Te pido que tengas mucha fe en nuestro creador, que él no se olvidará de nosotros, tienes en tus manos una gran responsabilidad, pero estoy segura de que al final todo saldrá bien. Cuídate hijo mío, y que Dios te bendiga. ¡Se da cuenta, Don Alberto!, tal pareciera que mi madrina se estaba despidiendo de mí, hay que darnos prisa, ¡estoy seguro que mi madrina está en grave peligro!

- ¡Tranquilícese, maestro!, ¿qué tal si solo es una distracción que le envió ese demonio para hacerlo más vulnerable?, tal vez solo quiere tenerlo a su merced y así poderlo atacar con mayor fuerza.

- No lo creo, esa energía solo la siento cuando mi madrina me quiere decir algo, cuando nos encontramos en ese trance siento su fuerza tan especial, que le puedo asegurar que hasta puedo respirar su aroma, y estoy seguro de que ella está en grave peligro.

- Bien maestro, si cree que es así, entonces debemos darnos prisa, pero usted mejor que nadie sabe del poder que tiene su madrina, así que ella sabrá cuidarse mejor que nosotros, ¿no lo cree así?

- Eso no lo dudo, conozco su poder, pero esas últimas palabras son las que me tienen muy intrigado, la verdad no sé qué pensar, lo mejor será – dijo casi sin aliento – será mejor que me concentre en el camino, no quisiera llevarme alguna sorpresa.

- ¿A qué se refiere maestro, qué es lo que teme?

- Recuerde ese hombre del avión, no dudo que lo volvamos a encontrar, o quizá a otros seguidores con las mismas intenciones de hacernos daño, así que hay que estar prevenidos.

- Tiene razón, debemos de estar muy alerta y pedirle a Dios que nos ayude – dije preocupado.

De pronto, fuimos interrumpidos por el sonido del teléfono, que nos hizo brincar de nuestros asientos.

- ¿Bueno, bueno? - contesté rápidamente. Era el doctor Sánchez, que nos ponía al tanto de lo acontecido en el hospital, y desgraciadamente no eran buenas noticias, nos suplicaba que regresáramos lo más pronto posible con la madrina del maestro.

Pienso que el doctor Sánchez no quiso confesar que todo esto lo tenía muy nervioso, y desgraciadamente solo era el principio, ya que ese ser de obscuridad seguiría ganando fuerza y poder, modificando todo a su alrededor. Por otro lado, le preocupaba el personal que tenía a su cargo, trabajando con él en el área donde se encontraba mi nieto, ya que corrían un grave peligro. Además, ya sabía de lo acontecido en el avión, con ese tipo extraño que además nos había amenazado por defender a su señor como él nos lo había dicho. Así que, todo esto lo tenía al borde de una crisis nerviosa. Nada más de imaginarnos que otros seguidores de ese ser de las tinieblas llegaran a la clínica, con quien sabe qué intenciones, y pretendieran ver a su señor, la clínica entera estaría también en grave peligro.

CAPÍTULO 4
Los hijos de la obscuridad

Mientras tanto, en la iglesia Del Espíritu Santo, el padre Saúl les decía que habría que darse prisa para llegar a la clínica.

- Permítanme unos minutos, solo tomo las cosas que voy a necesitar y nos vamos.

- Disculpe padre, ¿qué es lo que va a llevar para ayudar a mi Alberto? - le preguntó mi hija, quizá con la intención de que no se le olvidara nada.

- Hija mía, en estos casos llevo la santa Biblia, Agua Bendita, un Crucifijo, un rosario y lo más importante la fe en la palabra de Dios, que él sea quien nos dé la fuerza suficiente para lo que nos espera. Partamos ya de una vez hijos míos.

No había terminado de hablar cuando se escuchó un terrible tronido que cimbró todo a su alrededor, haciéndolos brincar del susto.

- ¡Cuidado padre! - le gritó mi yerno al ver que varios pedazos del cristal de la ventana de la sacristía que daba a la calle se venían abajo. Con un rápido movimiento, el padre Saúl logró librarse de aquellos pedazos, que caían como armas filosas.

- ¡Santo Cristo, hijos, por poco y no lo cuento!

- ¿Qué habrá pasado padre? - le preguntó mi hija algo nerviosa.

- Seguramente algún maldoso que quiso desquitarse con mi ventana, hija - pero en ese momento, fue interrumpido por el sacristán.

- ¡Padre, padre, algo está pasando allá afuera!

- ¿Qué ocurre hijo?, que pasa, ¿quién rompió la ventana?

- Es que allá afuera hay mucha gente, todos muy extraños, vestidos de negro, tienen puestas unas capuchas como las de la Santa Inquisición que no les deja ver sus rostros, la verdad padre, su apariencia, me dio miedo. Lo bueno es que logré cerrar el portón por si se quisieran meter; uno de ellos lleno de cólera, fue el que lanzó la piedra y rompió el cristal de la ventana.

En ese momento, se escuchó una especie de rezo extraño, tan extraño y perturbador, que hizo que a todos se les pusiera la piel de gallina. Estoy seguro de que estaban invocando a ese demonio. Por lo que después nos dijo el padre Saúl, las palabras tan extrañas eran hebreo antiguo, que desgraciadamente se sigue usando en algunas sectas para invocar a sus Dioses del mundo bajo. Después, en un instante, todo quedó en silencio, como si no hubiera nadie afuera. En la sacristía todos estaban prácticamente sin respirar, solo con sus miradas expresaban la angustia que sentían en ese momento. Una voz gruesa y fuerte vino a poner la situación todavía más aterradora.

- ¡Dejen en paz a nuestro maestro y señor, que su tiempo ha comenzado! Y usted padre, será mejor que no intente nada o pagará con su vida y con la de muchos más, la impertinencia de meterse con mi amo, así que no se atrevan a retarlo.

A pesar del miedo que sentían, sabían que tenían que hacer algo y rápido. Al padre Saúl le preocupaban más en ese momento las vidas que tenía con él, así que les pidió que hicieran todo lo que les indicara.

- Por favor escúchenme, puede ser que no se atrevan a entrar, por ser este un lugar santo, pero no quisiera correr ningún riesgo, así que debemos salir de inmediato y dirigirnos a donde se encuentra su hijo, ya que estoy seguro que todo lo que intentan esos servidores del mal, es ganar tiempo para que su señor se fortalezca. - Y dirigiéndose a su sacristán le preguntó.

- Hijo, ¿tú tienes las llaves del carro verde? - el señor Pedro era un hombre algo mayor, desde el momento que se quedó viudo, le pidió al padre Saúl encargarse por completo de la sacristía, ya que desde siempre él y su esposa le ayudaban al padre con algunas cosas en la parroquia, como el dispensario para los niños y los enfermos, pero ahora sin su esposa, prefería permanecer el más tiempo posible en la sacristía y en lo que se le ofreciera al padre Saúl.

- Así es padre, aquí las traigo junto con las demás llaves, ¿qué está pensando hacer?

- Salirnos por la parte de atrás, subirnos al automóvil, y salir a toda velocidad.

- Pero padre, recuerde que está cerrada la reja con candado, y puede ser peligroso acercarse para abrirla.

- Lo sé hijo, por eso creo que esta vez romperemos las reglas, y también la reja. - después se dirigió a Alejandra y a Juan

- Hijos míos, esto que acaba de suceder me confirma lo que les acabo de decir, desgraciadamente nos enfrentamos a un demonio muy poderoso, un demonio que tiene ya a sus seguidores, a los hijos de la obscuridad de su lado. Roguémosle a Dios que no nos abandone. Les voy a pedir que salgamos con mucho cuidado, y se suban lo más rápido posible en el auto, se agarren de donde puedan si es posible hasta con las uñas, ya que pretendo romper la cadena que tiene el candado puesto y abrir la reja o tirarla por completo.

De repente, se escuchó cómo golpeaban con algo grande y pesado el portón principal de la parroquia, y casi al mismo tiempo una lluvia de proyectiles rompía cada vitral, haciendo un ruido estremecedor.

Salieron rápidamente, teniendo cuidado de no ser vistos, y se subieron al automóvil verde del padre Saúl, que por suerte para todos era un auto de un modelo no muy reciente, de esos que parecen lanchas por su tamaño y su espacio tan amplio, además de su fuerte carrocería, era un Impala Caprice Modelo 1965 de cuatro puertas, en color verde metálico flamante, realmente un automóvil precioso, prácticamente de colección. El padre Saúl prendió el motor, y pisó el acelerador a fondo sin soltar el freno, les volvió a recordar que se agarraran de donde pudieran y soltó el freno saliendo disparados hacia la reja. De pronto, a unos metros antes de llegar a la reja, se aparecieron tres hombres con la intención de ponerse al frente y evitar que el padre se saliera con la suya. Como lo esperaban, el padre titubeó al ver que le obstruían el paso, al fin y al cabo eran seres vivos y podrían salir lastimados, así que por un segundo disminuyó la velocidad del vehículo, pero sabía que si se detenían estarían perdidos, entonces aceleró con mayor fuerza rogándole a Dios que todo saliera bien. Cruzó a toda velocidad rompiendo la cadena y el candado, arroyando a su paso una parte de la reja, los tres tipos, al ver que el automóvil no se detenía, como una espantosa pesadilla se transformaron en seres demoniacos de un color verde obscuro, la piel de su rostro parecía la de una víbora, no tenían cabello, sus orejas eran grandes y puntiagudas, en la frente se dejaban ver dos pequeños cuernos que los hacían ver realmente espantosos, y gruñendo como fieras salvajes, mostraban sus grandes y filosos colmillos en forma amenazadora, que al no poder hacer nada por detenerlos, dejaron ver su enojo y solo los miraron con sus ojos rojos como dos brazas del infierno, para después desaparecer evitando ser atropellados por el padre Saúl. Al tumbar la reja, el padre perdió por unos segundos el control del automóvil, que se fue zigzagueando de lado a lado de la calle, instantes que aprovechó toda esa gente endemoniada que se encontraba totalmente frenética, y como si fueran Zombis sin voluntad, seguían repitiendo las mismas palabras extrañas, que retumbaban todo a su alrededor, volviendo el lugar aún más escalofriante, apresurando el paso para tratar de alcanzar el vehículo y hacerles daño, varios de ellos lograron alcanzar el automóvil, agarrándose de donde podían, pero el padre logró controlarlo, y con un acelerón final, se pudo deshacer de ellos. Todos voltearon hacia atrás, como cerciorándose que no los siguieran, o que no tuvieran a alguien agarrado de la parte de atrás del automóvil. Por extraño que esto sea, las calles estaban vacías.

Unas cuadras más adelante, el padre Saúl le pidió al sacristán que se bajara del auto, que se encerrara en su casa y que por ningún motivo saliera o le abriera a nadie, y sobre todo que le pidiera mucho a Dios que no los abandonara.

- Padre, no sé de qué se trata todo este asunto, pero creo que usted ya lo sabe, tenga la seguridad de que le pediré mucho a Dios para se resuelva esto que me tiene muy confundido, y alarmado, por favor padre Saúl, cuídese mucho que esa gente al parecer es muy peligrosa.

- Gracias hijo mío, que Dios te oiga, y algo importante, por ningún motivo te aparezcas por la iglesia hasta que yo te venga a buscar, mientras tanto te repito… enciérrate muy bien, enciende varias veladoras, y pídele a Dios por toda la humanidad.

Unos kilómetros antes de llegar a la casa de la madrina del maestro y sin explicación alguna, todo el camino se fue llenando de una niebla muy espesa que casi no nos dejaba ver, así que el maestro prendió sus luces, y disminuyó la velocidad, pero de repente:

- ¡Cuidado maestro!

De la nada se nos vino encima una silueta bastante fea parecida a la de un murciélago pero del tamaño de una persona, que nos miró con sus ojos rojos, mostrándonos sus filosos colmillos, y como si fuera una enorme gárgola, nos atacaba con sus largas garras tratando de hacernos daño, por unos instantes pude sentir su cola larga y puntiaguda que alcanzó a rozar mi espalda.

- Agárrese fuerte, don Alberto, que trataré de esquivarlo.

Pero ese ser atravesó la camioneta como si solo fuera una visión que ese espíritu maligno nos hubiera mandado, solo mientras nos cruzó, sentimos su fría silueta traspasándonos de lado a lado. Después de esto sabíamos que ese demonio nos pondría más trampas, que estaba ganando mayor fuerza, que de hoy en adelante teníamos que tener más cuidado, y estar muy alerta. El resto del camino ya no tuvimos contratiempos, pero lo ocurrido a los dos nos dejó muy preocupados.

Después de subir por un camino de terrecería, el maestro Hassín y yo, llegábamos a la casa de su madrina, pero de inmediato notamos algo extraño en el ambiente, había marcas de llantas de otro vehículo que parecían recientes, además la puerta se encontraba totalmente abierta y esto auguraba malas noticias.

- Maestro, ¿ya vio esas huellas de llantas?

- Así es, don Alberto, parecen de un vehículo que apenas estuvo aquí, además la puerta está abierta… ¡corramos que tengo un mal presentimiento!

Entramos a la casa de inmediato, todo estaba tirado y hecho pedazos, había rastros de sangre por todas partes, en el que parecía ser el altar de la madrina del maestro, estaban todas sus imágenes de cabeza, así como un crucifijo, que además estaba totalmente cubierto de sangre. La escena era bastante tétrica. De inmediato, buscamos por todas partes a la madrina del maestro.

- ¡Madrina, madrina dónde estás, por favor respóndeme!

Yo busqué por un lado y el maestro por el otro lado de la casa, fui yo quien desgraciadamente la encontró.

- ¡Oh no!, ¡no puede ser!, ¡maestro, maestro venga pronto por favor! - estaba en el suelo cerca de su cama, desgraciadamente sin dar señales de vida. El maestro corrió hacia donde yo estaba presintiendo lo peor.

- ¡Madrina qué le han hecho! - gritó desesperado el maestro. Se hincó, y tomándola en sus brazos, buscó un aliento de vida que por desgracia ya se había escapado. El llanto y la impotencia se apoderaron de aquel hombre que parecía totalmente vencido. No quise interrumpirlo, dejé que se desahogara y sacara ese dolor que lo estaba matando.

- Maestro, no sabe cuánto lamento lo que le pasó a su madrina, créame que me duele verlo así… creo… que hay que dar parte a las autoridades de lo sucedido, para que tomen cartas en el asunto, pero primero debemos buscar alguna pista del asesino o asesinos de su madrina - el maestro me miró como si no me hubiera escuchado, y con la mirada perdida, habló para sí.

- Yo tengo la culpa, yo la maté, si no me hubiera involucrado en todo esto no le hubiera pasado nada. Por favor don Alberto déjeme solo, se lo suplico, regrese sin mí, en este momento no les sirvo de nada. Yo soy quien necesita esa ayuda, a pesar de que por muchos años no la volví a ver, ella era mi fuerza, era todo para mí, así que… le suplico que me deje solo, por favor, váyase.

- No maestro, no diga eso, trate de calmarse, entiendo por lo que está pasando, pero es en este momento, cuando le debe demostrar precisamente a su madrina de qué está hecho, y que todo lo que le enseñó no fue en vano, estoy seguro de que ella no lo va a abandonar, además, no nos puede dejar en estos momentos, cuando más lo necesitamos. Creo que a su madrina no le gustaría que lo hiciera.

Mis palabras lograron hacerlo reaccionar, y ya un poco más calmado me dijo:

- Gracias por sus palabras, don Alberto, tiene razón, creo que a mi madrina no le gustaría verme así, solo le pido un favor, que me deje unos minutos a solas con ella.

Lo tomé del hombro, y sin decirle nada más, me salí de la casa para dejarlo solo, como él me lo había pedido. La verdad no nos esperábamos esto, todo se había complicado en un instante, estaba confundido y sin la madrina del maestro, la lucha sería mucho más dura. En ese momento, llegué a pensar que todo estaba perdido y con el tiempo en nuestra contra, las cosas no se veían nada bien.

Después de varios minutos, el maestro salió mucho más tranquilo, es algo que hasta este momento no acabo de entender, parecía ser otro, como cargado de una energía y una vitalidad muy especial.

- Bien don Alberto, me gustaría que entráramos por unos momentos, quiero mostrarle algo. El maestro Hassín, me mostró parte por parte, toda la casa de su madrina.

- Vea, don Alberto. Al parecer buscaban algo, por eso todo este desorden.

- Pero, ¿qué es lo que querían?, ¿qué es lo que puede tener su madrina que tanto deseen?, ahora, esos cuadros, el crucifijo de cabeza, y toda esa sangre, ¿qué significan maestro?

- Realmente nada de importancia, solo tratan de burlarse de Dios y de la iglesia al voltear así las imágenes y llenarlas de sangre, lo usan en algunos de sus rituales y ceremonias satánicas para mofarse de Cristo y de su Padre, junto con una serie de cosas como son sus cantos frenéticos, en los que realmente pareciera que están poseídos, y que al final de estas ceremonias o misas negras terminan estando todos juntos en grotescas orgías, además de hacer sacrificios de animales como gallinas negras, y quien sabe qué otras cosas más; todo esto con el fin de rendirle culto al que para ellos es su verdadero Dios, al Señor de las tinieblas. Pero esto no es lo que me preocupa Don Alberto, si se fijó, la sangre que dejaron por todas partes no es de mi madrina, seguramente es de algún animal porque ella no tiene ni un rasguño; hace un rato que me quedé solo, la examiné minuciosamente, y al parecer no le hicieron ningún daño en su cuerpo, y no es que no hubieran querido hacérselo, solo que mi madrina tuvo la precaución de protegerse antes de que ellos llegaran.

- Y, ¿cómo es que lo hizo, maestro?

- Alrededor de su cuerpo, ella formó un círculo que la cubrió y la mantuvo protegida de lo que le pudieran hacer esos… seres.

- Pero entonces, ¿por qué está muerta?

- No lo sé don Alberto, no lo sé, quizá por un momento su círculo se rompió, quedando a merced de ese demonio, que estoy seguro, fue el que les ayudó y mató a mi madrina de algún modo, es la única explicación que encuentro en este momento. Ella, pensando que algo pudiera salirle mal, preparó su propia muerte, evitando que tocaran su cuerpo, o que le hicieran cualquier otra cosa. Mi madrina siempre me lo dijo "Hijo mío, cuando llegue el momento que he esperado por mucho tiempo, y que desgraciadamente tendrá que llegar, estaré preparada para enfrentarlo aunque parezca extraña la forma en que lo haga, pero si algo saliera mal, también he preparado mi propia muerte para que nadie se atreva a interferir en ese trance entre la vida y la muerte, y por ese medio te pueda ayudar, además así no podrán dañar o contaminar mi cuerpo". Yo le pregunté muchas veces a qué se refería, pero ella me dijo que cuando llegara el momento lo sabría, y que estuviera preparado para enfrentarlo yo solo. Ahora entiendo a qué se refería, no cabe duda de que mi madrina tenía un don muy especial. Pero uno de los puntos que me preocupa, es que, como pienso, ese demonio está ganando cada vez mayor fuerza, por eso ayudó a sus seguidores a matarla, y no sabemos qué otra cosa nos tenga preparado a nosotros o a cualquiera que se interponga en su camino, así que debemos de tener desde este momento mucho más cuidado. Y muy a mi pesar debemos avisarle a los demás de lo sucedido con mi madrina, para que también se preparen por cualquier cosa que ese espíritu inmundo les quiera hacer. Otra cosa, como ya le dije, y que me tiene intrigado don Alberto, es saber qué era lo que buscaban esos servidores de Satanás.

- No sé maestro, quizá algo que a ese demonio le dé… mayor poder, y que su madrina tenga guardado en algún lugar, o quizá ella encontró la forma de destruirlo y enviarlo de regreso al infierno, por eso destruyeron todo, pensando que si ellos no lo encontraban tampoco nadie lo podría encontrar.

- Podría ser, don Alberto, pero conociendo a mi madrina como la conocí, si logró descubrir la forma de destruir a ese demonio, no lo iba a dejar saber así de fácil, estoy seguro que buscará la forma de hacérnoslo saber sin prevenir también a ese espíritu del mal. Mientras, hay que darnos prisa, que nos espera una batalla muy dura, solo permítame dejar a mi madrina con gente de mucha confianza para que ellos se encarguen de prepararle un funeral digno de ella. El maestro, a pesar del tiempo que estuvo ausente, era muy querido y respetado por la gente cercana a su madrina. Después de dejar todo listo y de darle el último adiós a su madrina, tomamos el camino de regreso con la única idea en nuestra mente de enfrentarnos de una vez por todas con ese Espíritu de Mal, a sabiendas que no estábamos preparados para ello.

Mientras tanto en la clínica, las cosas estaban cada vez peor. La atmósfera en el lugar donde estaba mi nieto era horrible, he incluso en otras áreas de la clínica, ya que se había impregnado todo de un olor fétido insoportable; además, el cuerpo de mi nieto seguía sufriendo cada vez más cambios en su interior sin que nadie lo percibiera, y desgraciadamente también en su exterior, debido a que el color de su piel era cada vez más pálida, y con una apariencia muy extraña. Por más que buscaba una respuesta, no entendía por qué le estaba pasando todo esto a mi nieto, me tenía confundido en mis creencias religiosas y en mi fe, le llegué a hacer infinidad de reproches a Dios, le gritaba, le reclamaba… ¡por qué a él, si solo era un niño!, pero no encontraba la respuesta por ningún lado, solo el silencio y la desesperación. El doctor Sánchez dio órdenes de evacuar toda la clínica, transfiriendo a los pacientes a otra donde estarían seguros y bien atendidos, por suerte para el doctor, ninguno de sus pacientes estaba tan delicado.

Con mucho tacto ya se les habían avisado a sus familiares del porqué de esas medidas tan extremas, y aunque hubo algunos que se molestaron, al final todos aceptaron sin ningún problema. El pretexto era que algunos tubos del drenaje se habían roto, y que en esas condiciones era imposible trabajar con los pacientes por cualquier foco de infección.

Era la locura dentro y fuera de la clínica, primero el ruido de las sirenas que iban y venían con los pacientes a bordo, además, también sus familiares que se informaban de la dirección en donde sería trasladado su enfermo, y para colmo, habían llegado una serie de patrullas que estaban apostadas alrededor de la clínica, esto porque algunos vecinos del lugar los habían llamado alarmados, ya que, inexplicablemente habían empezado a llegar muchas personas de una apariencia muy extraña, todas vestidas de negro. Así que, esto sumado a todo lo anterior era para volver loco a cualquiera.

Unos minutos antes, el doctor Sánchez ya nos había informado de la situación en la que se encontraba la clínica, debido a los cambios que empezaban a darse en el ambiente y en el cuerpo de mi nieto, esto lo había obligado a desalojar la clínica. Por otra parte, la pérdida de la madrina del maestro les cayó como un balde de agua fría, y nos llenó a todos de dolor y desesperanza. Mientras tanto, nosotros nos dirigíamos en ese momento camino al aeropuerto para tomar el primer vuelo de regreso a la Ciudad de México, cada instante que pasaba sentíamos que la fe se nos desvanecía de entre los dedos, pero la esperanza de salvar a mi nieto, y tenerlo nuevamente de regreso con nosotros, nos mantenía con vida.

El comandante al mando se presentó en la clínica, y como pudo averiguó que el doctor Sánchez era el que estaba a cargo, así que se dirigió hacia donde él estaba e intentó entrar queriendo hacer valer su cargo, pero el guardia de seguridad lo paró en seco, y no lo dejó continuar.

- Disculpe, ¿a dónde cree que va?

- Soy el comandante Méndez, busco al doctor Sánchez, me dijeron que es el director de esta clínica y me urge hablar con él.

El comandante era un hombre rudo, tenía ya algunos años con este cargo, medía un poco de más de un metro con ochenta centímetros altura, algo pasado de peso, como de cincuenta años de edad, y con una cara de "pocos amigos".

- Permítame comandante, en seguida le hablo para que me autorice su entrada - el guardia le informó al doctor que un policía quería hablar con él muy insistentemente, el doctor Sánchez no le podía permitir la entrada por obvias razones, así que le pidió al guardia que por ninguna razón le permitiera el acceso - dice el doctor que enseguida está con usted, que por favor lo espere aquí - al comandante Méndez no le quedó más remedio que esperarlo aún y con toda su autoridad. Después de unos minutos se presentó el doctor Sánchez tratando de verse lo más sereno y normal posible.

- Dígame oficial, ¿en qué le puedo servir?

- Disculpe doctor Sánchez, pero me dijeron que usted es el director de esta clínica. Permítame presentarme, soy el comandante

Méndez, y mi insistencia de hablar con usted es preguntarle si sabe algo sobre toda esa gente que se encuentra allá afuera con una apariencia bastante extraña, tienen puesta una capucha negra, además están rodeando toda su clínica, y aunque en este momento solo están parados sin hacer ningún movimiento, pusieron muy nerviosos a los vecinos de su alrededor, por esta razón es que estamos aquí, un servidor y varias patrullas más, para estar al pendiente de cualquier cosa que pudiera ocurrir.

- Mire comandante, con relación a toda esa gente que está afuera, sé lo mismo que usted. A mí eso, en este momento es lo que menos me preocupa, quizá son de esas gentes raras que se están reuniendo para manifestarse por cualquier cosa como ya es costumbre en esta ciudad; lo que sí le puedo decir, es la razón de porqué estoy evacuando la clínica, aunque usted no me lo está preguntando, precisamente desde hoy por la mañana me reportaron la ruptura de unos tubos del drenaje que cruzan prácticamente por toda la clínica, y como puede darse cuenta el olor es insoportable, además, trato de evitar cualquier foco de infección para mis pacientes. Y bueno, pues, por mi parte es todo lo que le puedo decir, que esté en mi jurisdicción - al comandante no le quedó más remedio que aceptar la explicación del doctor Sánchez por lo menos por el momento.

- Le agradezco doctor, que en este momento me haya atendido, me imagino el grave problema que es para usted todo esto, y disculpe si llegué un poco agresivo.

- Está bien comandante, acepto sus disculpas, pero creo que lo que tiene que averiguar son las razones de porque están todas esas gentes alrededor de mi clínica, y tratar de desalojarlas lo más pronto posible. Si me disculpa, tengo trabajo que hacer, con su permiso - el doctor se dio la vuelta, dejando al comandante sin poder decir algo más, así que no le quedó más remedio que dirigirse a la salida.

Mientras todo esto pasaba, el maestro y yo llegábamos al aeropuerto de Oaxaca sin ningún contratiempo más, al parecer, la pérdida de la madrina del maestro era más que suficiente para esas gentes y su señor. Nosotros no les inspirábamos ningún respeto, y al menos por el momento no intentaron nada en nuestra contra.

Mi hija y mi yerno, se sentían cada vez más angustiados, y le pedían al padre Saúl que se diera prisa.

- Padre, ¿en qué tiempo calcula que estaremos con nuestro hijo?

- No lo sé exactamente hijos, traten de conservar en lo más posible la calma, espero que si no hay ningún contratiempo, en poco más de una hora, y esto esperando que no haya demasiado tráfico. Pero hay otra cosa que me preocupa en este momento, y es lo que nos vamos a encontrar al llegar. Recuerden que los seguidores de ese demonio están llegando a la clínica, y estoy seguro de que tratarán de impedir que entremos para que no podamos mandar a su señor de regreso a las entrañas del infierno.

- ¡Ay padre, que Dios nos de las fuerzas suficientes para enfrentarnos con ellos, y logre liberar a mi hijo de esa bestia!

- Dios te oiga hija, Dios te oiga - en ese momento se escuchó un tronido, al parecer era una de las llantas traseras que se había ponchado, esto los iba a detener un poco más de lo planeado. Parecía que el destino se estaba burlando de todos nosotros.

El altavoz del aeropuerto de Oaxaca anunciaba el vuelo con destino a la Ciudad de México, así que, sin perder tiempo lo abordamos el maestro y yo. Minutos antes, mientras aguardábamos en la sala de espera la salida de nuestro transporte, revisamos con la mirada a toda la gente que pasaba a nuestro alrededor, o que se encontraba también esperando abordar el mismo avión que nosotros, pero al parecer no había ninguna persona que se viera extraña o sospechosa, así que tomamos nuestro vuelo un poco más tranquilos. Durante el trayecto no hablamos mucho, creo que nos estábamos preparando anímicamente para el encuentro decisivo con esa bestia.

- Doctor, doctor - gritó la señorita Carmen, al ver que a mi nieto temblaba totalmente fuera de sí. De inmediato, el doctor Sánchez le preguntó a su enfermera qué era lo que pasaba.

- ¿Qué sucede, Carmen?, ¿qué tiene?

- ¡Vea, vea qué espanto! - el doctor se acercó para ver por el cristal de la habitación de mi nieto lo que estaba pasando, pero lo que vio lo dejó helado, no daba crédito a lo que estaba sucediendo, y por primera vez desde que sucedió lo de su hijo, exclamó:

- ¡Dios mío, ampáranos por favor! - y es que la habitación tenía ya un ambiente totalmente diferente, estaba fría, húmeda por causa de esa especie de neblina verdosa, que además era la que ocasionaba el olor tan repugnante. Las luces que siempre se mantuvieron encendidas alumbraban muy bien toda la habitación, especialmente sobre la cama de mi nieto, pero, lo que realmente los dejó aterrados a los dos fue que mi nieto se encontraba levitando arriba de su cama, con los brazos y las piernas extendidas completamente, su rostro totalmente deforme, y mucho más pálido, le brotaban ámpulas que se rompían dejando salir esa especie de pus verde y apestosa. Sus ojos estaban rojos y con una mirada fija… diabólica… y de su boca, salían palabras roncas en ese idioma tan extraño que nos había dicho el padre, lo cual hacía más espeluznante el momento.

- ¡Qué hacemos, qué hacemos doctor! – repetía la enfermera.

- Creo que solo nos queda rezar - y tomándola fuertemente de las manos, la invitó a que fueran al oratorio que estaba a unos cuantos metros de ahí. Pero justo en ese momento sucedió algo extraño, como una visión diabólica: al tomar sus manos la vio de una manera diferente, como si quisiera besarla en ese momento. Comenzó a luchar para no ceder a esa visión morbosa, cerró fuertemente sus ojos, y por un momento los mantuvo así.

- ¿Qué le pasa doctor?, ¿se siente mal?, por favor apóyese en mí.

- No, no es nada, adelántese, en seguida la alcanzo - la enfermera se dirigió al oratorio no muy convencida de dejar solo al doctor Sánchez. Mientras, el doctor se pegaba nuevamente al cristal donde estaba mi nieto, y dirigiéndose al demonio le gritó con desesperación.

- ¡Déjame en paz diabólico espíritu!, ¡qué pretendes hacer! - por un instante no sucedió nada, pero de pronto y sin que pudiera hacer algo el doctor, el demonio se trasladó de donde estaba a una velocidad tal, que en un instante lo tenía frente a él a través del cristal.

- Escúchame... tú tenías un hijo que hace algunos años llenaba tu vida de felicidad, y que injustamente te fue arrebatado sin que nada pudieras hacer, ¿verdad? – dijo con una voz ronca mientras le hacía ver imágenes que sacaba de su mente, con los más bellos recuerdos que había vivido con su pequeño - yo te lo puedo devolver para que puedas abrazarlo y tenerlo nuevamente a tu lado. Dime, ¿no te gustaría? - el doctor, aturdido por esas imágenes tan bellas, no sabía qué hacer, solo miraba sorprendido. El demonio le volvió a preguntar - ¿no te gustaría que te abrazara?, ¿que estuvieran siempre juntos?

- ¡Por piedad, déjame en paz!, ¡no me atormentes más! - pero el demonio le respondió con una nueva alucinación, solo que esta vez parecía más real. En ella veía que su hijo corría a sus brazos, y le daba un abrazo muy fuerte, llenándolo de besos. El doctor ya no pudo más y cayendo de rodillas, vencido por el dolor y la impotencia, gritó:

- ¡¿De verdad puedes devolverme a mi hijo?! - el demonio le respondió con un aire de suficiencia.

- Eso mismo te estoy ofreciendo, pero claro, todo tiene un precio, a cambio de tener nuevamente a tu hijo tienes que rendirme, y ofrecer tu vida a mi servicio, además de otras cosas.

Ahora me doy cuenta de lo difícil que fue en ese momento para el doctor Sánchez esa terrible situación en la que se encontraba, su hijo era su vida entera, y habría hecho cualquier cosa para recuperarlo.

- Dime de una vez por todas, ¡qué es lo que quieres que haga para tener a mi hijo nuevamente a mi lado! - gritó desesperado.

- No es tan simple… primero deberás jurarme que desde este momento serás mi sirviente más fiel, después tendrás que convencer a todos y principalmente a los padres de Alberto que se te unan, ya que ellos por ser quienes son, tendrán un lugar especial en todo esto; les dirás que se rindan a mis pies, que celebren mi llegada. Además, debes dejar pasar a todos mis seguidores para que todos juntos vean el nacimiento de una nueva era, en la que los guiaré al encuentro de nuestro verdadero señor y maestro, y junto con el que surgirá de las profundidades, reinemos aquí en la tierra.

Con estas palabras apocalípticas me pidieron que abriera el sobre marcado con el número tres, y viera con atención los dos discos que ahí se encontraban, para que pudiera constatar hasta este momento que todo era verdad. Ya en ese instante, confirmaba que el que me había mandado los sobres era el abuelo de Alberto, así que, siguiendo sus instrucciones, interrumpí por un momento el resto del relato, guardé los papeles en su sobre, y lo puse en mi escritorio, junto con los demás sobres amarillos, después como me lo indicó, saqué el primer disco y lo puse en mi computadora para verificar si lo que estaba grabado ahí era auténtico, aunque en la actualidad, cada vez es más difícil saber con seguridad si un video es real o fue realizado por medio de trucos. Cuando puse el primer disco, las escenas que vi eran tan reales, por más que revisaba y revisaba la grabación cuadro por cuadro, no encontraba algún indicio que me dijera si había algún fraude en lo que estaba viendo. Estaban grabadas las primeras escenas desde que instalaron en su habitación a Alberto, hasta el momento en que el maestro Hassín tuvo su primer encuentro con ese demonio. En ese instante sentí cómo esas imágenes se fueron quedando grabadas en mi mente de una manera muy extraña, era como si ese demonio se dirigiera a mí, en todas las escenas que veía sus ojos me seguían a todos lados a través de la pantalla de mi computadora, su mirada penetrante poco a poco fue aturdiendo mis sentidos, hasta el punto de creer que me estaba volviendo loco.

En el disco marcado con el número dos estaban las escenas de cómo se fue transformando cada día más, hasta quedar irreconocible; se había convertido en algo espantoso, en un ser realmente aterrador. También mostraba la transformación del ambiente en la habitación y parte de la clínica. Si no lo hubiera visto, no lo hubiera creído. Por último, mostraba la pesadilla que vivió el doctor Sánchez y su enfermera con ese ser del infierno. Ese disco, de igual manera lo analicé, sin encontrar algún truco o indicio que me dijera que era un fraude. En todos los años que tengo dedicado a esta clase de fenómenos jamás había visto algo como esto. En mis estudios que hago sobre los fenómenos paranormales y extrasensoriales que muchas veces parecen ser de ciencia ficción. La verdad es que son una realidad, aunque a mí resulte muy difícil de aceptar, ya que todos estos fenómenos se llegan a confundir con enfermedades del cerebro, como lo son las personalidades múltiples, que muchos años atrás pensaban que eran posesiones diabólicas. Lo cierto es que hay que reconocer que del cerebro humano conocemos muy poco, y que en muchas ocasiones nos encontramos atados de manos, por eso la necesidad imperiosa de conocer más al respecto; por otro lado están los sucesos inexplicables, y que nada tienen que ver con el cerebro humano, sino más bien con hechos para los que todavía la ciencia no encuentra ninguna explicación lógica… como los lugares o casas que aparentemente están embrujadas, donde dicen que habitan entidades, o alguna clase de energía que ocasiona alteraciones y a los que comúnmente llamamos fantasmas. Como ya lo dije, todavía la ciencia no encuentra una explicación lógica para ello, terminando por aceptar que la realidad de todo esto es que no sabemos lo que hay después de la muerte, y las diferentes formas que tienen esos seres para manifestarse. Recuerdo de algunos casos en los que trabajé, donde aparentemente las causas eran posesiones de algún espíritu o entidad, que después de muchos estudios pude concluir, que lo que ocasionaban los síntomas eran desórdenes en el cerebro, y que aunque parezca extraño, modificaban la conducta, el habla, he incluso en muchos casos hasta la fuerza de la persona enferma, provocándole movimientos involuntarios bastante violentos, convirtiéndolos totalmente en otras personas. Por estas razones, mucha gente lo confunde con posesiones de espíritus y por eso mi resistencia a creer así tan a la ligera de todo esto sin hacer un análisis profundo antes de poder dar mi diagnóstico. No quiero decir con esto que la posesión de algún espíritu a algún ser humano no se pueda dar, a pesar de mi escepticismo tengo que aceptar que esto puede suceder, se han hecho estudios bastante serios del tema, y se tienen casos bien documentados de aparentes posesiones, la misma iglesia lo ha aceptado, y precisamente es ella la que tiene que dar el visto bueno para que se haga algún exorcismo, no antes de hacer infinidad de estudios y análisis para que un sacerdote autorizado por ella, y especializado en el tema, lo lleve a cabo.

Después de ver los dos videos, comencé a tener una sensación muy extraña, como ya lo había dicho antes, la mirada de ese ser me tenía muy perturbado, a donde volteaba sus ojos y su cara me seguían, incluso intenté cerrar los ojos para no verlo, pero era inútil, así que con todas mis fuerzas traté de controlarme y borrar esas imágenes que me estaban trastornando. Apagué todo el equipo, guardé los discos en su lugar, y decidí darme un respiro para tratar de aclarar mi mente antes de continuar con el relato. Por unos minutos, estuve caminando como "león enjaulado" de un lado para el otro, tratando de tranquilizarme y encontrarle lógica a todo esto, pero después de mucho razonarlo me enfrenté quizás con la única realidad, la de aceptar que todo esto podía ser verdad, una verdad que me erizaba la piel de pies a cabeza. Al final, decidí continuar con el relato, y saber de una vez en qué terminaba esta horrible pesadilla, pero cuando estaba a punto de continuar, un ruido estremecedor me hizo dar un salto casi hasta el techo, de inmediato ubiqué de dónde provenía, al parecer algo se había caído en el patio de servicio, con precaución y todavía un poco nervioso, me fui acercando para averiguar qué era. De repente, y sin que yo lo esperara, un enorme gato negro salió corriendo detrás de los botes que tengo para la basura, y como era de esperarse volví a brincar del susto. Después de que acomodé nuevamente los botes con sus tapas, regresé a mi escritorio, no sin antes dejar bien cerrada la puerta de servicio, y continuar con el relato.

Mientras tanto, el padre Saúl, mi hija, y mi yerno, tomaron camino hacia la clínica después de dejar al sacristán en su casa y de cambiar la llanta ponchada. Todavía estaban bastante nerviosos, con el temor de lo que podían encontrarse en el camino. El padre Saúl, en un tono preocupado les dijo:

- Hay algo que quiero decirles, hijos míos.

- No nos diga que todavía hay algo más, padre.

- Desgraciadamente así es hija, como ya les dije, hay también jerarquías en los demonios, y este demonio, cuando logre liberarse totalmente, también liberará a una legión más de demonios que están detrás de él, y que esperan solo ese momento para causar más daño con sus perversiones y pecados a la humanidad, que le vendrán muy bien a toda la gente que no está con nuestro señor Jesucristo, ni con su Padre, porque ellos adoran a la bestia y a todos sus demonios. Muchos de estos demonios ya están entre nosotros disfrazados de gente común y corriente, pero como en el ajedrez, se encuentran colocados estratégicamente en puestos de jerarquía en todos los ámbitos, esperando solo el momento preciso para atacar a los que se opongan a sus designios, los torturarán, llenándolos de dolor, de angustia y sufrimiento en todas partes del mundo, muchos no resistirán, y con falsas promesas caerán en sus trampas. Pero habrá otros que se enfrentarán a ellos, serán seres muy especiales, estos seres escogidos por Dios, darán inicio a la batalla final.

- Pero padre, ¿por qué está pasando todo esto?, la verdad es que no lo entiendo, y por qué a mi hijo si es solo un niño que no le hace mal a nadie. Díganos en dónde está la justicia de Dios, porque la verdad… no se ya en qué creer. - el padre Saúl no supo qué contestarles, sabía que muchas cosas parecen ser injustas en esta vida para nosotros los humanos, y desgraciadamente en muchos casos no existen respuestas a nuestras plegarias, así que solo inclinó la cabeza y les pidió que oraran con todas sus fuerzas, y que recordaran que eso era precisamente lo que quería esa Bestia, que perdieran la fe en nuestro señor Jesucristo.

El tiempo transcurría rápidamente, eran más de las cuatro de la tarde, había un cielo despejado, caía el sol como plomo, parecía ser un día común y corriente, y para la mayoría de la gente así era, pero en realidad no se imaginaban lo que estaba pasando en ese momento y lo que podría suceder si no lográbamos detener a ese ser de obscuridad.

El capitán anunciaba la llegada a la Ciudad de México del vuelo 177, en el que llegábamos el maestro Hassín y yo. Me asomé por la ventana y contemplé majestuosa e imponente, una ciudad en la que muy pronto se libraría una batalla entre el bien y el mal. Rápidamente nos dirigimos hacia la salida del aeropuerto, no sin antes tener el cuidado de ver si alguien nos seguía, sabíamos que en cualquier momento podrían aparecer los seguidores de ese espíritu del mal. De repente, el maestro cerró los ojos, y se sostuvo de mi hombro.

- ¿Qué tiene maestro?, ¿qué le ocurre?, ¿se siente usted mal? - el maestro no me contestó, solo abrió sus ojos, su mirada parecía perdida. Por unos segundos se mantuvo así, yo traté de que pasáramos desapercibidos, como pude, lo llevé a un lugar menos transitado para poder ver qué le estaba pasando, por segunda ocasión vi al maestro en ese estado, solo en películas había visto a gente que estuviera en las mismas condiciones que él, así que concluí que estaba otra vez en una especie de trance. Comenzó a hablar como si hubiera otra persona frente a él, solo que en zapoteca, un dialecto que se habla en Oaxaca. Al encontrarse en ese estado, comenzó a sudar copiosamente, para después desvanecerse por unos segundos en mis brazos, por suerte para los dos yo lo estaba sosteniendo fuertemente.

- ¡Maestro!, ¡maestro!, ¡qué le sucede!, ¡reaccione por favor! - le decía tratando nuevamente de no llamar mucho la atención. El maestro se fue incorporando, y poco a poco recobró el sentido.

- ¡Ya sé lo que tenemos que hacer para detener a ese demonio don Alberto!, ¡ya lo sé! – me dijo muy efusivo.

- ¿Qué quiere decir, maestro?, explíquese por favor.

- Escúcheme bien, Don Alberto. Acabo de hablar con mi madrina, y ella me explicó cómo liberar a Alberto de ese demonio, y la forma en la que lo podemos enviar de regreso a las entrañas del abismo de donde nunca debió salir. Lo que le puedo decir, es que todo tiene relación con las fechas que en este momento se están dando, y que como en el caso de la Bestia se relacionan con el número seis, que de acuerdo a la biblia es el número cabalístico de lo imperfecto… pero, antes de explicarle de qué se trata, es importante decírselo a todos y en especial al padre Saúl, ya que él tiene algunos datos que son clave en todo esto.

Yo no terminaba de entender de lo que hablaba el maestro, así que rápidamente le di el celular para que se comunicara con el padre Saúl, y conocer qué era lo que sabía el padre que pudiera ayudar a mi nieto a liberarse de esa pesadilla.

- Bueno, ¿es usted, maestro? – contestó mi yerno.

- Así es, señor Allende, ¿me puede comunicar con el padre Saúl?

- ¿Sucede algo malo, maestro?

- No, al contrario, creo que tenemos la forma de ayudar a su hijo, por eso es que me urge hablar con él, por favor ponga el altavoz para que todos puedan escuchar lo que le voy a decir.

- Así lo haré maestro, se lo comunico – dijo rápidamente.

- Maestro Hassín, ¿qué es lo que ocurre?

- Escúcheme con atención, hace un instante tuve un encuentro con mi madrina, sé que suena algo increíble, ya que ella está muerta, pero así fue.

- Le creo maestro, en todos los años que tengo metido en esto, he aprendido que hay cosas que superan las más increíbles historias de ciencia ficción.

- Pero no es de eso de lo que quiero hablar con usted padre, si no de lo que ella me dijo. Por favor, escuchen todos con atención. Me dijo que ese demonio como ya sabemos, ha ido ganando poder y jerarquía a lo largo de los tiempos en que lo han liberado… el punto es que en todas sus apariciones, ha tenido que ver con fechas muy específicas y también muy precisas. Y todas están relacionadas con un número en especial que es el seis, usted mejor que nadie sabe el significado de este número, pero esta fecha en particular es muy importante para él, ya que le dará el poder que necesita para servirle a la Bestia, y para que lo logre tiene que ser en la fecha cabalística, y esta es precisamente el día de hoy. El sexto año del sexto mes del sexto día, y solo tenemos hasta las cinco cincuenta y nueve de la tarde para evitar que esto suceda, porque después será demasiado tarde y comenzará la misión que Satanás le ha encomendado, la de prepararle el camino a su hijo el anticristo. Al escuchar estas palabras todos nos habíamos quedado sin habla, eran realmente aterradoras. Por unos segundos, no se escuchó sonido alguno, todo parecía perdido, todas nuestras esperanzas de salvar a mi nieto se nos estaban esfumando. El maestro al no escuchar ningún sonido del otro lado del celular, les habló varias veces para saber si lo habían escuchado.

- ¿Bueno?, padre Saúl, ¿me escucha?, ¿está usted ahí? - al no recibir respuesta, el maestro pensó que era el aparato el que estaba fallando, así que lo movió varias veces buscando una mejor recepción.

- Padre Saúl, ¿me escucha?, contésteme por favor - después del impacto tan fuerte en el que todos estábamos, le respondió el padre.

- Perdón maestro, sigo aquí, solo le pido a Dios que no nos abandone, que nos ayude para que nada de esto ocurra.

- Padre Saúl, Don Alberto y yo estamos por tomar un taxi, es importante que nos veamos antes de llegar a la clínica, mi madrina me dijo la forma de regresar a ese demonio de donde vino, le pido que me indique un punto de referencia para que lo intercepte y hagamos un plan para derrotar a ese espíritu inmundo, pero en cuanto cuelgue, de inmediato haga lo que le voy a pedir padre, es muy importante que sigan sus instrucciones al pie de la letra.

- Lo escucho, maestro. Dígame qué es lo que tengo que hacer.

- Por favor, haga lo necesario para que la lápida que usted me platicó que se retiró de una de las cuevas ubicadas en el Mar Muerto regrese a su lugar y se coloque de nuevo sellando la entrada, pero esto debe hacerse en un momento preciso, justamente unos segundos antes de que sean las seis de la tarde aquí en México. Los demás detalles del plan me gustaría tratarlos en persona con todos ustedes, padre - se estableció el punto en el que nos encontraríamos, mientras el padre Saúl hizo todas las gestiones para que la lápida estuviera lista, y así poder sellar la entrada a la hora indicada. No cabe duda de que él era una persona bastante respetada en su medio, ya que, con unas llamadas a sus superiores todo quedó listo.

Después de un rato, y de hacer malabares con el tráfico, llegamos el maestro y yo al punto de intersección, no sin antes fijarnos que nadie nos hubiera seguido. El maestro despachó al taxi, para mayor seguridad de todos unos metros antes, después nos dirigimos al automóvil del padre Saúl como se había acordado; desde ese punto, hasta donde se encontraba la clínica ya no estaba tan retirado, y aunque algo apretados, todos nos iríamos en un solo vehículo.

Para no perder tiempo, de inmediato nos pusimos en marcha, el maestro continuó con el plan y le pidió al padre que nos dijera todo lo que sabía de esa lápida, y nos explicara sobre la relación de unos manuscritos con mi nieto.

- Padre Saúl, usted me platicó que en el último viaje que hizo al Mar Muerto, en una de las excavaciones que hicieron, un colega suyo encontró una piedra enorme que al parecer estaba tapando la entrada a otra cueva más profunda, y que tenía algo escrito en ella.

- Así es maestro, como ustedes saben por órdenes del Vaticano, salimos cuando se nos requiere para realizar diversas investigaciones en todo el mundo sobre milagros o supuestos milagros, gente estigmatizada, hallazgos arqueológicos de carácter religioso como los evangelios apócrifos, o los supuestos restos encontrados del cuerpo de Jesús de Nazaret, que como muchas cosas más tambalearon la fe cristiana. Y precisamente en uno de los últimos viajes realizados al Mar Muerto, como ya les había dicho, se descubrieron en una cueva otros manuscritos escritos también en arameo antiguo, pero, había uno muy especial que estaba separado de los demás. No saben hijos como deseo que todo esto nunca hubiera sucedido.

- ¿Por qué padre?, ¿qué es lo que sucedió ahí? - le pregunté tratando de entender la relación de todo esto con lo que le estaba pasado a mi nieto, ya que el padre Saúl no me lo había platicado.

- Escúchenme con atención, desgraciadamente por algunos compromisos anteriores, llegué días después cuando ya se había retirado la piedra. El que descubrió la cueva fue un sacerdote y colega, además de un gran amigo mío, el padre Víctor Di Salvo de origen Italiano. La cueva estaba sellada con una especie de lápida con algo escrito en arameo antiguo, él me habló para decirme de su hallazgo, y que pensaba al día siguiente retirar la piedra para ver que encontraba en el interior, yo le pedí que no hiciera nada hasta conocer el significado de lo que estaba escrito en aquella lápida, que más tardar en dos días estaría en ese lugar. Me prometió que así lo haría, y que mientras tanto intentaría descifrar lo que estaba ahí escrito, ya que esta no era su especialidad. Pero desgraciadamente algo pasó, que hasta este momento comienzo a entender, al día siguiente de que hablamos, el padre Víctor dio la orden de retirar la lápida, como obsesionado por saber qué había en su interior, como si una fuerza extraña lo guiara y lo hiciera actuar de una manera muy diferente. Los que estuvieron con él en esos momentos, coinciden que su actitud cambió radicalmente, se convirtió en un hombre violento, agresivo, y peor se puso después de retirar esa maldita lápida. El día que yo llegué lo encontré tan cambiado que parecía que estaba hablando con otra persona. De inmediato, me di a la tarea de descifrar lo escrito en esa lápida, cuando terminé, esas palabras me dieron miedo.

- Pero, ¿por qué padre?, ¿qué decían esas palabras? - le preguntó mi hija bastante angustiada.

- Escuchen con atención lo ahí escrito "por bien del mundo, no retiren esta piedra, o todas las plagas y males cubrirán la tierra llenándose de sombras. Los que tengan entendimiento, por piedad no lo hagan".

- Qué palabras tan terribles padre, pero todavía no acabo de entender qué tiene todo esto que ver con mi Alberto, explíquemelo por favor, padre Saúl.

- Desgraciadamente todo esto tiene mucho que ver con su hijo, señor Allende y ahora lo termino de comprobar, permítame continuar con mi relato para que ustedes también lo puedan entender, hijo. Al día siguiente después de que yo llegué, y terminé de descifrar esas palabras, uno de los trabajadores le avisó al padre Víctor y a un servidor de un hallazgo dentro de la cueva, de inmediato nos introdujimos en ella para ver de qué se trataba, todavía enterrado se dejaba ver un objeto como de barro, así que con mucho cuidado lo fuimos desenterrando para que no se dañara y saliera la pieza completa; era una vasija de arcilla totalmente lisa. Después de revisarla minuciosamente, nos dispusimos con cuidado a revisar su contenido, en ella encontramos varios rollos perfectamente acomodados, así como fragmentos de piel de cabra, apenas se podía distinguir lo que estaba ahí escrito; apartado de los demás, estaba un rollo, al parecer querían que lo viéramos primero. Antes de continuar con el relato hijos míos, quiero explicarles varias cosas. Lo primero es que el padre Víctor se trasladó hacia allá por órdenes del Vaticano, ya que en los últimos años y desde que se descubrieron los más de ochocientos rollos, se comenzó a dar un tráfico ilegal de muchos de los manuscritos encontrados en Qumrán, vendiéndoselos al mejor postor sin ningún escrúpulo, por fortuna para nosotros uno de esos últimos fragmentos llegó a nuestras manos, así como la información de que en ese lugar podía haber más. Este lugar se encuentra al este de Jerusalén, para llegar hasta ahí, hay que tomar una carretera que desciende paulatinamente hacia la orilla noroeste del Mar Muerto o Mar Salado, atravesando un pequeño grupo de montañas y colinas denominadas montañas de Moab. Bajar hasta la orilla del Mar Muerto es descender por debajo del nivel del mar, y les puedo asegurar que se siente un aire denso, pesado. Sin embargo, la tranquilidad, y la calma circundante se hacen sentir. Qumrán está sobre una terraza de marga arcillosa, donde se pueden ver unas aberturas o boquetes en la pared y en el suelo de la colina, en este lugar, se han encontrado muchos hallazgos muy valiosos para la ciencia. Aunque desde 1956 que se concluyeron las excavaciones nadie había vuelto a pisar esas tierras, se hicieron los arreglos para que se hiciera una nueva excavación en donde nos habían informado del hallazgo, así que el padre Víctor junto con su equipo, comenzaron las excavaciones en un lugar no muy cercano a las anteriores, él no es un experto en lenguas muertas, pero como yo lo alcanzaría, no se pensó que pudiera haber algún problema. Desde el momento que llegué, sentí algo muy extraño en el ambiente, después que sacamos la vasija, decidimos no tocar nada y dar parte del hallazgo a nuestros superiores en el Vaticano, las órdenes fueron quedarnos unos días, y ver si encontrábamos algo más, pero que no tocáramos ningún manuscrito hasta nuestro regreso al Vaticano, para que junto con otros especialistas como los filólogos, iniciaran las traducciones, y basándose en el tipo de escritura pudieran fechar qué tiempo tenían. A este estudio se le llama Paleografía. Pasaron varios días sin que se encontrara algo más, pero el ambiente en ese lugar se fue poniendo cada vez peor, como si una fuerza extraña dominara todo a su alrededor, comenzaron a suceder accidentes sin ninguna razón aparente. De pronto, uno de los trabajadores salió corriendo como loco estrellándose en las rocas, muriendo al instante. Después de esto, nos ordenaron que dejáramos todo, y que voláramos de regreso con los rollos para su análisis, la lápida por extraño que sea quedó abandonada en ese lugar, aunque para nuestra fortuna, las autoridades cercaron toda el área, impidiendo la entrada a cualquier intruso. En el trayecto recordé lo que sabía de la maldición del Qumrán, la cual dice que todos los descubridores de los manuscritos han sufrido alguna desgracia o accidente. Por ejemplo, el pastor Beduino Muhammad Adib Essa, quien fue el primer descubridor de los manuscritos y que murió de cáncer, estaba convencido que había sido víctima de la maldición de un genio de su ánfora, que lo atormentaba todo el tiempo. Así que, recordando esto me preocupaba cada vez más la salud de mi amigo Víctor, que en momentos se ponía muy agresivo con todos. Entonces le sugerí que mientras nosotros hacíamos el análisis de los rollos se pusiera en manos de un médico. Una vez que llegamos al vaticano, yo me integré con el equipo que estudiaría los manuscritos, mientras nuestros superiores, al ver el semblante de mi amigo le ordenaron tajantemente que se pusiera en manos de los médicos, a lo que él se negó y dijo que solo lo haría estando al cuidado de su hermana y de su madre, quienes radicaban en la ciudad de México desde hace ya varios años, así que viendo su estado de salud tan crítico aceptaron hacer su traslado a esta ciudad. Desgraciadamente esta fue la última vez que vi a mi amigo con vida. Yo seguí muy de cerca su estado de salud, todo el tiempo estuve en comunicación con su hermana (vía telefónica), pero su salud empeoraba día con día sin que los doctores pudieran saber a ciencia cierta cuál era la causa que lo tenía así, de repente y sin causa alguna le daban unas fiebres muy altas que ocasionaban en él convulsiones horribles, así como alucinaciones espantosas que lo atormentaban de día y de noche, a todos los que se acercaban a él, les decía que junto a su cama había horribles bestias que se lo querían llevar, en ratos, cuando podía conciliar el sueño se despertaba dando gritos de desesperación y les decía "¡no dejen que le haga nada a ese niño, se lo quiere llevar, quiere que lo siga, por dios no lo dejen!." Esto lo repetía infinidad de veces, además les decía que estuvieran todos alerta, que el que tenía que venir ya estaba entre nosotros. Al no encontrar alguna respuesta lógica a todo lo que le estaba pasando a mi amigo, terminaron por creer que estaba perdiendo la razón, y que era algún trastorno en su mente el que ocasionaba todo esto, así que trataban de mantenerlo el mayor tiempo posible sedado para que no se alterara o se hiciera algún daño, mientras encontraban lo que tenía. Desgraciadamente en unos segundos que se descuidó su enfermera, tomó el vaso con agua con el que debía tomarse sus medicamentos, lo estrelló en la orilla de su cama, y con uno de los filos se atravesó el cuello, terminando así con su vida y con lo que lo estaba atormentando.

- Pero padre, ¡por favor explíquenos la relación de este suceso con lo que le está pasando a nuestro hijo!

- Desgraciadamente, señor Allende, este ser del que hablaba mi amigo Víctor, es el que tiene cautivo a su hijo. Yo estuve siguiendo con mucha atención todos los acontecimientos que se dieron desde entonces y desde mucho antes, investigando por mi cuenta algún suceso extraño, que a mi juicio tuviera relación con esa terrible profecía, hasta que gracias a la llamada del maestro Hassín, confirmamos que todo esto está a punto de cumplirse en Alberto; él emana mucha energía que los servidores de Satanás pueden usar a su favor, su hijo es un Ángel de Luz que en este momento se encuentra entre sombras, luchando por no dejarse someter por ese demonio. Estoy seguro de que ese ser ya sabía de la existencia de Alberto, así que planeó todo lo que ha sucedido para llegar a él. Yo lo interrumpí sin terminar de dar crédito a lo que nos estaba diciendo.

- ¿Quiere decir padre, que ya esperaban su nacimiento?

- Desafortunadamente no solo eso hijos; tuvieron que esperar para que Alberto cumpliera 6 años, ya que para ese espíritu in-mundo era el momento más apropiado porque ellos se rigen por tiempos muy precisos como ya lo había mencionado el Maestro Hassín. Para esos seres, el número que les da mayor fuerza es el número seis, y su significado principal es lo imperfecto, lo maligno; desde mucho antes se le ha relacionado con sucesos catastróficos, y como ustedes saben al anticristo se le relaciona también con este número pero con la fuerza de tres, que es la trilogía del 666. Y precisamente el día de hoy hay una fuerza similar por el sexto año de Alberto, el mes y el día ¡cómo no lo vi desde antes!, tenía razón la madrina del maestro, y el tiempo preciso para que ellos logren cumplir esta maldita profecía es hasta las seis de la tarde que es el momento en que alcanzará ese demonio su mayor fuerza, y si no lo detenemos antes de ese momento, me temo que todo estará perdido.

Yo volví a cuestionar al padre Saúl, desgraciadamente en ese instante mi hija y mi yerno habían perdido todo juicio, sus miradas se veían perdidas. Estaban como muertos en vida, así que, en un tono decidido le pregunté.

- Ahora que ya sabemos todo esto, ¿cómo podemos detenerlo y salvar a mi nieto? - por un momento, el padre Saúl no supo qué contestarme, quizás en su interior le rogaba a Dios que le diera la respuesta a sus plegarias. El que respondió fue el maestro Hassín.

- Escúchenme con atención, creo que tengo la respuesta. Lo primero que tenemos que hacer es enviar a ese demonio por donde vino, y después sellar la entrada de esa cueva para que no vuelva a salir por lo menos en otros dos mil años.

- Ojalá sea así de fácil como lo dice maestro, pero desgraciadamente ya vimos de lo que es capaz ese demonio, y la verdad tengo miedo de lo que le pueda pasar a nuestro hijo.

- Tiene razón, señor Allende. La lucha no va a ser nada fácil, pero por eso debemos actuar lo más pronto posible, y hacer todo lo que les voy a pedir. Como saben, platiqué con mi madrina en un nuevo acercamiento en el aeropuerto, y me explicó muy detalladamente lo que tememos que hacer para lograr vencerlo, que ella por su parte, hará otro tanto para ayudarnos.

- Pero por favor maestro, ¡ya díganos de una vez qué es lo que tenemos que hacer!, ¡que el tiempo de mi hijo se está acabando!

El maestro entendió el estado en que estábamos todos ya en estos momentos, así que continúo con lo que nos estaba diciendo.

- Lo que tenemos que hacer es hacer un círculo justo dentro de la habitación de Alberto.

- ¿Un círculo?, ¿pero esto para qué, maestro? - le pregunté muy intrigado.

- Bueno, como no podemos traer la cueva hasta acá, ni tampoco podemos llevar a Alberto hasta allá en estos momentos porque ese ser no nos lo permitiría, además el tiempo que nos queda es muy poco para arriesgarnos intentando trasladarlo, sellar la entrada colocando la lápida y encerrar nuevamente a ese demonio. Es prácticamente imposible. Por eso, lo que tenemos que hacer es precisamente un círculo con algunos materiales especiales como la sal, el incienso y otros elementos mágicos con los que vamos a llenar de energía todo el círculo y abrir un portal para conectarnos directamente en la entrada de la cueva, y así regresar a ese demonio hasta las entrañas del infierno. Después, se deberá sellar perfectamente la entrada de la cueva en el momento preciso, que será a las cinco cincuenta y nueve de la tarde, porque si no logramos hacerlo antes de las seis de la tarde de hoy todo estará perdido. Justo este es también el tiempo que tenemos para liberar a Alberto de ese demonio, ya que después de las seis de la tarde comenzará su reinado, y ya nada podremos hacer.

- Ya hice los arreglos necesarios para que esto se haga a tiempo, maestro. El padre Saúl les pidió a sus superiores que gestionaran desde el Vaticano lo necesario para que esa lápida se colocara a tiempo. Desgraciadamente para bien, o para mal, el Vaticano ya estaba enterado del terrible suceso, ya que el padre Saúl, al enterarse por el maestro Hassín de lo que le estaba sucediendo a mi nieto, de inmediato les comunicó a sus superiores, que lo que tanto temían desgraciadamente ya estaba pasando, y que le permitieran ser la persona que se enfrentara a ese demonio. No dudaron en encomendarle esa gran responsabilidad porque lo conocían muy bien, y estaban seguros de que él era la persona que quizá el destino había elegido para ese momento; que ellos por su parte les pedirían a todas las iglesias en el mundo, que elevaran sus oraciones unos minutos antes para que todo saliera bien, y que esta terrible profecía no se cumpliera.

Lo que todavía no teníamos claro, era la manera de cómo íbamos a liberar a mi nieto de ese ser de obscuridad, así que le volví a preguntar al maestro Hassín.

- Todo me parece muy bien, pero todavía no entiendo… ¿cómo vamos a salvar a mi nieto de ese demonio, maestro?

- Escúchenme todos, una vez que encuentre el lugar indicado dentro de la habitación donde está Alberto para abrir el portal, y tenga hecho el círculo, de alguna manera padre, tendremos que llevar a ese demonio hasta el centro, y ya que esté dentro, lo sujetaremos lo más que podamos mientras usted lo exorciza, para que en el momento preciso yo le prenda fuego al círculo, abra ese portal, y enviemos a ese demonio nuevamente de regreso de donde vino. Todo debe hacerse en un momento exacto para que logremos vencerlo. Por su parte, mi madrina buscará a Alberto, y hablará con él, para que en el momento que saquemos a ese demonio de su cuerpo, ella saque a Alberto del lugar donde se encuentra, regrese a este mundo de los vivos, y lo tengan nuevamente entre sus brazos. Aunque todo esto se vea muy difícil, estoy seguro de que al final todo saldrá bien, así que hay que darnos prisa.

El padre Saúl aceleró y el automóvil tomó rumbo hacia la clínica.

- ¡Doctor!, ¡doctor! - le gritó la señorita Carmen, quien al darse cuenta que no la había alcanzado en el oratorio, se regresó y vio horrorizada lo que ese demonio le estaba haciendo al doctor Sánchez - no lo escuche, dese cuenta de que todo es un engaño para que haga lo que él le pide.

Pero desgraciadamente el doctor Sánchez se encontraba como poseído, su mirada estaba ida, parecía haber perdido la razón. La enfermera le volvió a gritar, y al mismo tiempo lo sacudió como si fuera un muñeco de trapo.

- ¡Por el amor de Dios, doctor!, ¡reaccione por favor!

- Pero es mi hijo, y él me lo puede devolver − le decía el doctor Sánchez como si se hubiera despertado de un mal sueño. Se abrazó fuertemente a ella.

Antes de que siguieran hablando, el demonio se dirigió a ella.

- Esta oferta también es para ti, ¿por qué no le dices al doctor lo que sientes por él? Dile que desde que lo conociste estás enamorada de él, que hasta has deseado estar en el lugar de su esposa, y ser tú a la que le diga que la ama, que desearías sentir sus caricias. Únete a mí y te ofrezco eso, que vivan juntos para siempre y formen su propia familia.

Mientras decía esto, le hacía ver imágenes de ella junto con el doctor y hasta con hijos, como si fueran una familia de verdad. Poco a poco hizo que la señorita Carmen también perdiera las fuerzas de la razón, y cuando los tuvo a su merced, hizo que los dos se desearan, y sintieran una atracción tal, que se olvidaran de todo a su alrededor. Se besaron, se acariciaron como dos amantes que se entregan a la pasión sin poner ningún límite a sus deseos. Tal parecía que ese demonio había ganado dos adeptos más, sus brazos se enredaban uno en el cuerpo del otro, sin ningún pudor se dejaron arrastrar por aquel deseo que había alimentado ese ser del infierno. Pero de pronto, un sonido vino a romper el silencio en el que se encontraban en ese momento el doctor Sánchez y su enfermera. Ese sonido los hizo reaccionar un poco, pero hasta que este se hizo más fuete lograron separarse rápidamente; era el celular que tenía el doctor Sánchez en la bolsa de su pantalón, y para no tener el pretexto de no escucharlo, le había subido todo el volumen. En aquel momento parecía que ese sonido hubiese sido enviado desde el cielo mismo. Carmen tuvo las fuerzas suficientes para tratar de recuperar la razón, y vistiéndose, le dijo al doctor Sánchez.

- ¡Conteste el celular!, ¡conteste doctor!

El doctor contestó todavía aturdido por el momento, lo que provocó que el maestro le preguntara alarmado.

- ¡¿Se encuentra bien doctor?! ¡¿Ha sucedido algo?!

- ¡Vengan pronto, se los suplico!, ¡me estoy volviendo loco! – le dijo el doctor en un tono suplicante. Ya no podía más.

- Pero dígame doctor Sánchez, ¿qué es lo que está pasando ahí? – pero el doctor soltó el celular, llevándose las manos a la cara totalmente vencido.

- ¿Qué es lo que está pasando, maestro?, ¿qué le ocurre al doctor Sánchez? - le preguntamos todos casi al mismo tiempo.

- No sé nada, se escuchaba muy nervioso y alterado, lo único que me dijo es que nos diéramos prisa en llegar.

Pienso que el maestro Hassín no quiso preocuparnos más de lo que ya estábamos, por esa razón no nos quiso decir lo que en realidad el doctor Sánchez le había dicho.

CAPÍTULO 5
La búsqueda

DÍA DOS

Como lo había decidido, me programé para que en punto de las dos de la mañana me fuera a acostar y así tener la mente más fresca, lo que pensé, me ayudaría a saber qué hacer. A la mañana siguiente, tomé los papeles de algunos pacientes que iba a visitar ese día en sus domicilios, como lo hacía con cada paciente que tenía a mi cargo, y que trabajaba con ellos también en su ámbito familiar, además de las consultas y estudios que les hacía en el Instituto, hasta cerrar el caso y darlos de alta. También guardé los datos con las direcciones de cada uno de los involucrados, a excepción de la dirección de la madrina del maestro Hassín, que al parecer habían omitido o no querían que lo supiera. Después de ver mis pendientes, decidí iniciar la búsqueda de todos los involucrados en esta historia. Comencé precisamente con los datos del maestro, llegué hasta la dirección de la oficina del psíquico, pregunté por él en la recepción del edificio y me informaron que apenas hacía un par de meses había desocupado toda su oficina, sin decirle a nadie de su nuevo domicilio. Lo que resultaba más extraño era la forma apresurada en la que había sacado todas sus cosas, como si se quisiera esconder de alguien o de algo. Bastante frustrado, le agradecí por su información y salí del edificio.

Por unos instantes no supe qué hacer, no había tenido suerte con la primera persona que había elegido, quizá el destino no quería que lo conociera por el momento. Subí a mi auto, y traté de tranquilizarme. Tomé los datos de las otras direcciones, y decidí buscar al segundo de ellos, elegí al padre Saúl, así que dirigí el automóvil hacia donde se encontraba la Parroquia Del Espíritu Santo donde profesaba el padre. De donde yo estaba hacia el lugar, era más de una hora de camino, así que tenía que darme prisa. Después me di cuenta de que la clínica Del Señor De La Misericordia no estaba muy lejos de donde yo estaba, así que decidí dirigirme primero a donde supuestamente había estado internado Alberto, el protagonista de esta historia.

Recuerdo que mi madre era muy devota a la imagen del Señor de la Misericordia y ella me platicó la historia de sus apariciones a Sor Faustina, una monja en Polonia. Son muy conocidas. Su primera aparición sucedió el 22 de Febrero de 1931. Sor Faustina explicó que después de un rato Jesús le dijo "pinta una imagen mía según lo que veas, con la inscripción Jesús Yo Confió en Ti. Yo deseo que esta imagen sea venerada por todo el mundo. Los dos rayos significan sangre y agua, el pálido que es el agua justifica a las almas, el rayo rojo la sangre, que es la vida de las almas, ambos rayos brotaron de las entrañas más profundas de mi misericordia, cuando mi corazón agonizado fue abierto por una lanza en la cruz. Bien aventurado aquel que se refugie en ellos, porque la justa mano de Dios no le seguirá hasta allí. Yo prometo que el alma que venere esta imagen no perecerá, que protegeré durante toda su vida cual madre a su hijo a las almas que propaguen el culto a mi misericordia, en la hora de la muerte no seré para ellos juez, sino salvador". Promesa de Jesús hecha durante sus apariciones de 1931 a 1938 a aquella monja en Plock, Polonia. Ella pertenecía a la congregación de las Hermanas De Nuestra Señora De la Misericordia, conocidas como Las Hermanas Magdalenas, que se dedican a la educación de jóvenes con bajos recursos.

Cuando llegué, pude comprobar que efectivamente era como me la habían descrito, me estacioné, y me dirigí a la recepción para preguntar por el doctor Sánchez.

- Disculpe, ¿se encuentra el doctor Héctor Sánchez?

- Se encuentra un poco ocupado, ¿quién lo busca?

- Soy el doctor Javier Beltrán y me urge hablar con él.

Cuando me presenté como un colega pensó que era algo relacionado con la clínica, así que me indicó que enseguida le avisaría. Después de un rato se presentó ante mí el doctor Sánchez. Un hombre maduro de aproximadamente cincuenta años, con muy pocas canas en el cabello, de estatura mediana y traía puesta su bata blanca y unos lentes.

- Dígame, ¿en qué le puedo servir?, me indicó la señorita de recepción que es usted doctor.

- Así es, soy el doctor Javier Beltrán y mi especialidad es la parapsicología pero el motivo de mi visita es preguntarle si conoce, o conoció a una persona.

- ¿De qué se trata doctor?, dígame.

- ¿Usted conoció o tuvo algo que ver con Alberto Allende? – pregunté sin rodeos.

Cuando el doctor escuchó ese nombre, de inmediato cambió su rostro, se puso pálido y parecía que en cualquier momento iba a desvanecerse.

- ¿Qué le pasa doctor, se siente usted mal?, ¿le puedo ayudar?

- No, no es nada, solo que al escuchar ese nombre vinieron a mi mente recuerdos que creí haber olvidado por completo. Por favor acompáñeme a mi oficina.

Nos dirigimos a través de la clínica y con disimulo miré todo a mi alrededor buscando quizá el lugar en donde había estado internado Alberto.

- Siéntese por favor, doctor. Me gustaría saber si lo conoce, o si no es así, ¿quién le habló de él?

- Doctor Sánchez, antes que nada la intención de mi visita, no es molestarle o traerle malos recuerdos, más bien es confirmar que Alberto Allende existe, saber si es real, saber si estuvo internado en esta clínica.

- Perdón doctor Beltrán pero no entiendo nada, ¿de qué se trata este interrogatorio?

- Es que apenas hace unos días un hombre me llamó por teléfono pidiéndome que revisara mi correo, que ahí encontraría unos sobres amarillos con información de alguien que si no lograba detener, sería el fin de la humanidad, y pues… esa persona es precisamente Alberto.

- Mire doctor, no sé quién sea el que le mandó la información que dice tener, yo desde que él se fue hice lo posible por olvidarme de todo, solo en una ocasión después de lo sucedido lo volví a ver para darle un último chequeo, pero luego de esto intenté borrar esas imágenes que durante mucho tiempo se estuvieron repitiendo en mi mente, haciéndome vivir de nuevo esos momentos tan horribles.

- Doctor Sánchez, me gustaría que me platicara todo lo que sucedió aquí, si es que es posible.

- Disculpe, pero… no le diré nada que me haga recordar esa terrible pesadilla, solo lo estoy atendiendo como colegas que somos, pero nada más.

- Y le agradezco su atención doctor, pero, ¿le puedo pedir que me lleve por unos minutos a la habitación donde estuvo internado Alberto?

- Esto para mí es muy difícil, doctor Beltrán, ya que desde lo sucedido mandé clausurar toda esa área, tuve la sensación de que ese ser aún se encontraba ahí, que en cualquier momento me volvería a atormentar y comenzaría todo de nuevo. Le parecerán absurdas las medidas o ridículas, pero si usted hubiera pasado por lo que yo viví, me entendería – hizo una pausa – pero... solo para satisfacer su curiosidad, acompáñeme doctor - por momentos quería interrumpirlo para que me dijera qué era lo que había vivido, pero comprendí que era mejor dejar las cosas así para no provocar su irritación. Caminamos hacia la parte de atrás de la clínica y nos dirigimos al último piso. Hasta este momento todo parecía normal, había por ambos lados gente tanto de la clínica como familiares de los pacientes esperando algún informe de su enfermo, pero después de un rato el panorama cambió totalmente, nos encontrábamos justamente donde había sucedido lo de Alberto. Con lo primero que nos tropezamos fue con una cadena larga y gruesa que atravesaba una puerta metálica con un zendo candado el cual nos impedía el paso.

- Como puede ver doctor Beltrán, lo que le acabo de decir es verdad, esta área la tengo restringida no nada más para mí, sino para todo el personal en general - quitó el candado y fuimos caminando, de inmediato pude observar el nerviosismo del doctor Sánchez, parecía un niño asustado cuando se mete a la casa del terror prácticamente a la fuerza.

Me pidió que viera lo más rápidamente posible todo el lugar, que él me esperaría en la puerta. Todo estaba igual, el doctor ya no quiso mover nada, lo único que se quitó de ese lugar, para trasladarlo en ese mismo piso pero a la entrada, fue el oratorio, pensando por lógica que la gente buscaría refugio y consuelo en Dios para el alivio de sus enfermos. Lo primero que vi., fue la habitación, la cama estaba perfectamente tendida, todo estaba igual, hasta el mismo color de las paredes se mantenía, aunque el polvo dejaba ver que en toda esta área no se hacia la limpieza desde hacía mucho tiempo. Como ráfagas llegaron a mí las imágenes de lo que había visto, en ese momento comprendí perfectamente al doctor Sánchez, así que pensé que era suficiente tortura para ambos.

- Doctor Sánchez, creo que ya vi suficiente, le agradezco el esfuerzo que hizo y me disculpo por hacer que reviva recuerdos nada gratos.

- Está bien, doctor, no se preocupe por mí. Ya confirmó que él existe y que estuvo aquí, así que por mi parte no tengo nada que decir.

- Le repito, doctor Sánchez, que nunca fue mi intención molestarlo, solo buscaba la punta en esta madeja, que tenga la seguridad, yo no pedí.

Después nos regresamos a su oficina, pero en el momento en que me estaba despidiendo, llegó una enfermera que lo saludó con mucha confianza. Al doctor Sánchez no le quedó otro remedio que presentármela.

- Le presento a mi esposa.

- Mucho gusto, Carmen Gutiérrez.

Cuando mencionó su nombre recordé que ese era el nombre de la enfermera que lo asistió en el caso de Alberto, y por lo visto sí se habían casado. Después, averigüé que tenían dos hijos y que el doctor se había separado de su esposa al poco tiempo de lo ocurrido con Alberto. Tal parecía que la profecía de vivir juntos y de tener hijos como se los dejó ver ese demonio se había cumplido.

- Es un placer, Javier Beltrán para servirle - de despedí y salí de inmediato de la clínica.

Subí a mi auto todavía pensando en lo ocurrido, me sentía confundido pero con la certeza de que Alberto existía, así que decidí dirigirme al siguiente punto, la parroquia "Del Espíritu Santo". Después de hablar con el doctor Sánchez, la posibilidad de que todo esto fuera cierto se había convertido en una realidad, a pesar de que el doctor no quiso decir casi nada sobre lo sucedido, me había confirmado la existencia de Alberto y de que algo fuera de lo normal había acontecido en ese sitio. Quizá el padre Saúl podría disipar todas mis dudas.

Por el trayecto volví a sentir que otro vehículo me seguía, hasta que casi al llegar, desapareció en una de las vueltas que di. Me estacioné por unos minutos a un lado de una de las calles para asegurarme de que aquel auto me había perdido de vista. Después continúe mi marcha, hasta que unas calles más adelante encontré a "La Parroquia del Espíritu Santo". Busqué de inmediato donde estacionarme, por unos minutos me quedé admirándola, realmente la Parroquia era de una arquitectura muy hermosa, no conozco mucho de construcciones arquitectónicas pero de acuerdo a lo poco que sé, era Barroca, ya que predominan las curvas, alternando líneas cóncavas y convexas, que dan lugar a fachadas alabeadas. En este tipo de construcciones se prefiere el óvalo al círculo, se usan bóvedas y cúpulas ovaladas, y en las bóvedas se emplean pinturas que dan la apariencia de espacio y dimensión, además de sus columnas salomónicas. El barroco nació en Italia entre los siglos XVI y XVIII, y quiere decir irregular, realmente la fachada era una obra de arte. Después, me dirigí hacia la entrada y confirmé este tipo de arquitectura, me quedé por unos instantes contemplando la belleza de sus retablos, en la bóveda principal estaba pintado un mundo sostenido por dos manos, y en medio de las manos una paloma blanca que simbolizaba el Espíritu Santo. En una de las paredes de la parte superior, había cinco enormes vitrales, también con imágenes del Espíritu Santo en forma de paloma volando sobre nubes blancas. De pronto, los pasos de alguien cercanos a mí me sacaron del éxtasis en que me encontraba.

- Buenas tardes, ¿le puedo ayudar en algo? - era el sacristán, que al no verme en una de las bancas, pensó acertadamente que buscaba al Párroco.

- Gracias, es usted muy amable. - le dije - busco al Padre Saúl, me gustaría que le avisara que quiero hablar con él.

- ¿Por el padre Saúl? - me dijo luego de unos segundos y un poco asombrado – pero... el padre Saúl tiene once años que no profesa en esta Parroquia, si gusta, le puedo avisar al padre Jorge para que lo atienda.

Cuando escuché lo que me acababa de decir el sacristán me sentí desfallecer. No lo podía creer, nuevamente el destino se estaba burlando de mí. El sacristán notó en mi semblante que la noticia no me había caído nada bien, así que trató de ayudarme.

- Disculpe, al parecer le urgía verlo, ¿verdad? - yo le contesté fingiendo la respuesta.

- Un poco, la verdad. Me gustaría saber en dónde lo puedo encontrar.

- Cuando él se fue yo tenía poco tiempo en esta Parroquia, ya que el sacristán que estuvo por muchos años murió repentinamente, y conociendo lo que estaba haciendo en la comunidad el padre Saúl, pedí que me dieran la oportunidad de ser el nuevo sacristán, y... sigo aquí hasta la fecha. La verdad no supe las razones de su traslado, todo fue muy rápido, de la noche a la mañana les informó a sus feligreses que ese sería el último servicio que daría y que por orden de sus superiores lo habían trasladado a otra Parroquia; recuerdo que después del servicio, la mayoría de las personas se aglomeraron en la sacristía para hablar con él, a todos los atendió, como era su costumbre, pero a nadie le dijo... ni si quiera a mí, a donde lo habían mandado. El tiempo que tuve la fortuna de tratarlo, le tomé un gran cariño, él era muy querido por todos, no solo por los feligreses, sino por mucha gente que él ayudaba. Pienso que por esa razón desde que se fue, han querido saber de su paradero muchas personas más, incluso le han preguntado al padre Jorge, pero al parecer o no lo sabe, o no tiene autorización para dar algún dato.

Todo esto parecía cada vez más misterioso, pero ya estaba metido en este asunto, así que no me iba a echar para atrás hasta desenmarañar esta enorme madeja que no tenía ni pies ni cabeza. Por un instante, se me ocurrió pedirle que le hablara al padre Jorge para ver si me daba algún indicio del paradero del padre Saúl, pero después lo descarté, no quería despertar sospechas de mi presencia a nadie en este momento, tenía que desconfiar de todos, así que decidí ser uno más de sus feligreses buscándolo.

- No se preocupe, no es tan urgente, solo quería verlo, ya que desde que nos fuimos de aquí no lo había visto, quería saludarlo y también de parte de mi familia - le agradecí sus atenciones, y me dirigí a la puerta, ya casi a la salida, un hombre que estaba aparentemente viendo las imágenes, se acercó a mí fingiendo chocar ligeramente conmigo.

- Doctor Beltrán, por favor sígame con discreción.

Por unos segundos no supe qué hacer, me había tomado por sorpresa, la verdad no entendía nada, pero si quería llegar al fondo de todo esto tenía que arriesgarme, así que lo obedecí. Él caminó unos pasos delante de mí, y se metió en una de las últimas bancas del lado derecho; la Parroquia tenía tres hileras de bancas, todas hechas de madera muy bien cuidadas, los reclinatorios bastante acolchonados y con una cubierta de color rojo. Lo seguí, tratando de verme lo más natural posible. Con cuidado, miré de pies a cabeza a ese hombre, no sin antes fijarme que el sacristán ya no me estuviera viendo. En cuanto me despedí de él, tomó un candelabro, desde donde yo estaba parecía de bronce, y con un trapo se puso a limpiarlo, frotándolo con una pasta especial para renovarle nuevamente el brillo.

Aquel hombre no se veía peligroso, más bien se veía cansado, tenía su cabello casi blanco y todo peinado hacia atrás, cuando se acercó a mí, vi su rostro muy maltratado, quizá por el paso de los años, era alto, aproximadamente de 1.75 y delgado. No usaba ni bigote ni barba, pero a diferencia de su semblante, su paso era firme y fuerte. Después me enteré por él que estaba por cumplir setenta y dos años, llevaba puesto un pantalón gris de vestir, una camisa de manga corta y un chaleco del mismo color. Se arrodilló y juntó sus dos manos entrelazándolas. Antes de acercarme a él, volví a fijarme que nadie me estuviera viendo, me senté por unos segundos, después me arrodillé y puse las manos en la misma posición que él. Fingiendo estar en oración, me comenzó a hablar.

- Doctor Beltrán, por favor no voltee a verme para nada, solo haga lo mismo que yo - yo le respondí fingiendo cierta molestia.

- Primero que nada dígame quién es usted y cómo es que me conoce - le hablé en un tono de exigencia haciendo lo mismo que él, con mis manos juntas a la altura de mi boca para que no se notara lo que le estaba diciendo. Con un tono suave y cordial me dijo:

- Me llamo Alberto Vargas, soy la persona que le hizo esa llamada tan misteriosa, el que puso en su correo esos sobres amarillos y también el abuelo de Alberto, el protagonista de esta historia que está usted empezando a conocer.

- Empezando a conocer… - le dije repitiendo sus mismas palabras - si no he podido contactar a casi nadie, el doctor Sánchez que fue con el único que pude hablar, prácticamente no me dijo nada y creo que usted ya sabía que tanto al Maestro Hassín, como al padre Saúl, ya no los iba a encontrar en las direcciones que usted me puso, no comprendo por qué lo hizo, además, al revisar la información que me dio… pues…. está inconclusa y la verdad no entiendo nada.

- Tiene razón, doctor Beltrán, pero es que tenía que ser lo más precavido posible, no confiarme demasiado y cometer algún error que pudiera echar todo a perder, por un momento llegué a dudar que usted fuera la persona correcta, le parecerá extraño lo que le estoy diciendo después de que fui yo el que le entregó esos sobres, pero la verdad en estos momentos desconfío hasta de mi propia sombra. Tomé ese riesgo porque estaba desesperado, además ya lo había investigado, y mi corazón me decía que usted era la única persona que me podía ayudar. Por favor, le pido que me perdone por el mal rato que le he hecho pasar, pero quiero que entienda todas las dudas y miedos que albergan mis pensamientos, después de que lo conozca y conozca a toda la gente que lo sigue, comprenderá lo que le estoy diciendo. En estos casi doce años que han transcurrido, después de lo que le pasó a mi nieto, he visto tantas cosas que a usted le parecerían increíbles, por ejemplo, cómo día a día se ha ido transformando hasta el punto de ya no reconocerlo, y no hablo solo de su apariencia física, que también usa a su conveniencia, ya se ha convertido en un joven muy apuesto, con un carisma y un magnetismo que jamás había visto, terminando por cautivar a todo él que lo conoce y hasta dominar sus voluntades. Sin que ellos se den cuenta acaban por servirle, hasta el punto de dar la vida por él. Es por esta razón que tenía que tomar mis precauciones, no solo por usted, sino por toda la gente que hará lo que sea necesario por impedir que alguien le haga daño o interfiera con lo que dicen, es su destino. No me quiero imaginar lo que haría si descubriera que lo estoy traicionando, a pesar de ser su abuelo estoy seguro de que no me perdonaría.

- Bueno, señor Vargas, y según usted, ¿cómo le puedo ayudar?, si hasta este momento solo sé algunas cosas que me dijo el doctor Sánchez a medias y que pude constatar al conocer donde estuvo internado. Todo lo demás no lo he podido comprobar a ciencia cierta y aunque existiera Alberto, ¿cómo pretende que confíe en usted?, si la información que tengo está en gran parte a medias…

incompleta… no ha sido del todo sincero conmigo, así que ¿cómo puedo creer en usted?

- Le suplico nuevamente que me crea y confíe en mí, doctor Beltrán. Muy pronto se despejarán todas sus dudas, pero por el momento me tengo que retirar, no quiero despertar sospechas y que se den cuenta de que lo estoy viendo. Con esta gente no se sabe y puede ser que me estén siguiendo, por favor déme unos minutos antes de que usted también salga de este recinto. Cuando me vaya, recoja con mucha discreción un papel que dejé en el piso, está a un lado de usted, por su rodilla derecha.

Cuando lo vi salir, me quedé todavía unos minutos en la misma posición, dando tiempo a que él se marchara, después, contagiado de esa paranoia, dirigí la vista para todos lados. Había unos cuantos feligreses hincados y sentados en las bancas, principalmente mujeres, que esperaban quizás el próximo servicio, pero en ese momento sentía que todos me estaban viendo. Con mucho cuidado, tratando de ser lo más natural posible, me incliné para recogerlo, después me persigne y salí de la Parroquia. Subí a mi vehículo checando que nadie me estuviera mirando, y antes de encenderlo, tomé el papel para leer su contenido.

Doctor Beltrán, le pido que nos veamos mañana sábado a las doce del día, justo detrás de la entrada principal de esta Parroquia para que sigamos con esta conversación, y conozca al protagonista de esta historia. Lo estaré esperando dentro de en un Chevy color rojo.

Después de leer estas líneas, me sentí un poco nervioso, pero al mismo tiempo con el deseo de conocerlo, de saber de una vez por todas si esto era verdad. Antes, tenía que conocer toda la historia, tenía que averiguar si no había alguna clase de fraude, y al mismo tiempo tratar de entender en donde encajaba yo. Eran casi las ocho de la noche, me dirigí a mi casa con la idea fija en mi mente de llegar hasta el final de este relato macabro, aunque pasara la noche en vela.

Ya en mi casa, tomé los sobres amarillos, los puse sobre mi escritorio, preparé el equipo que iba a necesitar y lo conecté a mi computadora, me dirigí a la cocina y puse la cafetera a funcionar después de ponerle más café y agua. Para variar, en estos últimos días ya se me había hecho costumbre no comer en forma, solo lo que lograba conseguir en ese momento, así que me preparé un emparedado mientras esperaba la primera taza de café, regresé a mi escritorio para revisar que siguieran ahí los sobres, me sentía nervioso, como si alguien me estuviera mirando, llegué a ver siluetas y sombras que se deslizaban de un lado a otro de la habitación en donde estaba, los objetos se veían hasta siniestros, formaban sombras macabras que me ponían cada vez más nervioso. Podría jurar que en un momento sentí la presencia de alguien cerca de mí como si estuviera asechándome, así que, decidí por mi propio bien controlarme y usar el sentido común. Lo que hice fue revisar todas las ventanas, la puerta principal, la de servicio y dejar las luces prendidas para poder ver cuáles eran las siluetas que mi imaginación estaba creando. Gracias a Dios y para mi tranquilidad, todo estaba en orden. Ya más tranquilo fui por mi café y mi emparedado para continuar con lo que me quedaba de la historia, pero, en el momento que estaba por comenzar, escuché nuevamente un ruido muy fuerte, ya se estaban haciendo costumbre los ruidos por la noche en mi casa, la noche anterior había sido un gato. Escuché que alguien corría por la parte de atrás, cuando me asomé, alcancé a ver una silueta que saltaba hacia fuera del patio, ya algunos vecinos me habían prevenido que en días pasados habían visto rondar por la zona a gente de no muy buena apariencia y bastante sospechosa, por lo que todos solicitamos que una patrulla hiciera sus rondines por la noche. Le di nuevamente un vistazo a todo el lugar y cerré la puerta con el pasador y el candado, pensé en marcarle a la central de policía para que estuviera al pendiente y le avisara a la patrulla de lo ocurrido, pero no quise alarmarme de más, así que lo dejé para después. Me dirigí nuevamente a mi escritorio para revisar el resto de la historia, cuando un apagón inoportuno vino a frustrar y a echar por tierra la idea de conocer el contenido de esos sobres amarillos hasta donde tenía la información, por un momento pensé que era algún fusible, pero después me di cuenta de que el apagón había sido general en todos lados, todos teníamos el número para hablarle a la central de policía, y sin luz el riesgo de que se metiera alguien era bastante alto, así que decidí comunicarles que un tipo se había brincado la barda de mi departamento, inmediatamente dos patrullas se dejaron ver por la calle haciéndome sentir más tranquilo. Prendí algunas velas y esperé confiado que no tardaría mucho en llegar la luz. Pasaron varias horas sin que la energía eléctrica diera señales de vida, la verdad me sentía muy cansado, el ajetreo de todo el día me fue venciendo, y sin que me diera cuenta el cansancio me sometió, y caí vencido en los brazos de Morfeo hasta el día siguiente. Recuerdo que solo me fui resbalando en mi sillón favorito, jalé una cobija, la cual uso cuando me quedo viendo la televisión, y me quedé dormido.

DÍA TRES

Al día siguiente era sábado, así que sin ninguna prisa me di un baño, preparé mi desayuno, guardé los sobres amarillos y me preparé para el encuentro con el abuelo de Alberto. No supe a qué hora había llegado la luz, pero me puse a renegar de mi mala suerte al no haber podido analizar esta historia, que cada vez parecía más real. Justo antes de salir, sonó el teléfono, así que regresé a contestar.

- ¿Bueno?, ¿quién habla?

- Hola Javier, habla Beatriz, ¿cómo estás?

Ella era una amiga que yo apreciaba bastante, recuerdo que la conocí precisamente hace un año en el congreso que tuvo lugar en España, es una reportera de 26 años de edad que labora uno de los diarios de mayor circulación en México; desde que nos conocimos, hubo una química muy especial entre ambos. Yo no soy de esos hombres que seducen a las mujeres, y no es que me considere feo, soy un hombre de estatura mediana, mido un metro con setenta y tres centímetros de altura, soy delgado, mi cabello es lacio y oscuro, uso bigote y Betty dice que le gustan mis pestañas. Sin embargo, pongo mi trabajo primero que otras cosas, y así se me ha ido el tiempo, y a mis casi cuarenta años nada había cambiado, seguía siendo aburrido, siempre metido en mi trabajo, aunque creo que mi forma de ser tan sería le agradó. Desde entonces nos hemos estado viendo con cierta frecuencia, a veces para platicar del trabajo y darnos algún consejo, o simplemente para distraernos y pasar un rato agradable.

- Bien - le dije - apurado como siempre con mi trabajo.

- Recuerda lo que muchas veces platicamos sobre este asunto, ¿lo recuerdas? - me cuestionó.

- Sí… que no todo es trabajo, y que le debo dar un equilibrio a toda mi vida.

- Exacto, y para eso cuentas con tu mejor amiga, así que deja lo que estás haciendo y te invito a comer, anda, vamos.

La idea era muy buena, dejar todo y escaparme con ella quizá todo el día, pero nunca me ha gustado dejar algo inconcluso, es parte de mí, y esta no iba a ser la excepción.

- Beatriz, te lo agradezco, pero tengo algo muy importante que hacer.

- ¿Qué tan importante puede ser que no lo canceles por tu amiga?

Pensé en todo lo que hasta este momento me estaba pasando, ella era mi mejor amiga, es más, pienso que entre ambos existía algo más que solo amistad a pesar de la diferencia de edad, pero yo no me había animado a dar el primer paso. Entonces, qué mejor que platicarle a ella todo este asunto de Alberto. Con lujo de detalle le conté todo lo que estaba viviendo desde la llamada telefónica, hasta la cita que tendría en un rato más con el abuelo de Alberto. Como lo esperaba, en ningún momento dudó de lo que le había platicado, me conocía bastante bien para pensar que me involucraría en algo que no tuviera fundamentos. Me pidió que tuviera mucho cuidado, y que si necesitaba ayuda no dudara en hablarle. Después de colgar, tomé el portafolio y me subí a mi auto. El ruido de los carros, que con sus claxon me apresuraban a cruzar el siga, me hicieron volver a la realidad, me dirigía a una cita absurda, a una cita que yo jamás había pedido. Desde la llamada telefónica, todo había para mí, comencé a sentirme nervioso, desconfiaba de todo a mi alrededor, así que debía darle fin a todo este asunto, o decidía ya no involucrarme más olvidándome por primera vez de mis principios, o enfrentarme a la posibilidad de que el destino estaba jugando conmigo, involucrándome por alguna extraña razón.

Conforme me iba acercando al punto de encuentro aumentaba más mi nerviosismo por conocer al protagonista y supuesto líder de una profecía apocalíptica. Me estacioné unos metros antes de la puerta trasera de la Parroquia Del Espíritu Santo, lo primero que hice fue buscar el Chevy rojo como habíamos quedado. Con precaución, caminé despacio hasta el vehículo mirando de reojo que no hubiera gente con apariencia sospechosa que me estuviera observando, al estar a un lado de la ventanilla, el señor Alberto me hizo una seña indicándome que me subiera al automóvil, y sin más preámbulos nos dirigimos al sitio donde lo conocería. En el camino me comenzó a platicar quién era en la actualidad su nieto, y la organización religiosa que había formado.

- Doctor Beltrán, es muy importante que no se deje engañar cuando conozca a mi nieto, y sobre todo cuando se entere de lo que a la luz del mundo está haciendo.

- ¿De qué se trata, señor Vargas?, pues, ¿a qué se dedica su nieto?

- Los señores de la obscuridad han formado una organización religiosa que llaman Nueva Vida, y su líder es precisamente Alberto.

Tiene dos años de haberse creado y ha crecido en número peligrosamente, ya que detrás de lo que hacen, ocultan sus verdaderos propósitos.

- Pues, ¿qué es lo que hacen?, dígame de una vez.

- Bien doctor, después de lo que le sucedió a mi nieto, poco a poco fue cambiando su personalidad hasta convertirse en un ser extraño, totalmente diferente al que había sido mi Alberto antes de esa horrible pesadilla, pero extrañamente fue ganando una especie de fuerza que crecía cada vez más, con tan solo pensarlo podía destruir a la persona que no estuviera de acuerdo con él. Después, esta misma fuerza la comenzó a usar para curar de cualquier mal a la gente, su poder sobrepasaba mi razonamiento y el de cualquier mortal. Precisamente de esto se vale para ir ganando adeptos, ya que primero los cura y después los convierte en sus siervos sin voluntad, con el único propósito de dar la vida por él. Esta organización no solo existe aquí en nuestro país, sino en todas partes del mundo, y en cada sitio existe un líder que Alberto ha elegido. Desgraciadamente estos líderes son demonios que han tomado forma humana y solo esperan el momento de las tribulaciones para que junto con él, guíen a toda la humanidad perturbada y sin fe en el Dios verdadero, al encuentro de su señor o como lo llaman en el libro de las revelaciones "el anticristo" o "la bestia".

- Perdóneme, señor Vargas, pero todo esto cada vez me parece más extraño, y difícil de creer.

- Precisamente por eso fue que lo elegí, porque cuando se convenza de que todo lo que le he dicho es verdad, usted como especialista y persona de respeto ante sus colegas, se lo dirá a toda la gente, junto con todas las pruebas para que se convenzan, y esto lo hará a través de todos los medios masivos de comunicación que estarán en su Congreso, además, como todos saben que usted no es muy fácil de convencer, le creerán, créame que le ruego a

Dios doctor que así sea, y que logremos detenerlo a él y a todos sus demonios que lo custodian, porque aunque parezca imposible, todavía creo que podemos salvar el alma de mi Alberto de las garras del infierno. No importa que para ello tengamos que matarlo.

- Pero señor Vargas, recuerde que del que está hablando es su nieto.

- No sabe lo difícil que es lo que le acabo de decir para mí, pero mil veces prefiero salvar su alma, que permitirle hacer todas las atrocidades que piensan hacer, y que ya están haciendo. Cuando decidí meterme en esta organización hace más de seis meses, precisamente para averiguar todo lo que había detrás de ella, nunca me imaginé todas las…barbaridades que iba a descubrir, y que hasta este momento no sé cómo he podido aguantar sin delatarme yo mismo, a pesar de ver todos los horrores, tuve que controlarme y fingir que estaba de acuerdo con ellos. Gracias a Dios, en estos meses solo he participado en Nueva Vida como un ayudante más, y en sus ritos satánicos como un mero observador, fingiendo estar poseído como todos los demás, moviéndome frenéticamente. Incluso me tuve que poner la capucha negra que me traía tan malos recuerdos, pienso que por ser el abuelo de Alberto, todos sus seguidores y principalmente los demonios tienen ciertas consideraciones conmigo, como el no revisarme minuciosamente como a todos los demás en cada ritual satánico. De esto me aproveché para introducir sin que ellos se dieran cuenta una muy pequeña cámara de video y filmar todo lo que ahí pasaba. Las primeras veces que entré a sus misas negras, los demonios sacrificaban animales, pero después ya no era suficiente la sangre de estos para saciar el deseo de poder de su amo y señor, así que comenzaron a sacrificar seres humanos, que después de torturarlos les extraían el corazón, teniendo primero el cuidado que la gente que secuestraban fuera de la calle para que nadie los buscara, y segundo, de esconder bien los cadáveres para que no se dieran cuenta de los crímenes que estaban realizando.

La primera vez que presencié esto, estuve a punto de echar todo a perder, a un segundo estuve de intentar salvar a ese pobre desventurado que iban a sacrificar. De verdad, doctor Beltrán, le vuelvo a repetir, no sabe lo difícil que fue y que han sido estos seis meses para mí en esta organización que yo llamaría Secta Satánica de sangre y muerte. Desgraciadamente hace más de dos meses, encontraron por accidente dos cadáveres a los que se les había arrancado el corazón, esto se difundió en todos los medios masivos de comunicación, alarmando a toda la gente, y dejando ver que estos hallazgos podrían estar vinculados con alguna clase de secta Satánica, o alguna nueva religión que hiciera sacrificios. Estos dos hallazgos molestaron mucho a Alberto por poner a todos en peligro, así que en una de sus sesiones satánicas, enfurecido después de poner en evidencia la incapacidad de uno de los demonios, tomó una daga y le rebanó el cuello enfrente de todos. En ese momento terminé de convencerme de que ese ser que tenía enfrente ya no era mi nieto – dijo con tristeza y luego continuó - algo valioso que descubrí fue la forma de destruir a esos demonios.

- ¿Cuál es la forma, señor Vargas?, ¿que descubrió?

- Cuando Alberto degolló al demonio, en cuestión de segundos le salió del cuello un humo espeso y negro y se comenzó a desintegrar hasta que solo dejó una ligera marca de su cuerpo en el piso. De todo esto, tengo también las pruebas, y en su momento se las voy a entregar antes de que alguno de sus seguidores me descubra, pero primero quiero que lo conozca.

Después de lo que me dijo, por unos minutos los dos no hicimos ningún comentario, yo me quedé pensando en todo lo que me estaba metiendo, y de esto último que me acababa de decir, que sin mi consentimiento el abuelo de Alberto me había involucrado, así que esta era mi oportunidad de salir corriendo, y continuar con mi vida aburrida y normal.

- Disculpe, pero hasta este momento usted está dando por hecho que yo lo voy a ayudar en algo de lo que todavía no estoy convencido en su totalidad.

- Tiene razón, doctor Beltrán, y nuevamente le suplico que me disculpe por involucrarlo en todo esto sin su autorización, pero como le dije antes, creo que usted es el único que me puede ayudar, y no solo a mí, sino a toda la humanidad que estaría en peligro si no logramos detenerlo. Le ruego que antes de que tome cualquier decisión, lo conozca y se involucre en todo lo que hace… porque además… debe conocer todavía a alguien más.

- ¿A quién tengo que conocer, señor Vargas?, ¿acaso hay alguien más del que no me ha hablado todavía?

- Tenga paciencia, doctor. Después de que vea a mi nieto, haremos una visita a un lugar, y sabrá de quién se trata.

Seguimos en el auto por unos minutos más, hasta que por fin, después de meternos por unas calles, nos estacionamos cerca de algunos arbustos, tratando de pasar desapercibidos.

- Por fin llegamos, doctor Beltrán, una calle más adelante está el edificio donde se encuentra Alberto.

El señor Vargas sacó de su guantera unos binoculares con la intención de no acercarnos demasiado y que yo pudiera ver perfectamente a su nieto. Después, caminamos con cuidado hasta colocarnos en un lugar estratégico para esperarlo a que saliera. El edificio era de cuatro pisos y toda la fachada estaba pintada de color azul cielo y justo en la parte superior, había un letrero con letras negras que decía "Nueva Vida". Alrededor de ellas se dejaban ver mariposas de todos colores, haciéndolo más atractivo. Durante casi media hora estuvimos ahí sin que pasara nada, pero en momentos en que el ruido nos lo permitía, se alcanzaban a escuchar canto y alabanzas que salían de ese lugar. Después de unos minutos, comenzaron a salir personas de todas las edades, incluso hasta niños, todos se veían muy felices, y justo en medio de ellos, apareció una persona vestida de blanco completamente, era alto, desde donde yo estaba le pude calcular cerca de un metro con ochenta centímetros de altura, su cabello lo tenía castaño claro y quebrado, no le vi el color de sus ojos pero su abuelo me dijo que los tenia color miel, tenía la nariz recta y afilada y facciones finas. Todos se despedían de él con mucho respeto y cordialidad, mientras les extendía sus manos para que todos las tomaran. La escena que estaba viendo no era la del próximo iniciador del Apocalipsis, más bien era la de un joven agradable despidiéndose muy amablemente, pero en ese momento, el señor Vargas, me recordó que no me dejara convencer por su apariencia y su amabilidad, o por lo que vería más adelante, ya que todo era solo un disfraz bien elaborado para engañarnos a todos.

Después, y con mucha precaución, nos fuimos retirando de ese lugar hasta estar dentro de nuestro auto. De inmediato nos echamos en reversa para no atravesar la calle y así no correr el riesgo de que nos vieran, en la primera calle que pudimos nos dimos vuelta. Cuando salimos de la periferia, el señor Vargas me preguntó qué era lo que pensaba de Alberto, pero, ¿qué le podía decir?, si solo lo pude ver por unos momentos.

- Me pareció un joven muy agradable, con mucha personalidad y bastante atractivo - le dije - pero hasta no conocerlo bien no puedo dar ningún juicio.

- Bien doctor, ya tendrá esa oportunidad, pero mientras tanto, lo llevaré a que conozca a alguien más.

Tomamos el periférico y nos dirigimos con rumbo desconocido, después de un rato el señor Vargas dio vuelta a la derecha para salirnos de la vía rápida, y meternos entre las calles. Por lo que iba viendo, la zona no era muy recomendable, espero que no tengamos que detenernos por aquí, pensé, sin comentarle nada. Para mi mala suerte, el señor Vargas me dijo que en una calle más adelante nos detendríamos.

- Doctor Beltrán, las personas que quiero que conozca están justo al final de la calle que sigue.

De momento no se me ocurrió de quiénes estaba hablando, así que esperé a que llegáramos. Nos estacionamos y comenzamos a caminar por el lugar, a pesar de que era de día, las gentes nos veían con cierto recelo, el señor Vargas notó mi nerviosismo y trató de calmarme diciéndome que a pesar del aspecto de la zona, las personas de por ahí no eran peligrosas. Entramos a un callejón, llegamos hasta el fondo, el señor Vargas se acercó a una puerta blanca un poco deteriorada y tocó varias veces, por unos segundos se me ocurrió que a quienes iba a conocer eran el padre Saúl o quizás al Maestro Hassín, pero enseguida lo deseché de mi mente, ¿cómo podrían estar en este lugar tan extraño alguno de ellos? Cuando se abrió la puerta me quedé sorprendido, justo enfrente de mí, estaba la figura de un hombre que de acuerdo a la descripción de lo que estaba leyendo, era el padre Saúl.

- Don Alberto, doctor Beltrán, pasen por favor, los estábamos esperando.

Nos metimos en la habitación, y sentado en una silla de madera junto a lo que parecía ser un pequeño comedor con tres sillas, se encontraba otra persona. Al verlo, de inmediato supe por sus facciones y por el turbante que llevaba puesto que era el maestro Hassín, lo único que me pareció extraño fue que su turbante era totalmente blanco y no azul como me describían, usaba regularmente. No llevaba puesta su toga, vestía con ropa común y modesta, después averigüé porqué. El padre nos invitó a que nos sentáramos junto al maestro. Ninguno se quedó de pie. El señor Vargas me presentó formalmente con ambos.

- Maestro Hassín, Padre Saúl, tengo el gusto de presentarles al doctor Javier Beltrán.

- Es un placer conocerlo, doctor Beltrán. Sus trabajos e investigaciones son reconocidas a nivel internacional.

- Gracias, maestro Hassín, solo trato siempre de ser lo más profesional en mi trabajo. Precisamente por ser así es que estoy metido en esto.

- No dude que está haciendo lo correcto, doctor. Durante mucho tiempo ya se esperaba todo esto que está pasando, está escrito en la Biblia, y en otras civilizaciones ya se hablaba de esto, solo que somos demasiado ciegos para poder verlo.

- Puede ser que tenga razón, padre Saúl, pero comprendan, todo lo que está aquí escrito no es fácil de creer y para mucha gente en la actualidad solo son palabras alarmistas, sin ningún fundamento.

- Así es doctor, vivimos en un mundo que ha dejado de creer en tantas cosas… de verdad desearía que fuera solo una mentira, que no fuera más que un simple cuento… pero desgraciadamente, todo lo que tiene ahora en sus manos y muchas otras cosas más que le faltan por conocer son totalmente ciertas, así que si no hacemos algo por impedirlo, la humanidad entera estará en peligro. Quizás la forma de pedirle ayuda no ha sido la más acertada, pero entiéndanos por favor, estábamos desesperados y eso fue lo único que se nos ocurrió, creímos que sería lo más seguro para todos. Después de que lo conozca nos comprenderá.

- No saben el deseo que tengo de conocerlo personalmente y comprobar todo lo que me dicen de él. Además, ahora que por fin comienza a armarse este rompecabezas, me gustaría conocer su versión de todo esto, padre Saúl, y por supuesto también la de usted, maestro Hassín. Me siento muy confundido. Lo que creí que era una broma de mal gusto se está convirtiendo en un espantosa realidad, una realidad que comienza aterrarme.

- Lo comprendo perfectamente doctor, cuando conocí a Alberto, jamás me imaginé por todo lo que iba a pasar y que mi vida ya no sería la misma. Después de que le realizamos el exorcismo, me regresé por unos días a la casa de mi madrina, a pesar de que en ese momento creía que todo había salido bien, me sentía muy triste por la muerte de mi querida mentora, así que, decidí aclarar mis pensamientos y ponerme en paz conmigo mismo... pero, por más que intentaba borrar de mi mente esas horribles imágenes que se presentaban en mí, atormentándome de día y de noche, no lo lograba, los días se convirtieron en semanas. Fue horrible volver a vivir todo de nuevo... hasta que por fin, se fueron haciendo cada vez menos frecuentes, así que decidí regresar a la Ciudad y hacer mi vida lo más normal posible. Por un tiempo fue así, con el trabajo del día a día lo estaba logrando, más de once años sin escuchar el nombre de Alberto, sin saber nada de él, todo parecía estar perfecto... hasta que hace unos meses, por medio de un sueño, mi madrina habló conmigo y me dijo que todo lo que habíamos hecho de nada había servido, que el demonio que poseyó a Alberto había logrado convencerlo, y que desgraciadamente toda la luz con la que brillaba se había inclinado del lado de la obscuridad, haciéndose más fuerte. Es por eso que, desde ese momento en todo el mundo las cosas se empezaron a poner cada vez peores, esa obscuridad estaba dominando los pensamientos y las acciones de la mayoría de la gente, en todas partes del planeta, sacando lo peor de cada uno. Mi madrina me pidió que lucháramos por todos los medios posibles para detenerlo antes de que fuera demasiado tarde y la humanidad entera se perdiera. No podía entender por qué mi madrina se había esperado tanto tiempo para decírmelo, tenía que haber alguna razón muy importante para ello, razón que hasta este momento no encuentro. Quizá en donde está no le habían permitido decírmelo, o ella no lo sabía... la verdad no lo sé. Me vinieron de golpe muchos recuerdos que tenía escondidos en lo más recóndito de mi mente, y pensar en volver a vivirlos no era nada fácil, pero el cariño y el profundo respeto que sentía por mi madrina me hicieron decidirme y enfrentarlo nuevamente. Así que de inmediato busqué a mi amigo, el padre Saúl, para decirle lo que estaba pasando, aunque al parecer él ya lo sabía… ¿verdad, padre?

- Así es, Hassín, después del exorcismo, me sentía inquieto, no estaba seguro de que realmente lo habíamos logrado. Sobre todo después de que noté en el niño una extraña marca en su pecho. Yo les pedí a los padres de Alberto que me permitieran seguirlo viendo, por lo menos por un tiempo más, para convencerme de que todo estaba bien y que ellos se sintieran también tranquilos. Con el pretexto de saludarlo pude platicar con él, revisando su comportamiento y sus reacciones en diferentes situaciones. Al fin y al cabo ya me había conocido en la clínica y no sospecharía nada. En primera instancia lo aceptaron sin ningún problema, y me dediqué a observar sus reacciones, y su comportamiento sin encontrar en ese momento nada extraño que me indicara que algo andaba mal.

- Pero padre Saúl, ¿cómo no se dio cuenta de nada?, ¿no había nada que lo delatara?

- Es que desgraciadamente el mal tiene muchas caras, y la más peligrosa se oculta detrás de una aparente bondad. Convencido de que Alberto había vuelto a la normalidad decidí cerrar el caso, y por consiguiente, decidí dar por terminadas mis visitas. El señor Allende, que no era muy religioso, descansó de mi presencia. Hice un informe completo del caso, y se los envié a mis superiores aquí en México y a su vez, ellos lo enviaron al Vaticano, pero al mismo tiempo les rogué que me permitieran mantenerme muy de cerca de él por cualquier cosa rara que pudiera suceder. A pesar de que yo mismo había decidido dar por terminado este asunto, algo en Alberto no me gustaba, aunque se comportaba normalmente siempre sonriente y dulce, por momentos, como un chispazo que solo es percibido por una fracción de segundo, pude observar en sus ojos la maldad que lo había poseído, y que me hacía dudar si había hecho lo correcto, pero sí… todo era una mentira, un engaño de ese demonio. Desafortunadamente, ellos me ordenaron que dejara todo por la paz, que no me obsesionara, que el caso estaba cerrado, después, con algunos pretextos de trabajo, me pidieron que me presentara con ellos para realizar nuevas investigaciones de casos de gente estigmatizada en Perú y en Chile, así que prácticamente me mantuve viajando entre estos países, en algunos otros lugares del mundo y en el Vaticano durante todo este tiempo, cuando por fin terminé estos casos, y di mi informe final, les pedí regresar a México para continuar con mi vida normal en la Parroquia Del Espíritu Santo, pero ellos dijeron que me habían trasladado a otra iglesia en la que se requerían de mis servicios. Intenté rechazar la orden haciéndoles ver que mis feligreses me necesitaban y que había mucho que hacer ahí todavía, pero el traslado ya era un hecho y como favor especial me permitieron oficiar una última misa para despedirme de todos ellos. Me dijeron que no me preocupara, que el padre que me había sustituido estaba haciendo un buen trabajo, pero que sobre todo olvidara el asunto de Alberto, que me concentrara en apoyar en todo al padre Manuel ya que había serios problemas con la delincuencia y la drogadicción en esa zona, que esta era una orden terminante. Me extrañó mucho la actitud que el Vaticano estaba tomando conmigo, pero en esos momentos los disculpé creyendo que lo hacían para ayudarme a olvidar esa pesadilla que había vivido. Así que me instalé en la Parroquia de San José y me presenté con el padre Manuel, ambos nos pusimos de acuerdo sobre la organización de la misma. Todo marchaba bien, empecé a conocer a mis feligreses, involucrándome en sus problemas y haciéndolos míos, pero dentro de mí, seguía fija la idea de saber que había sido de Alberto, cómo se encontraba actualmente, si en este tiempo que lo dejé de ver algo había cambiado, o todo seguía igual. No me podía quedar con la duda, así que en cuanto pude inventé algún pretexto para volverlo a ver, me presenté una tarde ante sus padres con el único pretexto de saludarlos, estaban a punto de salir, Alberto apareció sonriente y feliz, ya habían pasado once años desde la última vez que lo había visto. Cuando me vio se acordó muy bien de mí, me dijo que iban con un amigo al cine, pero que le daba gusto verme, yo me despedí de ellos y tomé camino de regreso a mi nueva Parroquia. No había duda, todo marchaba bien, fue en ese momento que decidí dejarlo todo por la paz, y no hacerle caso a mis malos presentimientos. Así que, me ocupé en tratar de resolver los problemas de mi comunidad, hasta que gracias a Dios, hace un par de meses, se apareció por casualidad en mi Parroquia don Alberto, se veía cansado y muy angustiado, cuando lo vi en ese estado, de inmediato supe que algo andaba mal, así que me acerqué para saludarlo y preguntarle qué era lo que lo tenía en ese estado, recuerdo que cuando me vio, se levantó de la banca y me abrazó con todas sus fuerzas.

- Pero, ¡cómo no!, si ya lo había ido a buscar a su antigua Parroquia y me dijeron que usted ya no profesaba ahí, y que no sabían en qué iglesia se encontraba. Me sentía perdido, sin saber qué hacer y qué rumbo seguir, me subí a mi auto todavía alterado por la noticia, y me dirigí según yo a la dirección en donde se encontraba el maestro Hassín, gracias al estado en que me encontraba, di vueltas por toda la ciudad sin rumbo fijo, al final me di cuenta de que me encontraba perdido, y sin saber qué hacer. Decidí estacionarme para preguntarle a alguien en donde me encontraba, por suerte, a unos pasos me encontré con su iglesia, padre, claro, en ese momento no sabía que usted estaba ahí, entonces pensé meterme para pedirle a Dios que me ayudara, que me diera las fuerzas suficientes para seguir adelante, y sobre todo, que me iluminara para saber qué hacer. Gracias a Dios, lo encontré a usted padre.

- Don Alberto, los caminos del señor son misteriosos y tenemos que acatar sus designios. Después, doctor Beltrán, por seguridad nos dirigimos al confesionario, y muy en secreto como si se estuviera confesando, don Alberto me fue poniendo al tanto de todo lo que estaba sucediendo hasta ese momento, y la angustia y la desesperación que sentía al ver que poco a poco su nieto se convertía en alguien completamente desconocido, en un ser monstruoso, capaz de hacer cualquier cosa para conseguir lo que estaba escrito en su destino.

- ¿Cuáles eran esos cambios exactamente, padre? – preguntó el doctor Beltrán y de inmediato le contestó el señor Vargas.

- Principalmente en su forma de ser, comenzó a comportarse de una manera violenta y si algo no le parecía buscaba la forma de salirse con la suya y encontrar un castigo para quien no estuviera de acuerdo con él. Era como si el mal se estuviera engendrando en mi nieto. Además de eso, me di cuenta de que no solo él estaba cambiando, sino todo a su alrededor, a veces, cuando yo estaba ahí en su casa, llegaban personas de altos rangos tanto políticos como religiosos, era realmente extraño y hasta perturbador. Después, conforme fue pasando el tiempo me enteré que esas personas ya lo esperaban, para ser guiados por él a lo que según ellos, es un destino de gloria y esplendor.

- Teníamos que detenerlo a cualquier precio, incluso arriesgando nuestras vidas o terminando con su vida… lo que fuera necesario con tal de que Alberto se librara de aquella terrible maldición. Después de un rato, don Alberto se fue tranquilizando y recuperando la cordura, yo le advertí que si esa gente que estaba alrededor de su nieto nos descubría estaríamos perdidos, ya sabíamos lo peligrosos que eran, así que le di mi número de celular para que nos pusiéramos de acuerdo, para hacer un plan… para detenerlo, no sin antes explicarle cómo salir de ahí y que regresara a salvo a su casa. Al día siguiente, como si el destino nos reuniera de nuevo para terminar lo que un día habíamos empezado, llamó a mi celular el maestro Hassín, que aunque los primeros meses después de lo sucedido se mantuvo en contacto conmigo para seguir de cerca las conclusiones y conocer la decisión final del caso de Alberto, en algunas temporadas no sabía nada de él, supongo que se debía a que yo le había informado que todo marchaba bien. Después, me llamaba para disculparse y decirme que el trabajo lo mantenía muy ocupado, yo lo reconozco también, no soy muy dado a llamarle a alguien, quizá por decidía o por lo que gusten. Esta llamada fue muy diferente, lo cambiaba todo nuevamente. El maestro Hassín me pidió que nos viéramos, que era muy urgente, me dijo lo que su madrina le había dicho con respecto a Alberto y también que teníamos que hacer algo para detenerlo; le conté que justamente el día anterior por una afortunada casualidad, había llegado a mi Parroquia el abuelo de Alberto en muy mal estado, poniéndome al tanto de todo lo concerniente a su nieto. Después de esto, los tres nos vimos en dos ocasiones, en lugares diferentes, teniendo mucho cuidado de no ser vistos, ahí, el señor Vargas nos mostró todo lo que había recopilado del caso de su nieto, desde el momento en que ese demonio le había hablado a través de su clóset, hasta lo que estaba sucediendo con la organización llamada "Nueva Vida", en donde los rituales satánicos no solo eran sacrificios de animales, sino también de seres humanos… que secuestran para después arrancarles el corazón ofreciéndoselo a su Dios. De inmediato, el maestro Hassín y yo decidimos conocer esa organización, para mí ha sido muy difícil escaparme de la Parroquia de San José, me convenzo cada vez más de que me pusieron precisamente ahí para tenerme vigilado, y que ya no averiguara nada sobre lo que estaba haciendo Alberto. Desgraciadamente pienso, que también el mal se ha filtrado en los altos mandos religiosos como menciona don Alberto, y que han tratado de impedirme llegar al fondo de este asunto, poniéndolos al descubierto no solo a la organización "Nueva Vida", y a la verdadera personalidad de Alberto, sino también a ellos, que desgraciadamente esperan también la llegada del hijo del Diablo, ya que aunque usted no lo crea en todo el mundo ya lo están esperando. Gracias a Dios, nos pudimos acercar de día a esa organización y conocer de cerca la nueva cara de Alberto, pero teníamos que arriesgarnos, y decidimos conocer lo que había detrás, así que, una noche me escapé de la Parroquia De San José para reunirme con el maestro Hassín, acercarnos lo más posible y buscar alguna forma de poder ver lo que estaban haciendo, y así, conseguir más pruebas para detenerlo. Sabíamos que si nos descubrían estaríamos perdidos, teníamos que ser muy cuidadosos. Don Alberto ya nos había puesto al tanto de la forma de cuidarnos de esos demonios, y también de la forma de destruirlos.

- Y… ¿cuáles son, padre Saúl?

- Ellos no te pueden tocar mientras tengas puesto en tu cuello un crucifijo, pero es importante, primero, que le tengas fe, y segundo, que se lo muestres al demonio o demonios que te quieran atacar, y aunque de todos modos buscarán la forma de quererte hacer daño, será muy difícil mientras lo tengas puesto. Parecen humanos, pero no debemos olvidar que no lo son, así que sin ningún remordimiento en la mejor oportunidad que se tenga hay que degollarlos para acabar con ellos, antes que sean ellos los que acaben con nosotros. Su fuerza es increíble, pero lo importante es no dejarse tocar, porque sus manos despiden un fuego tan fuerte que a un humano lo pueden quemar en segundos quedando solo las cenizas. Con esas indicaciones llegamos a su organización, tratando de no ser vistos, pero algo falló, y por poco y uno de esos demonios nos descubre echando todo a perder, y quizás poniendo en descubierto a don Alberto. Nos sentíamos tan mal, todo lo que habíamos hecho había sido en vano. Teníamos que pensar en algún plan. Desgraciadamente para todos, el mal se fortalecía cada vez más, se podía percibir en la atmósfera estos últimos meses, las noticias en la prensa y en todos los medios de difusión solo hablaban de horribles asesinatos, de macabros hallazgos, de desastres en todas partes del mundo, muertes de miles de peces, y aves sin ninguna explicación, no había duda, las profecías escritas en libro de las Revelaciones se siguen dando cada vez con mayor fuerza. Estos son tiempos de obscuridad, de pecado, de tentaciones… el mismo cosmos se encuentra en estos momentos en cambios muy importantes para la raza humana, estos tiempos son cruciales, y desgraciadamente la humanidad no está preparada, al contrario, se encuentra cada vez más desorientada. Me temo que se está iniciando el momento de las tribulaciones: "De las abominaciones vendrá el desolador, hasta que venga él mismo se instale en el templo, y demandará que el mundo lo adore. Apocalipsis 13:5 esto sucederá por siete años". "Después se iniciará o dará inicio el juicio de Dios sobre el mundo incrédulo. Tesalonicenses 4:13". Y nosotros, sin tener una respuesta clara de cómo detenerlo, así que lo primero que se nos ocurrió fue que teníamos que advertirle a todo el mundo de su existencia, pero la pregunta era ¡cómo! Fue entonces, que a don Alberto se le ocurrió que usted nos podría ayudar, aunque no veo muy seguido las noticias, precisamente por lo que le dije anteriormente, usted es una persona muy conocida y reconocida a nivel internacional, y en muchas ocasiones ya había escuchado hablar de usted. Así que la idea de que usted desenmascarara todo lo que se oculta detrás de esa organización religiosa y de lo que realmente pretende hacer Alberto, nos pareció al maestro Hassín y a mí que no era mala, es más, sigo pensando que una persona como usted que no se deja convencer tan fácilmente, y que precisamente por esa razón es que se ha ganado el respeto de todos sus colegas, es quien podría decirle al mundo quien es verdaderamente Alberto, y lo que pretende hacer. Que si bien, el primer inconveniente que tendríamos era convencerlo de que todo esto era verdad, teníamos que arriesgarnos, de alguna manera hacerle ver que lo necesitábamos… y después, lo más importante, lograr que usted acepte ser parte de todo esto con nosotros en esta horrible pesadilla… que todos creímos, ya había terminado.

- Padre Saúl, señores, esta historia que todavía no termino de analizar, y que llegó a mis manos sin que lo haya pedido, no es fácil de creer, estarán ustedes de acuerdo. Pero aunque fuera verdad y todo lo que me dicen de él sea cierto, ¿cómo pueden pensar que será así de fácil?, ¿cómo pueden pensar que toda la gente me va a creer a mí, si yo todavía no termino de convencerme?

Ahora que lo pienso, en esos momentos debí sacar de sus casillas a todos, precisamente por lo obstinado y necio que me estaba comportando, así que en un tono algo fuerte el maestro Hassín tomó la palabra.

- Escúcheme, doctor Beltrán, si decide o no aceptar la ayuda que le estamos pidiendo está en todo su derecho, pero creo que después de todo lo que le hemos platicado, me parece necedad, al menos no darnos el beneficio de la duda. Le pido que investigue y se adentre en esa organización, que conozca a Alberto, no solo el lado bueno que pretende tener, sino al verdadero. Y después, si decide ayudarnos ojalá, no sea demasiado tarde.

Se levantó y dio unos pasos dentro de la habitación un poco molesto. Por lo que pude observar, era un departamento pequeño, tenía un cuarto grande que hacía de sala, comedor y cocina, un pequeño baño de azulejo azul ya muy deteriorado, y una sola recámara en donde el maestro tenía una cama individual, una mesita plegable en donde tenía un pequeño altar con un crucifijo en medio y con tres veladoras encendidas, un clóset en el que pude ver la toga azul y el turbante, además de su ropa normal de diario y en la parte inferior dos maletas, quizá con ropa o algunas otras cosas que ya no desempacó. Todo esto me parecía muy extraño, una persona tan reconocida en este medio, ¿cómo podía vivir en este lugar?, era como si quisiera desaparecer de todos y que nadie lo pudiera encontrar.

El señor Vargas les pidió que mantuvieran la calma, que el primer paso ya estaba dado, y que todo lo demás dependía de la decisión que yo tomara.

- Doctor Beltrán, creo que es hora de retirarnos, en estos momentos a ninguno de nosotros nos conviene estar mucho tiempo juntos. Debemos ser muy precavidos.

Me despedí del padre Saúl y del maestro Hassín, pero antes nos dimos el número de celulares. Como último comentario, los dos me dijeron que pensara muy bien la decisión que fuera a tomar, que si decidía ayudarlos se los comunicara lo más pronto posible, ya que entre más tiempo pasara, él seguiría ganando más poder.

Salimos el señor Vargas y yo, no sin antes asomarnos entre las cortinas de la ventana para estar seguros de que nadie nos estuviera vigilando en forma sospechosa, nos subimos al auto para dirigirnos nuevamente al punto de reunión. La tarde comenzaba a caer, así que nos dimos prisa para llegar por mi automóvil a la Parroquia Del Espíritu Santo. En el camino prácticamente no hablamos, solo algunos comentarios sobre el tráfico que encontramos en ese momento, creo que el señor Vargas ya no quería presionarme más sobre el asunto, sin embargo, cuando me dejó unos metros antes de donde estaba mi auto, me dijo en un tono suplicante:

- ¡Por favor, doctor Beltrán!, ¡usted es nuestra única esperanza!, ¡ayúdenos por lo que más quiera!

Yo solo lo miré sin decir palabra. La verdad era que me daba mucha pena, pero no podía tomar una decisión en ese momento.

Después de unos instantes, sacó de la parte trasera de su auto una bolsa negra, y me pidió que la guardara, que quizá lo que estaba ahí dentro nos podría servir si decidía ayudarlos. Se subió a su vehículo y sin decirme nada más se fue alejando, en esos momentos yo me sentía muy aturdido por todo lo que había vivido ese día. En menos de veinticuatro horas había conocido prácticamente a los protagonistas de esta historia, que aún no terminaba de enten-der. Así que, antes de tomar una decisión tan importante, en la que pudiera estar en juego mi reputación, o quizá hasta mi propia vida, tenía que llegar al final para saber de una vez por todas si debía involucrarme en este asunto, o regresar a la vida que tenía antes.

Subí a mi auto y antes de encenderlo, revisé la bolsa que me había dado, eran dos uniformes de color azul marino, del personal de limpieza de la organización que acababa de conocer, un pantalón con una camisola, tenían grabados "Nueva Vida" en la parte superior derecha. En esos momentos, no entendí por qué me los había dado, así que, con mi cerebro hecho un lío, me encaminé a mi departamento, lo único que había probado en todo el día había sido un desayuno raquítico, un poco de jugo, un par de huevos revueltos, y un café negro, entonces, decidí pasar antes por una hamburguesa e írmela comiendo en el camino. Cuando llegué, lo primero que hice fue revisar que vinieran junto a mí los sobres amarillos dentro de mi portafolio, después de bajarme de mi auto, entré volteando para todos lados para estar seguro que nadie me viera con ellos, como si alguien supiera lo que llevaba dentro. Cerré la puerta principal, y fui revisando una a una cada puerta y ventana de mi casa, hasta estar seguro de que todo estaba en orden. Me di un baño y me acosté hasta otro día.

CAPÍTULO 6
Una perturbadora decisión

DÍA CUATRO

A la mañana siguiente, también me desperté algo tarde. A diferencia de los otros domingos en los que salgo a correr un rato, me doy un baño y si no tengo planes me tiro en mi sillón a ver la televisión el resto del día. Este iba a ser un domingo muy especial, así que, después de salir a correr y darme un baño, comí un poco de fruta, y ya con la mente más despejada, pude asimilar lo que hasta este momento estaba viviendo. La decisión no era nada fácil, aunque en parte ya estaba involucrado aun sin pedirlo, el adentrarme más en todo esto, implicaba arriesgar varias cosas y la más importante de ellas era mi propia vida, así que antes de arrepentirme tomé el teléfono y le marqué al abuelo de Alberto.

- ¿Bueno? ¿señor Vargas? - pregunté.

- Sí, doctor Beltrán, ¿es usted?

- Así es, solo quería decirle que acepto ayudarlos a desenmascarar a su nieto, díganme cual es el siguiente plan.

- ¡Gracias doctor!, ¡De verdad gracias! ¡No cabe duda que Dios está con nosotros! Ahora tenemos que ponernos de acuerdo con el padre Saúl y el maestro Hassín para ver en donde nos vamos a ver. Tenemos que planear el siguiente paso, si usted quiere hable con ellos, estoy seguro de que les dará mucho gusto escuchar de sus labios esta gran noticia, y después dígame en qué quedaron.

- Me parece bien señor Vargas, les llamo y de acuerdo a lo que quedemos, yo le aviso.

Colgué y en seguida les marqué a cada uno, como era de esperarse, a ellos también les dio mucho gusto saber que les iba a ayudar, pensaron que en estos momentos el mejor lugar para vernos era el departamento del maestro Hassín, así que después de ponernos de acuerdo le informé al señor Vargas que en un par de horas nos veríamos allá. Aunque ya había ido a su departamento, no recordaba bien el camino, pero el maestro me explicó cómo llegar, tomé el portafolio con los sobres dentro. Desde que los puse ahí se convirtieron en mi sombra, no me separaba de ellos ni para dormir. Después, cerré bien las puertas y ventanas, y me subí a mi automóvil. Por el camino me puse a pensar si había hecho lo correcto, si de verdad esta historia era todo lo real que parecía ser, ya que si así era, nos enfrentaríamos a un ser muy poderoso, a un espíritu que era capaz de turbar nuestras mentes y hacer suyas nuestras voluntades, desgraciadamente para mí me encontraba en desventaja con los que pretendían que los ayudara, ya que ellos lo conocían muy bien y sabían de sus trampas, pero el riesgo de conocerlo en persona era muy alto, ya que sin darme cuenta el cazador podría convertirse en la presa, y echar todo a perder. Debía de recordar en todo momento el consejo de no dejarme engañar pasara lo que pasara, y viera lo que viera. El sonido de un claxon me recordó que estaba próxima mi salida, busqué un lugar seguro en donde estacionar mi auto, y para mi buena suerte encontré un estacionamiento no muy lejos de donde estaba el departamento del maestro, ya más tranquilo me encaminé al punto de reunión, ahora el que corría el riesgo según mi apreciación era yo, a pesar de que el señor Vargas me había dicho que no correría ningún peligro, y que la gente de por ahí no era peligrosa. Apresuré el paso volteando de vez en vez para todos lados hasta que por fin llegué. El padre Saúl ya estaba ahí, y unos minutos después llegó el señor Vargas.

El recibimiento de ambos fue muy fraternal, como cuando ven a un viejo amigo con el que hace tiempo no se reúnen. Recuerdo que esa fue la primera vez que me dieron un abrazo así y me estrechaban sus manos con un calor diferente, como si en ese momento hiciéramos un pacto que nos hermanara para siempre.

- Doctor Beltrán, ¡bienvenido! ha llegado el momento de la verdad, el momento de enfrentarnos con ese monstruo, y desgraciadamente como la vez anterior, el tiempo ya no está a nuestro favor - el tono de la voz del padre Saúl dejaba ver una gran preocupación.

- La idea, doctor como ya le habíamos dicho, es que lo desenmascare en su Congreso, y tengo entendido que solo faltan cinco días, así que tenemos que tener más pruebas, y que usted, y nosotros salgamos con bien antes de esa fecha, o no habrá otra oportunidad y entonces… ya nada podrá detenerlo – dijo el señor Vargas.

- Bueno, entonces hay que darnos prisa y planear lo que vamos a hacer – comenté un poco ansioso.

- Doctor Beltrán, para llegar hasta donde él está, es necesario primero contactarlo a través de todo un sistema bien organizado, en el que, como puede usted imaginarse es manejado por demonios, así que debemos de ser muy precavidos y no cometer ningún error, porque nos podría costar la vida.

- Bueno, señor Vargas, usted conoce mejor que nadie cómo funciona todo esto, ya que muy a su pesar pertenece a ella.

- Así es doctor, por eso creo que lo primero que tenemos que hacer es buscar la forma de que usted esté dentro sin que nadie sospeche, y se convenza de todo lo que le hemos dicho, y ya convencido le muestre a todo el mundo las pruebas suficientes para desenmascararlo a él y a su organización. Toda la gente que lo busca es porque tiene algún problema muy grave de salud, principalmente con cáncer en alguna parte del cuerpo, ya en etapa terminal, y quieren que los cure, también he visto como le ha devuelto la vista a niños y adultos solo con tocarle los ojos, o devolverles la audición a personas completamente sordas, poniéndoles las manos en los oídos, como lo hizo en su tiempo nuestro señor Jesucristo. Sus milagros son conocidos cada vez por más gente, que lo buscan con desesperación para que los ayude.

- Pero señor Vargas, este no es mi caso, yo no estoy enfermo de nada, y si es tan poderoso como dicen, pienso que podría darse cuenta que lo estoy engañando, y todo se echaría a perder.

- Eso puede ser cierto, doctor, es capaz de sentir que usted no tiene ninguna enfermedad terminal, así que tenemos que valernos de un engaño y buscar a alguien que si lo esté para que usted lo acompañe como muchos otros familiares acompañan a sus enfermos, es la única manera que se me ocurre para que lo pueda conocer.

- Este es un plan muy arriesgado señores, como para dejarlo en manos de gente que no conocemos, pero sé de una persona que sí está enferma, y que además es mi familiar.

- ¿Quién es, doctor Beltrán?

- Es mi tía, maestro Hassín, ella es la hermana menor de mi padre, y aunque no la visito muy seguido, hace una semana que estuve en su casa, me dijo en muy mal estado que le habían detectado cáncer en la matriz, y al parecer su enfermedad ya estaba muy avanzada.

- Me parece bien que lleve a su tía, doctor Beltrán, pero es muy importante que ella no sepa el verdadero motivo que nos obliga a hacer esto, solo le dirá que escuchó por ahí de Alberto y de un centro religioso llamado "Nueva Vida", donde aparentemente se está curando a la gente de enfermedades muy graves. Dígale que la quiere llevar para ver si la pueden ayudar y que aunque usted no acostumbra creer en esas cosas, no se pierde nada con probar. ¿No cree que sea lo mejor, don Alberto?

- Pienso que tiene razón, maestro, en este tiempo que he estado cerca de mi nieto y de toda esa gente, día a día me he llenado de horror y de espanto al ver todas las cosas que son capaces de hacer. Desgraciadamente, también para nosotros y para todo el mundo he visto los prodigios de Alberto, y créanme que la mayoría de la gente que se acerca a él se curan completamente en su segunda sesión, por eso es que se sienten tan agradecidos con él, que ya no les importa hacer cualquier cosa que él les pida. Antes de probarlos, les dice que todo el tiempo estuvieron equivocados con sus creencias acerca del que creían era el verdadero Dios, y que si están dispuestos a conocer al verdadero, él se los mostrará. Cuando ven que algunas personas que ya se curaron les pueden ser útiles pero todavía tienen algunas dudas de que están haciendo lo correcto, las siguen invitando a sus reuniones hasta convencerlas para que después asistan a las misas negras. Aunque, les soy sincero, realmente es la minoría, como se podrá dar cuenta una vez que vaya, todo el edificio está lleno de gente que ya pertenece a la organización por voluntad propia. Después, los inician en sus rituales Satánicos en donde todos juntos guiados por Alberto, hacen sacrificios para ofrecérselos a su Dios… el señor de las tinieblas. Algo que les recuerdo, y que hasta este momento me sigue llenando de rabia y de dolor, es que mi hija ya cree firmemente en lo que pretende hacer Alberto, y en cada reunión macabra participa en todo lo que le dicen tanto mi nieto, como mi yerno. Ojalá no sea demasiado tarde y que Dios se apiade de ella.

Pude observar en el rostro del señor Vargas cuando habló de su hija, la pena lo estaba matando. No podía aceptar en lo que ella se había convertido, que estuviera de acuerdo en todo esto era un golpe muy fuerte para él. Después nos siguió diciendo.

- Hay un porcentaje de la gente que se acerca a mi nieto que no se alivia, y que hasta este momento aún no estoy seguro por qué no los cura. Este porcentaje que siempre es la minoría después de la primera sesión ya no regresa, me imagino que es porque esas personas a él no le interesan para sus propósitos. Algo que descubrí, es que la gente que cura, además de dar la vida por él, donan gran parte de sus ingresos a "Nueva Vida" para que la organización los use como crea más conveniente, haciéndolos más fuertes. Quiero que recuerden una cosa, además de las aportaciones que se les cobra a la gente, está el tesoro que le prometió el demonio que le poseyó, si lo seguía, y la cantidad de dinero es impresionante, podríamos decir que Alberto es el hombre más rico del mundo, toda esta fortuna la tiene repartida en todas partes del planeta usándola a su conveniencia, y vigilada por todos los demonios que la administran en esos lugares, pero lo más grave de todo esto, es que la gente que cura se convierte en mensajera de las enseñanzas de Alberto, en todas partes, donde se encuentran expandiéndolo cada vez más como un terrible y mortal virus. A todos los que cura les regresa su enfermedad después de un año, pero mientras, en ese tiempo ya le sirvieron, ya los usó a su conveniencia, y cuando ellos se dan cuenta de que su enfermedad volvió, ya no les importa morir por él.

- Don Alberto, desgraciadamente para su nieto, el destino de cada ser humano ya está escrito desde antes de su nacimiento, así que solo Dios marca el momento de su muerte, y solamente él lo puede decidir, así que aunque su nieto los cure, tarde o temprano… les llegará su fin.

- Así es, padre Saúl, ojalá todos pensaran como usted. Por todo esto, doctor Beltrán, le pido que en cuanto lo conozcan se relacione inmediatamente con él para que sean de las personas que elija, y que después de la segunda sesión cuando su tía ya se sienta mucho mejor, haga todo lo posible para que ya no regrese a ese lugar, si es necesario mándela de viaje o lo que sea para impedírselo, porque el único que debe asistir a los rituales satánicos es usted. Su tía solo debe ser un instrumento o el medio para entrar y llegar a él.

- No se preocupe, señor Vargas, tendré mucho cuidado para sacarla a tiempo de ese lugar y que no corra ningún peligro.

- Señores, sabemos que todos corremos un grave peligro al enfrentarnos con él, pero además también con sus seguidores, los llamados "Hijos De Las Tinieblas", de los que hace mención el profeta Isaías en los rollos encontrados en el Mar Muerto, esta profecía dice así "Habrá una gran guerra entre Los Hijos De La Luz, y Los Hijos de la obscuridad en los últimos tiempos". Y desgraciadamente todo parece indicar que estos tiempos están iniciando. Al liberarse ese ser de obscuridad, trajo consigo muchos demonios más, algunos con la misión de cuidarlo, otros están repartidos en todas partes del mundo con cargos muy importantes en el ámbito político, y en el religioso, solo esperando el momento para reunirse e iniciar la batalla final. Tenemos también que estar conscientes, de que mientras no demos a conocer quién es, y el propósito que tiene, prácticamente estaremos solos en esta terrible pesadilla.

- Padre Saúl, el panorama que nos pinta es bastante negro.

- Desgraciadamente lo es, doctor Beltrán, está a punto de comenzar para usted la más horrible de todas las pesadillas que jamás se imaginó vivir.

- No cree padre, ¿que no es el momento de decirle todo esto?

- Al contrario, maestro Hassín, entre más preparado vaya, más difícil será para Alberto intentar cambiarlo a su favor. Pero creo que es suficiente… al menos en este momento, lo importante ahora es dar marcha al plan.

- Me parece bien padre y… que Dios nos ayude – comentó el maestro Hassín.

- Doctor Beltrán, ahora que ha decidido ayudarnos, es el momento que le entregue el video que tomé de las misas satánicas, en él se encuentran las pruebas de todos los horrores que hacen, incluyendo los sacrificios de seres humanos, es muy importante que lo guarde bien, ya que esto es una prueba más para desenmascararlo. También quise guardar hasta este momento el sobre número cuatro, con la última parte de la historia de mi nieto, el momento en el que le realizamos el exorcismo, con el propósito de que viera quien es en realidad, el poder que tiene de manipularnos a su antojo, y también se termine de convencer de que todo lo que le hemos dicho de él es verdad, para que cuando lo enfrente no sea presa fácil de sus engaños. Me gustaría que le sacara varias copias de esto y de todo lo que le he dado, después los originales y las copias guárdelas por separado en lugares seguros y que todos sepamos en donde se encuentran. No sabemos qué pueda pasar más adelante con esos demonios, y perder los originales sin tener por lo menos una copia, sería fatal.

- Tenga la seguridad señor Vargas, de que es lo primero que voy a hacer en cuanto me marche.

Después, como lo hicimos la vez anterior, antes de salir del departamento nos fijamos bien de que no hubiera alguien sospechoso, yo salí primero, a los diez minutos salió el padre Saúl, y por último el señor Vargas. El maestro Hassín, ya había empacado todas sus pertenencias para mudarse nuevamente a otro lugar, y antes de salirnos nos dio a todos su nueva dirección, para reunirnos de nuevo. Ahora entiendo por qué tenía maletas sin desempacar. Lo primero que haría de acuerdo al plan, era ver a mi tía Rosa para decirle lo que sabía de Alberto, y si ella quería la llevaría con él. Era una mujer que por esperar al príncipe azul, se le fue pasando el tiempo, estaba por cumplir setenta años y poco a poco fue perdiendo la esperanza de conocer a alguien, esto la hizo ser un poco dura con la vida, aunque en momentos su apariencia dura cambiaba, y se convertía en una mujer muy agradable; tenía su cabeza casi blanca, y la enfermedad la estaba adelgazando muy rápidamente. De inmediato me dirigí para allá, cuando le conté, no lo pensó dos veces, y me pidió que hablara para que nos dieran una cita. Marqué a sabiendas que ya no habría marcha atrás, pero por ser domingo nadie contestó, no nos quedó más remedio que esperar hasta otro día para hacer la cita. Me quedé un rato más con ella, recordando anécdotas de cuando era niño, tomando un delicioso chocolate, que acompañamos con un pan dulce exquisito, traído de la panadería de por ahí. El señor Vargas ya me había puesto al tanto de todo, y los únicos días que daban cita eran los martes y los jueves, me despedí de mi tía quedando que en cuanto me dieran la cita le avisaría y pasaría a verla para ponernos de acuerdo sobre la hora en la que la recogería. Después me dirigí a mi casa, quedándome con ese sabor de boca de todos los recuerdos vividos, y por supuesto de la merienda que disfruté con tan grata compañía. Cuando llegué, me puse a recapitular todo lo acontecido hasta este momento, pensando quizá en no olvidar ningún detalle que me pudiera servir, para no caer en la trampa de ese ser, después revisé las puertas y ventanas como lo venía haciendo desde que llegaron a mis manos los sobres amarillos. Ahora entiendo por qué cuando comencé a leer las instrucciones, me decían que solo faltaba la última parte de la historia y que me la entregarían llegado el momento. Me sentía cansado, pero antes me puse a copiar todas las pruebas que tenía en mis manos, el equipo que tengo es de muy buena calidad por cuestión de mi trabajo, así que no tuve ningún problema en hacer dos buenas copia, guardé lo que hasta este momento ya había leído y visto en diferentes sobres, para separar las copias de los originales, y por primera vez desde que me los entregaron los guardé en mi caja fuerte, la cual mandé a hacer empotrada en la pared atrás de un librero. En ese lugar no solo guardo dinero, sino también papeles importantes tanto personales como laborales. El tiempo se había ido sin sentir, eran casi la una de la madrugada, me había propuesto al menos terminar de leer y analizar la última parte de la historia, pero antes decidí darme un baño para quitarme el cansancio del día, y ponerme a trabajar hasta terminarla.

Conforme nos íbamos acercando hacia la clínica, comenzaron a darse ciertos cambios en el clima, de un cielo totalmente azul, pasamos a tener uno lleno de nubes con un color entre gris y negro, de una apariencia muy extraña y hasta tétrica. Yo fui el que se los hice notar a todos.

- ¿Ya vieron como se está poniendo el cielo?

Todos vieron aterrados que las nubes estaban agrupándose en una sola área, y parecían tener formas bastante raras, como si tuvieran vida propia… además, parecía que se encontraban, justamente arriba de la clínica donde estaba mi nieto. Después de observarlas, el padre Saúl nos dijo:

- Y me temo que esto es solo el principio.

- ¿De qué está hablando, padre?, explíquenos… ¿qué es lo que nos está tratando de decir?

- En los manuscritos del Mar Muerto hay un párrafo que dice "El día se llenará de obscuridad y habrá tormenta y truenos, entonces será la señal y los señores de la obscuridad intentarán poseer la tierra, guiados por el que habrá de venir".

De pronto, un automóvil se nos emparejó con cuatro sujetos todos vestidos de negro y con sus capuchas puestas, sus miradas se veían siniestras. El que iba al volante nos gritó "¡ya es demasiado tarde!, ¡el regreso de mi señor está por comenzar!, ¡así que les advierto que no hagan nada y lo dejen en paz!, ¡esta vez no será tan benevolente!

Sin darnos tiempo de nada, el sirviente de ese demonio giró violentamente el volante hacia donde estábamos nosotros, echándonos el automóvil encima, por suerte el Padre Saúl dio el volantazo guiado por un reflejo, y por el sentido de sobrevivencia, perdiendo momentáneamente el control del automóvil. Después de algunos zigzagueos, el padre pudo controlarlo. Esos seres de obscuridad tenían la misión de no dejarnos llegar y evitar que le hiciéramos daño a su señor, así que harían lo que fuera necesario para que no llegáramos a tiempo a la clínica. Unos metros más adelante nos dieron alcance, mi hija muy asustada le repetía al padre Saúl.

- ¡Qué hacemos padre!, ¡cómo nos vamos a librar de esos seres!

- Como ven hija, la lucha está cada vez más dura... pero Dios nos abrirá paso entre ellos, oremos hijos míos, que la fuerza de la oración hace milagros.

El vehículo de esos seres se nos volvió a venir encima con la intención de golpearnos en un costado, a riesgo de voltearnos.

- ¡Sujétense bien todos!, que esta vez no nos agarrarán desprevenidos, y a ver de a cómo nos toca.

Todos nos agarramos de donde pudimos esperando el impacto. El vehículo de los seguidores del mal se fue nuevamente sobre nosotros, pero esta vez con mayor velocidad para tratar de sacarnos de la carretera o de voltearnos, pero afortunadamente el padre Saúl hizo exactamente lo mismo, y tomando el control del volante, les ganó a esos seres golpeándolos fuertemente de todo el lado izquierdo de su automóvil, obligándolos a orillarse, dañando seriamente la llanta delantera izquierda, inhabilitándolos por completo. Jamás en mi vida agradecí tanto que el automóvil del padre Saúl fuera de lámina sólida, ya que gracias a eso salimos prácticamente sin ningún rasguño. Con algunos cuantos golpes y rayones sin importancia, el vehículo siguió su marcha. Por unos momentos todos nos habíamos quedado sin habla, el maestro Hassín que iba al frente, no lo podía creer.

- ¿Cómo lo hizo, padre?

- La verdad no sé ni cómo pasó, pero gracias a Dios todo salió bien, ahora hay que pedirle a nuestro señor Jesucristo que no tengamos otro percance antes de llegar a la clínica.

- Así es padre, pero, ¿por qué no intentaron alguna otra cosa en contra de nosotros?, pudieron incluso, usar algún arma, ¿por qué no lo hicieron?

- No lo sé Hassín, quizá no les permita su señor usar alguna clase de arma, no lo sé.

Mientras tanto… en la clínica.

- ¡Doctor!, ¡doctor!, ¡vámonos de aquí! - gritó la señorita Carmen, y tomándolo del brazo prácticamente lo jaló para obligarlo a moverse de ese lugar, pero el doctor se encontraba totalmente petrificado y todavía muy alterado después de lo sucedido con ese ente del mal, así que, temiendo la señorita Carmen que volvieran a caer en la tentación, lo volvió a jalar del brazo obligándolo a caminar.

- Venga, doctor Sánchez, acompáñeme, vamos al oratorio que en este momento es el lugar más seguro para poder buscar la ayuda que tanto necesitamos.

El doctor no le dijo ni media palabra, solo la miró con agradecimiento y ambos se dirigieron muy lentamente. El demonio los miró, y soltó una carcajada, burlándose de esos dos seres que apenas hace unos instantes, había tenido a su merced. Después, les dijo:

- Piénsenlo… todavía sigue en pie mi oferta, miren, acérquense… ¡y vean todo lo que les puedo dar!

- ¡No voltee, doctor!, ¡no lo escuche!, ¡mejor démonos prisa!

Como pudieron lograron llegar, luchando con las palabras que seguía diciendo aquel ser del infierno. Ya en el oratorio, caminaron hasta estar frente al altar, y ahí los dos se arrodillaron.

El oratorio era de buen tamaño, cabían sentadas cómodamente diez personas, las paredes estaban pintadas de color azul sin ningún adorno, solo en el centro del altar había un crucifijo de madera de aproximádamente un metro de largo; daba la impresión de ser tallado a mano. El Cristo era de bronce muy bien terminado, en el lado izquierdo había un cuadro con la imagen de la virgen María tomando en sus brazos al niño Jesús, de aproximádamente ochenta centímetros de largo por sesenta centímetros de ancho, el marco también era completamente de madera con algunas grecas en las esquinas, y del lado derecho, estaba un cuadro con la imagen de Jesús de Nazaret resucitado, llevaba puesta una túnica blanca, parecía que caminaba con pasos fuertes y firmes; de sus manos y del costado derecho salía una luz muy brillante, y de varias tonalidades. Daba la apariencia que su túnica también tuviera esas mismas tonalidades. Su rostro reflejaba una paz tan grande y una mirada tan dulce, que al verlo se sentía uno ya reconfortado. Al pie del cuadro estaba escrito "Jesús, Yo Confió en ti". Precisamente por esta imagen, la clínica llevaba el nombre de "El Señor De La Misericordia".

Tal parecía que las tres imágenes estuvieran hablando por si solas, primero la de una madre protegiendo a su hijo en su regazo, después la imagen de Jesús crucificado, del Cristo redentor del mundo que tuvo que pasar por este suplicio para el perdón de nuestros pecados, y por último a Jesús resucitado, lleno de todo su esplendor y gloria.

El doctor Sánchez y Carmen se veían agotados, y no era para menos después de la pesadilla que les hizo padecer aquel ser Demoniaco. Nuevamente ella fue la que tomó la iniciativa.

- Doctor, entrelace sus dedos y comience a orar.

Por su estado, él no sabía qué hacer ni qué decir, así que le pidió que lo ayudara.

- Ayúdeme por favor Carmen, hace tanto tiempo que no me acerco a Dios, que no sé qué decirle.

- Solo cierre los ojos y abra su corazón, dígale lo que siente, pídale que le dé la resignación que tanto necesita, y que nos ayude en estos momentos… en estos horribles momentos, para que nos podamos enfrentar a ese ser infernal.

Los dos cerraron sus ojos, tratando de olvidarse de todo a su alrededor, y ponerse en comunión con el creador. Después de que los dos entraron al oratorio, el demonio dejó de gritarles, y decirles que voltearan a ver lo que les tenía preparado. Así que sin ningún ruido lograron concentrarse en sus oraciones, y no se dieron cuenta de que el guardia en turno les estaba hablando.

- Disculpen doctor Sánchez, Señorita Carmen - al no obtener respuesta de ninguno de los dos, tuvo que subir el tono de su voz - ¡Doctor Sánchez! - de inmediato ambos voltearon sobresaltados.

- Disculpen, creo que los asusté, pero es que les hablé varias veces y no me escucharon, además no me contestó por el radio – comentó un poco apenado.

- No se preocupe, Ramírez, ¿qué sucede?

- Es que el comandante insiste en verlo otra vez, y me pidió que le dijera que lo espera cerca de la puerta principal para hablar con usted.

El doctor ya sospechaba que el comandante Méndez no se iba a quedar nada mas así, y que lo más seguro era que no se había tragado todo este cuento y esperaría que le dijera algo más que lo convenciera, o quizá fuera necesario decirle la verdad, así que tomó una decisión, le habló al padre Saúl para decirle lo que estaba pensando hacer.

- Padre Saúl, ¿me escucha? - el maestro Hassín tenía el celular en esos momentos, así que él contesto.

- Soy Hassínm, doctor Sánchez, el padre Saúl va manejando, ¿sucede algo?

- Es que el comandante Méndez nuevamente desea hablar conmigo, y me temo que sospecha que lo que le he dicho no es la verdad, pienso que lo mejor es decirle todo lo que está sucediendo, además con todos los que están allá afuera, él y su gente nos podrían ayudar, ¿no lo creen así?

El maestro Hassín puso el altavoz, así que todos escucháramos lo que había dicho el doctor Sánchez, después de pensarlo por un instante, el padre tomó el celular, y le respondió al doctor.

- Creo que tiene razón, pero le pido que solo él sepa la verdad, y por favor muéstrele todas las pruebas necesarias para que lo crea, y nos pueda ayudar de la manera que él piense conveniente.

Todos estuvimos de acuerdo con él, la verdad urgía que alguien nos protegiera de esos seres de obscuridad, y qué mejor que la policía, así nosotros no nos arriesgaríamos de más. Ya teníamos bastante con lo que le estaba pasando a mi nieto, además en muy poco tiempo, nos tendríamos que enfrentar a ese demonio cara a cara y teníamos que estar preparados para lo que pudiera pasar. El doctor Sánchez confirmó lo que le había dicho el padre, después colgó y se dirigió en busca del comandante junto con el oficial Ramírez, pero antes le pidió a su asistente que no se saliera del oratorio hasta que él regresara. En el camino cambió de opinión, y le pidió al oficial que llevara al comandante a su oficina y que ahí lo vería, después se regresó al oratorio por su asistente.

- Acompáñeme Carmen, no quiero dejarla sola mucho tiempo, además el comandante quiere hacerme más preguntas, y quisiera que entre los dos le demos las pruebas de todo lo que está pasando aquí.

Al cruzar por uno de los pasillos, notaron que la luz del sol tenía unos tonos muy extraños, así que voltearon sus miradas hacia el cielo, el color del sol era de un tono rojizo, además se estaba llenando de nubes con una apariencia bastante extraña. Tenía unos tonos entre gris y negro que los dejaron temblando.

- ¡Dios mío, doctor!, ¡esto está cada vez peor!, ¿cree que, esto también tenga que ver con… ese demonio?

- Después de lo que he visto, creo que ese ser es capaz de eso y más. Será mejor que nos demos prisa.

Llegaron a la oficina en donde el comandante ya los estaba esperando.

- Por favor tome asiento, dígame comandante ¿en qué le puedo ayudar?

- ¿Realmente piensa doctor, que me puedo tragar el cuento de que el único problema que hay aquí, son esos supuestos tubos del drenaje rotos? Ya me he percatado de que por ningún lado los están reparando. Mejor dígame de una vez por todas lo que está pasando aquí, además de todas esas gentes tan extrañas que siguen llegando, y que están alrededor de toda la clínica esperando no sé qué cosa para moverse de donde están. Intenté hablar con algunos de ellos pero parece que están mudos, no les pude sacar palabra alguna. Lo mejor será que me cuente toda la verdad doctor Sánchez.

- Está bien comandante, pero antes de que le cuente todo lo que está pasando aquí, quisiera hacerle una pregunta.

- Dígame doctor ¿de qué se trata? - el doctor Sánchez buscó la manera de formularle la pregunta para que el comandante no la tomara como una burla, pero no la encontró.

- ¿Usted cree en sucesos Paranormales?, ¿cosas inexplicables?, ¿en espíritus… y todas esas cosas?

El comandante, que era un hombre rudo, y que solo creía en lo que podía tocar, le respondió en un tono irónico.

- Por favor, doctor ¡se está burlando de mí!, esas cosas son cuentos que la gente ignorante inventa para tener de qué platicar.

- Esperaba una respuesta así comandante, de hecho yo pensaba igual que usted, pero después de lo que está pasando aquí y de lo que he vivido, todo ha cambiado para mí. Y estoy seguro de que después que le cuente y le dé las pruebas de todo esto, usted también cambiará de opinión.

El doctor Sánchez le relató todo lo que había pasado desde la llegada de mi nieto a la clínica, hasta ese momento, además de mostrarle todas las pruebas que tenía de los hechos, le dijo que solo si fuera necesario lo llevaría hasta donde estaba mi nieto para que se acabara de convencer.

El comandante Méndez no daba crédito de todo lo que le habían dicho y todo lo que él mismo estaba viendo, así que cuando terminó de ver todas las pruebas, el doctor Sánchez le preguntó.

- Sí aún no está convencido y si es su deseo lo puedo llevar a la habitación donde se encuentra Alberto.

- Aunque parece difícil de creer, creo que por el momento no es necesario, mejor voy a ordenarle a mis hombres que estén atentos a la llegada de los padres de ese niño, y de todos los demás para que los resguarden y los conduzcan seguros hasta aquí, ya que como usted me dice, no sabemos de qué sean capaces esos seres por proteger a ese… ser.

- Gracias comandante, le agradezco su apoyo, y que no dudara de todo lo que le hemos dicho, le suplico nuevamente de toda su discreción en este asunto. Antes… espere un segundo, déjeme hablar con ellos para saber aproximádamente en qué tiempo estarán por aquí.

- Calculamos estar en la clínica en unos diez minutos más o menos, si todo sigue como hasta ahora - le respondió el Maestro Hassín, que al mismo tiempo le hizo una pregunta - ¿está sucediendo algo ahí, doctor?, porque estamos a unas cuantas cuadras de la clínica.

- No es eso, maestro, es que está conmigo el comandante Méndez y queremos ponernos de acuerdo con ustedes para que puedan entrar sin correr ningún riesgo, él ya está enterado de todo y nos va a dar su ayuda. Cada vez hay más gente de negro… como esperando alguna señal para hacer algo, los veo muy inquietos, y con sus capuchas puestas se ven más siniestros, la gran mayoría están en la entrada principal y alrededor de toda la clínica, así que es necesario que tracemos un plan para que puedan pasar sanos y salvos. El comandante tiene una idea y me gustaría que todos lo escucharan para ponernos de acuerdo.

El doctor Sánchez le dio el celular al comandante para que se pusieran de acuerdo con lo que a él se le había ocurrido que hiciéramos todos.

- La idea es que engañemos a toda esa gente que sin duda alguna tratarán de impedirles la entrada a como dé lugar. El plan es que unas calles antes cambien de automóvil, yo les enviaré mi vehículo en el que arribarán a la clínica por la parte de atrás, en la cajuela encontrarán algunas pelucas, barbas postizas y otras cosas que ocupa mi esposa para su clase de teatro, por favor dénselas a mis hombres porque tal vez puedan utilizarlas y verse lo más parecidos a ustedes. Además, para extremar precauciones, enviaré varios hombres para que los escolten hasta que estén seguros adentro. Y el auto en que ustedes están, lo haré llegar hasta la entrada principal, ahí les ordenaré a mis hombres que en cuanto se estacionen hagan un gran alboroto, aparentando que siguen ustedes adentro de él… y que hasta que yo les dé la orden, les permitirán salir del vehículo. Todo esto servirá para ganar tiempo mientras ustedes entran por la parte de atrás. Si están de acuerdo, en cuanto me indiquen el punto en donde estarán haremos el cambio de automóviles.

El plan parecía bueno, así que solo se ultimaron los detalles, y se puso en marcha. Antes, el padre Saúl le agradeció al comandante Méndez su apoyo, y le recomendó que estuviera muy alerta.

- Comandante, la verdadera batalla está por comenzar, le suplico que tome todas las precauciones necesarias, y sobre todo…

pídale mucho a Dios, porque solo él nos sacará con bien de todo esto.

- Perdóneme padre, pero difiero mucho de su forma de pensar.

- Disculpe comandante, ¿cree usted en Dios? – preguntó el padre Saúl, ya que se había sentido con la necesidad de interrogarlo al notar su negativa respecto a Dios.

Esa pregunta se escuchó fuerte en sus oídos, por unos segundos no le respondió nada, hacia tanto tiempo que nadie le preguntaba esto, ni siquiera él mismo. Desde hace muchos años toda su vida se había regido sin ningún sentido aparente.

- Padre, cuando era niño mis padres me enseñaron que existía un Dios que todo lo ve y que premia al que es bueno, y al que es malo le da su castigo… pero, en el transcurso de mi vida, he visto cómo a la gente que engaña, que roba, la gente que es mezquina y mala, le va bien, y a los que son buenos y siguen sus enseñanzas, los pisotean, los humillan y siguen siendo miserables. Así que decidí olvidarme de esas enseñanzas, creo que hasta este momento no me ha ido tan mal. Discúlpeme padre, por mi franqueza en estos asuntos religiosos, le repito que estoy dispuesto a colaborar en lo que sea necesario para que todo salga bien, sin que para ello tenga que meter a Dios en esto.

- Gracias comandante, después me gustaría platicar un poco más con usted, pero ahora lo importante es que nuestro plan funcione bien.

Ambos cortaron la comunicación, el comandante le dio el celular al doctor Sánchez, y se dirigió a la salida para darle instrucciones a sus hombres, y que todo se hiciera de acuerdo al plan. Mientras, el doctor y su enfermera se quedaron en la oficina guardando en la caja fuerte todas las evidencias que le habían mostrado al comandante, como eran las fotografías, los análisis clínicos y videos que se le tomaron a mi nieto desde que entró al hospital, y que se siguen grabando todo el tiempo.

Nosotros llegábamos al punto en el que teníamos que cambiar de automóvil, nos estacionamos y antes de bajar del vehículo, revisamos que no hubiera alguien más de apariencia extraña, pensando en lo que nos acababa de pasar, no queríamos arriesgarnos y estropear todo el plan. Después de checar todo a nuestro alrededor, hicimos el cambio lo más rápido posible. En el automóvil del padre Saúl, se subieron cuatro de los hombres del comandante, uno de ellos se amarró un trapo de color azul, aparentando ser el maestro Hassín, el del volante se colocó una barba postiza y unos lentes como el padre Saúl, uno de los que venían atrás solo se puso una peluca simulando ser mi hija, y el otro oficial se puso un bigote y el suéter que traía puesto mi yerno. Tenían la instrucción de plantarse en la entrada de la clínica mientras nosotros nos dirigíamos a la parte trasera esperando que a nuestra llegada nos interceptaran varios hombres más del comandante y nos condujeran a salvo hasta el interior de la clínica. En cuanto el carro del padre Saúl se estacionó en la entrada, se le fueron acercando muy lentamente toda la gente de ese demonio que estaba alrededor, pero de inmediato el vehículo fue custodiado por algunos guardias, creando el desconcierto de los señores de la obscuridad, los guardias hacían bien el teatro de no permitir que descendiera nadie del automóvil. Algunos de esos seres del infierno fueron más audaces e intentaron acercarse más de la cuenta al carro, pero fueron rechazados por los guardias con macana en mano, golpeándolos fuertemente y obligándolos a mantenerse a cierta distancia, por increíble que esto sea ninguno de esos seres intentaron atacar a la gente del comandante, se quedaron nuevamente estáticos, como si estuvieran esperando algo. Todos los guardias estaban a la expectativa, y además desconcertados, no tenían idea de por qué era todo esto, solo estaban recibiendo órdenes y debían cumplirse. El espectáculo se veía extraño, siniestro, lo bueno era que todos los pacientes y el personal de la clínica ya se habían marchado, y por órdenes del comandante, toda la periferia se había acordonado, entonces prácticamente estaban solos. Minutos antes toda esa gente se había puesto su capucha negra que les cubría gran parte del rostro, pero algo extraño les estaba sucediendo a todos en sus rostros, se estaban deformando como en una especie de metamorfosis entre hombres y bestias, y con sus miradas encendidas como lumbre y perdidas, parecían seres enviados del mismo infierno. Ver a todos esos seres juntos era como una horrible pesadilla en la que uno quisiera despertar de inmediato. Minutos antes, su comportamiento también fue cambiando totalmente, desde que esos seres llegaron, solo se habían quedado parados sin moverse y sin hablar, pero conforme fue pasando el tiempo se mostraban cada vez más inquietos. Por momentos hacían movimientos muy extraños, se sacudían violentamente de un lado para el otro, y se hacían para adelante y para atrás totalmente frenéticos.

Mientras esto pasaba, por la parte trasera llegábamos en el otro automóvil, nos bajamos lo más rápido posible tratando de no ser vistos, pero de pronto, se dejaron ir contra nosotros, como si alguien les hubiera avisado de nuestra presencia. Afortunadamente no nos hicieron daño gracias a la oportuna intervención de los hombres del comandante Méndez, que corrieron y con sus macanas los golpeaban fuertemente obligándolos a hacerse para atrás. Parecía que no les dolían los golpes, se dejaban ir estirando sus manos para tratar de alcanzarnos; llegué a sentir sus dedos calientes como llamas ardientes que me tocaban, jalándome de mi ropa. Todos nos cubríamos unos a otros para no ser tocados por esos seres espantosos, pero la fuerza de los guardias y sus macanas lograron contenerlos y cubriéndonos, nos fueron custodiando hasta que logramos entrar a la clínica junto con los guardias, que por defendernos, se llevaron la peor parte: tenían sus ropas todas rasgadas y con serios rasguños en la espalda, dos de ellos recibieron mordidas cerca del cuello y los hombros; esos seres parecían bestias salvajes encajando sus colmillos atacando a su presa. Una vez dentro, nos dirigimos hasta donde nos aguardaba el doctor Sánchez, que al ver el estado de los hombres del comandante le pidió a su enfermera que los atendiera rápidamente. Por unos instantes, los señores de la obscuridad estuvieron golpeando fuertemente la entrada principal y la puerta trasera, el ruido era enloquecedor, parecía que iban a tirar las puertas, pero después todos se retiraron rodeando nuevamente la clínica, nada más que esta vez se hincaron cubriendo casi en su totalidad todo su rostro con sus capuchas, y de no sé dónde, en sus manos ya también deformes como garras, todos tenían un pequeño libro que comenzaron a leer recitando al mismo tiempo unas palabras muy extrañas. Las palabras de todos ellos retumbaban en nuestros oídos como si salieran del infierno. Mientras tanto, dentro de la clínica, todos le dábamos gracias a Dios por haber llegado con bien, mi hija olvidándose de todo, le preguntó al doctor por el estado de Alberto, fue en ese momento que nos percatamos del olor tan penetrante que había en todo el lugar. El doctor Sánchez nos llevó hasta donde estaba mi nieto, conforme nos acercábamos más a donde él estaba, el olor se hacía cada vez más insoportable, además todo el ambiente estaba lleno de una especie de neblina verdosa que disminuía la visibilidad. El doctor ya nos había dicho todo esto, pero el estarlo viviendo era otra cosa muy diferente. Recuerdo esos momentos y me vuelvo a llenar de miedo… de angustia… y todavía faltaba lo peor.

Afuera de la clínica y al ver este espectáculo macabro, los hombres del comandante Méndez tomaron la iniciativa de hablarle y decirle lo que estaba ocurriendo con toda esa gente de apariencia tan extraña, y que no sabían a qué se estaban enfrentando, ya que algunos de ellos tenían quemaduras extrañas en varias partes de su cuerpo; después de escucharlos les pidió que mantuvieran la calma y que por ningún motivo los dejaran entrar, que después les explicaría todo. Mientras, él se cercioraría de que todos estuviéramos bien. Se dirigió a donde nosotros estábamos por la parte de atrás de la clínica, esta vez el guardia de seguridad ya no le negó el paso, además como el peligro momentáneamente había pasado, pudo entrar sin que esa gente le quisiera hacer algún daño. Por radio, el doctor le indicó en donde estábamos para que ahí nos alcanzara, todos le agradecimos por su ayuda y sobre todo por su discreción.

- Padre Saúl, usted quería hablar conmigo, pues aquí me tiene a sus órdenes.

- Comandante, creo que ya se dio cuenta de la gravedad de todo esto, pero como le dije por el celular, esto no es más que el principio de todo lo que nos espera si no logramos detener a ese demonio. Le vuelvo a pedir que mantenga a su gente protegiendo este lugar.

- Así lo haré, padre Saúl, no se preocupe, tenga usted la seguridad de que esa gente no podrá entrar hasta aquí.

- Gracias comandante, en este momento lo más importante es ponernos en las manos de Dios y de nuestro señor Jesucristo para que termine esta horrible pesadilla. En esta batalla también usted es muy importante comandante.

- ¿Por qué lo dice, padre?, ¿quiere que pida más refuerzos?, ¿o algo en especial?

- No se trata de esa ayuda, pero de todos modos se lo agradezco comandante. Se trata de algo mucho más importante, ¿se acuerda que le pregunté si creía en Dios?, pues no importa lo que me haya dicho, la vedad es que los seres humanos, como lo dijo San Francisco de Asís estamos hechos con mala levadura, y en cuanto creemos que Dios nos falla, de inmediato le damos la espalda o decimos que Dios no existe. Pero quiero que recuerdes una cosa hijo, que aunque tú no creas en él, Dios sigue creyendo en ti y te ama a pesar de todas las ofensas que le hagas.

Las palabras dichas por el padre Saúl fueron como un golpe que lo sacudió por dentro, y aquel hombre rudo y seguro de sí, se quebró en mil pedazos. Con su voz entrecortada le dijo:

- ¿Cree usted que todavía tenga perdón de Dios?, la verdad yo no lo creo.

- Hijo mío, abre tu corazón y háblale, dile lo que sientes y lo que eres capaz de hacer por él, estoy seguro de que te está esperando para mostrarte cuanto te ama. ¿Por qué no vienes con nosotros al oratorio unos minutos?, vamos a orar y a pedirle a Dios que nos de la fuerza necesaria para lo que nos espera.

El comandante accedió y nos dirigimos todos al oratorio, mi hija y mi yerno le pidieron al doctor Sánchez que los llevara por unos instantes a ver a su hijo.

- Por favor, doctor, le suplicamos que nos acompañe a ver a nuestro Alberto, queremos decirle cuánto lo queremos.

Él no podía permitírselos, el ver a mi nieto tan cambiado sería una impresión bastante fuerte sobre todo para mi hija. El doctor Sánchez los logró persuadir aconsejándoles que en estos momentos lo más importante era pedirle a Dios que nos ayudara a salir con bien de todo esto, pero mi hija le insistió al doctor que por lo menos dejara que mi yerno lo viera y le dijera cuanto lo querían. Al llegar hasta donde estaba mi nieto, el olor se volvió casi insoportable, y esa neblina hacía que el lugar se viera como en sombras. Mi yerno se acercó al cristal para tratar de verlo.

- Señor Allende, tenga mucho cuidado.

En ese momento aquel demonio se acercó tan rápido que hizo que los dos brincaran, y se hicieran para atrás.

- Ya sé que están aquí, pero ni ese comandante, ni el curita y menos ese curandero charlatán podrán detenerme. Falta ya muy poco para que se cumpla lo que está escrito.

Mi yerno, que no lo había visto desde que estaba casi sin cambio, quedó en shock, no lo podía creer, pero tomó fuerzas y se acercó nuevamente al cristal y le gritó.

- No podrás quedarte con mi hijo, ¡maldito engendro del infierno!

- ¡Papá!, ¡papá!, ¡no me dejes, quédate aquí conmigo!

En un instante parecía que era el mismo niño de siempre, y con una carita suplicante le volvió a decir

- Papá, ven, quédate conmigo.

Mi yerno corrió hacia la puerta y quiso abrirla.

- ¡Doctor!, ¡doctor! ¡Abra la puerta, por favor!, ¡no ve que mi hijo me necesita!

- Señor Allende, espere, por favor cálmese, ¿no ve que es un engaño de esa bestia?

- ¡No doctor!, ¡no ve que es mi Alberto! – dijo mi yerno desesperado

- Ja, Ja, Ja - una risa burlona estremeció todo el lugar. El doctor Sánchez jaló a mi yerno y vieron nuevamente por el cristal, había vuelto a ser el mismo demonio horrible.

- Le dije, señor Allende, que no era buena idea que lo vieran. Mejor vámonos con los demás para planear de una vez la forma de destruirlo.

Caminaron unos cuantos pasos y de pronto.

- ¿Qué le pasa, señor Allende?, ¿se siente usted mal?, sosténgase en mí.

- Gracias doctor, solo que el ver a mi hijo convertido en esa cosa… ha sido un golpe demasiado fuerte para mí. La verdad no sé si pueda soportar el no volver a ver a mi hijo y tenerlo conmigo.

- Vamos, señor Allende, cálmese. Hay que tener fe en Dios en que todo saldrá bien.

Ya en el oratorio, mi hija se acercó rápidamente a mi yerno.

- ¿Cómo está nuestro hijo?

- La verdad es que… el que está allá no es nuestro hijo, mejor díganos padre, ¿qué hay que hacer para traer de regreso a nuestro hijo?, ¿qué tenemos que hacer para que termine esta horrible pesadilla?

- Hijos míos, el momento ha llegado, clamemos al cielo para que todo lo que hagamos salga bien. Les quiero pedir a usted señora Allende, y a usted señorita Carmen, que se queden aquí en el oratorio y que pase lo que pase y oigan lo que oigan no salgan de aquí. Quiero que se entreguen por completo a la oración, que en estos momentos es la fuerza que necesitamos para salvar a Alberto. Comandante, a usted le pido nuevamente que esté muy alerta, no sabemos qué sean capaces de hacer aquellos seres, tal vez quieran entrar a defender a ese demonio.

- No se preocupe padre Saúl, que toda esa gente no entrará por nada del mundo, si es necesario, pediré refuerzos.

- Gracias, comandante, espero que no sea así, y que su gente los logre contener, no me gustaría más gente involucrada en esto – después nos dijo, preocupado - Señor Allende, sé que después de lo que acaba de pasar es muy difícil para usted lo que le voy a pedir, pero me gustaría que junto con el maestro Hassín esté con nosotros para ayudarnos, a usted doctor Sánchez también le pido que nos acompañe por si es necesario auxiliar a Alberto, no sabemos en qué estado puede estar su cuerpo después de que le hagamos el exorcismo… por ultimo a usted don Alberto le quiero pedir que se quede afuera de la habitación y que esté al pendiente por si lo necesitamos, es muy importante que trabajemos todos juntos para poder vencer a ese demonio… su fuerza y su poder son impresionantes. Roguémosle al señor que en todo momento esté con nosotros, que nos lleve de su mano, y que al final traigamos de regreso a Alberto con nosotros.

Sabíamos que ya no había más tiempo, así que pusimos el plan en marcha. El padre Saúl y el maestro Hassín tomaron todo lo que iban a necesitar, por unos instantes nadie hablaba, pienso que nos estábamos preparando física y mentalmente para la batalla final. El maestro Hassín rompió el silencio.

- Creo que ya no nos falta nada, padre Saúl, vamos de una vez, y que Dios nos acompañe.

Los cinco nos dirigimos hacia allá, el camino parecía ser interminable, se veía tétrico, con poca visibilidad, y con ese olor tan repugnante; parecía que nos estábamos adentrando en el mismísimo infierno. Por fin llegamos, pero nos detuvimos unos pasos antes de quedar frente a la puerta. El padre Saúl se puso su sotana morada, con una mano tomó su Biblia, sacó su rosario de su bolsa y lo colocó en ella, dividiéndola en dos, luego la volvió a cerrar. Después le pidió a mi yerno que le diera el agua bendita y la cruz de San Benito, que es la cruz que se usa para realizar exorcismos. De pronto, fuimos interrumpidos por una risa tan fuerte y penetrante, que parecía que nos traspasaba los tímpanos.

- Ja, ja, ja. ¡Me dan risa, estúpidos!, ¿creen que van a poder conmigo? ¡Todavía no han visto nada!

El padre y el maestro Hassín se dirigieron a la puerta.

- Ustedes esperen aquí - nos dijo el Padre Saúl, al doctor Sánchez, a mi yerno y a mí − y estén preparados.

- No se preocupe padre, estaremos muy alerta - Le respondimos desconociendo por completo a lo que nos íbamos a enfrentar.

El padre Saúl abrió la puerta y dio un par de pasos dentro de la habitación, en ella, la neblina no dejaba ver con claridad el lugar, el olor era realmente insoportable, y la temperatura era bastante fría. De inmediato, el padre tomó el agua bendita y la comenzó a esparcir por toda la habitación al tiempo que decía algunas oraciones. El maestro Hassín lo seguía justo detrás con otro crucifijo para no interrumpirlo, hasta que se encontraron frente a frente con esa Bestia del Averno. Él estaba sentado sobre la cama y para sorpresa de todos, comenzó a elevarse hasta quedar unos centímetros en el aire, en posición horizontal. Después, de su boca comenzaron a salir esas palabras tan extrañas, estoy seguro de que eran las mismas de sus seguidores, al mismo tiempo que se iba enderezando hasta quedar con las piernas y brazos estirados y flotando en el aire, la escena era realmente espantosa... sus palabras cada vez se escuchaban más fuertes, parecía que toda la habitación se cimbraba con esas perturbadoras palabras.

Mientras, en la parte exterior de la clínica los señores de la obscuridad parecían volverse locos, todos al mismo tiempo se hincaron, y con sus libros repetían las mismas palabras que su amo, juntos hacían retumbar todo a su alrededor, se movían para adelante y para atrás, pero de una forma tan violenta... el espectáculo era realmente escalofriante, tal parecía que estaban conectados con su señor en un especie de trance macabro que los tenía a todos totalmente frenéticos. No sé si esos rezos que parecían brotar del mismo infierno tuvieran algo que ver, pero de pronto, todas las nubes negras con esa apariencia tan extraña se comenzaron a juntar todavía más justo arriba de la clínica, como si se les hubiera ordenado que así lo hicieran. A pesar de la rudeza de hombres del comandante Méndez, jamás se habían enfrentado a algo como esto, así que se veían muy nerviosos y hasta podríamos decir que asustados; la orden era que estuvieran al pendiente de todo, y que solo en el caso de que esos seres quisieran entrar, utilizaran la fuerza para impedírselos.

En la habitación, comenzaba la lucha por recuperar el alma de mi nieto de las garras de ese ser de obscuridad. El padre Saúl guardó el agua bendita, abrió La Biblia tomándola con su mano izquierda, con la otra mano sujetó el rosario y comenzó a orar.

- En el nombre del Padre, del Hijo y del Espíritu Santo, ¡te ordeno que salgas de este cuerpo que no es tuyo y regreses a donde perteneces!

Estas mismas palabras las repitió varias veces sin ningún resultado, parecía que a ese ser no le afectaban. Había dejado de decir esas palabras o rezos tan extraños, solo se mantenía en la misma posición y con los ojos cerrados. De pronto, con un movimiento rápido, el demonio se acercó a unos cuantos centímetros del padre, quedando frente a él en una posición retadora, abrió sus ojos rojos y con una voz fuerte y ronca le dijo.

- ¡Qué más piensas hacer!, ¿ya se te acabaron tus plegarias?, ¿o se te acabo tu fe?

Lo tomó del cuello y como hizo con el maestro Hassín, lo arañó en los hombros, en el cuello y parte de la espalda rasgándole la tela y dejando ver las heridas que le producía en cada movimiento hecho con esas horribles garras. Después, lo arrojó unos metros por el suelo con una fuerza increíble. El maestro Hassín corrió para auxiliarlo.

- Padre Saúl, ¿cómo se siente?, ¿le ha hecho mucho daño ese monstruo?

El que contestó fue el demonio, en un tono irónico.

- Ya te dije que aquí el único ser monstruoso eres tú, ¿o ya se te olvidó todo lo ingrato que fuiste con tu madrina?

Y en ese momento le hizo ver visiones horribles en donde ella se encontraba sola y enferma sin que nadie la pudiera ayudar, atormentando así al maestro.

- ¡No lo escuche, lo que quiere es debilitar nuestras fuerzas y tenernos controlados con nuestras propias debilidades!, es mejor que tome fuerzas, que esto apenas comienza. - le gritaba el padre, mientras se iba incorporando.

Ya restablecido, tomó el agua bendita que había guardado en una de las bolsas de su pantalón, y se la comenzó a arrojar al demonio, haciéndolo retroceder hasta un rincón de la habitación, al mismo tiempo que le ordenaba enérgicamente que dejara en paz el cuerpo de mi nieto. - ¡Espíritu inmundo!, ¡te ordeno en el nombre Dios Todo Poderoso que abandones este cuerpo que no te pertenece!

Cada gota que caía en el cuerpo de mi nieto, era como ácido que le quemaba la piel, dejándole horribles heridas por todas partes. Parecía una bestia herida que al encontrarse acorralada trataba de defenderse con garras y dientes, hasta que en su desesperación, esa bestia le tiró el agua bendita derramándola en el suelo. De inmediato ese engendro quiso atacar nuevamente al padre Saúl, pero rápidamente tomó el rosario poniéndole la cruz en la frente haciendo que la bestia retrocediera gritando de dolor.

- Salgamos rápidamente, maestro. Hay que recuperar fuerzas para el encuentro final.

CAPÍTULO 7
El encuentro

Mientras esto sucedía, un ángel permitido por Dios llevó a la madrina del maestro Hassín a rescatar a Alberto de aquel demonio, solo que para lograrlo era necesario cruzar la última parte del infierno. Iba caminando de la mano del ángel, un ser con una luz resplandeciente y una imagen celestial que apenas se dejaba ver. La madrina observó el horrible lugar: era una extensión muy grande con enormes llamas por todas partes y tinieblas impenetrables, pero que aun así dejaba escuchar espeluznantes quejidos y gritos horrendos de un castigo eterno, además, se podían ver siluetas encadenadas tanto de los brazos como de las piernas que solo se lastimaban más al moverse, lanzando chillidos abismales. A pesar de lo horrendo de ese sitio y de que la madrina estaba realmente impactada, se mantuvo tranquila gracias a la compañía del ángel. En ese momento, observó lo que parecía ser una legión infernal, había varias figuras horrendas, las pieles de algunos eran oscuras, las de otros rojizas y otros más la tenía de un verde muy obscuro; eran delgados y con garras largas, todos ellos tenían cuernos, los rostros de algunos estaban deformes y otros tenían una mirada diabólica. Todos estaban escuchando a lo que parecía ser su líder como si fueran instrucciones de algo que tenían que hacer. El líder era más alto que ellos y más aterrador, tenía unas horribles alas como de muerciélago, su piel era oscura y estaba peludo. La madrina se tapó la boca para no gritar, aquel ser era monstruoso y justo cuando le iba a preguntar al ángel qué estaban haciendo esos demonios, éste le respondió como si estuviese leyendo sus pensamientos.

- Esto que quieres preguntar ya lo sabrás a su debido tiempo, debes estar atenta a las señales que yo te daré – dijo con una voz apacible. La madrina se quedó asombrada y ya no dijo más. Cuando estaban a punto de entrar al purgatorio, el ángel le dijo - hasta aquí termina mi encomienda, esta es la entrada del purgatorio - aquella luz resplandeciente desapareció.

La madrina continuó su camino guiada por ese don tan especial que Dios le había dado, observaba que aquel lugar era frío y húmedo, no veía llamas pero sí algunas figuras que se quejaban y al verla intentaban tocarla para buscar alguna clase de consuelo. El ángel le había dicho que por ningún motivo debía dejar que la tocara y que continuara su camino hasta llegar con Alberto. Caminó y cuando estaba muy cerca de encontrar a Alberto, escuchó un escalofriante gruñido que la hizo voltear repentinamente, entonces vio a la horrible figura que había encontrado unos minutos antes en el infierno, se quedó petrificada por unos instantes y después aquel ser corrió hacia ella, pero la fuerza y la energía que ella emanaba eran como un escudo que la libraría de las garras de ese ser maligno. En cada arañazo que él daba se escuchaban fuertes tronidos y se veían chispazos. Al ver la horrible escena, todas las almas a su alrededor corrieron despavoridas escondiéndose en donde podían, apagando todo quejido y llenando al lugar de un terrorífico y sepulcral silencio. Solo se podía ver y escuchar aquella batalla que se estaba librando en ese momento. Al darse cuenta el demonio de que no la podía arañar para hacerle daño, comenzó a cubrirla como si le quisiera dar un oscuro e infernal abrazo para después succionarle poco a poco su energía; hizo que se desvaneciera. En ese momento, llegó aquel ángel y tomó a la madrina en sus brazos desapareciendo en un instante. El demonio corrió rápidamente hacia donde estaba Alberto, sabía que tenía que sellar aquel pacto de una vez por todas para que aquella malévola profecía se cumpliera.

El doctor Sánchez, mi yerno, y yo, no dábamos crédito a todo lo que hasta este momento estábamos viendo, corrimos para abrir la puerta y tratar de auxiliarlos.

- ¿Están bien?, padre Saúl, ¿no quiere que le atienda esas heridas?

- No es nada, doctor Sánchez, estamos bien. Solo salimos para recobrar fuerzas y comenzar de nuevo, solo que... el tiempo se nos está acabando.

El ambiente afuera de la clínica estaba cada vez peor, los señores de la obscuridad al presentir que su amo estaba en peligro, intentaron entrar por ambas puertas, se veían como si estuvieran poseídos, casi no tenían expresión en esos rostros deformes y horribles. Se dirigían como autómatas guiados por una fuerza extraña que los obligaba a actuar de esa manera. Gracias a la oportuna intervención de todos los hombres del comandante, los obligaron a retroceder hasta donde estaban, sin que los servidores del mal intentaran agredirlos, como si en ese momento no fuera importante para ellos, o quizá, obedecían órdenes de ese demonio que solo se mantuvieran así. Aunque todavía faltaba para que dieran las seis de la tarde, el sol había desaparecido del horizonte, obligado quizás por esas horribles nubes que en este momento ya cubrían una gran parte del cielo, y que comenzaban a relampaguear e iluminar el área con un color rojo que parecía que se estaba quemando, emitía fuertes tronidos que cimbraban toda el área. El comandante Méndez les ordenó desplegar todas las patrullas y encender los reflectores para estar al pendiente de cualquier movimiento extraño que quisieran hacer esos seres, además, al darse cuenta del nerviosismo de sus hombres, y pensando que pudieran desobedecer sus órdenes, él decidió por la seguridad de los que estábamos adentro, supervisar personalmente toda la operación hasta que todo pasara, además de solicitar refuerzos para tratar de contener a esos seres.

Nuevamente el padre Saúl y el maestro Hassín entraron en la habitación, llevaban más agua bendita, la Biblia, el rosario, sal, incienso, la cruz de San Benito y otros elementos que servirían para abrir el portal; los traía en una mano el maestro. Se fueron abriendo paso poco a poco con el agua bendita, al tiempo que repetían varias veces el Padre Nuestro. El demonio fue retrocediendo, pero con un movimiento rápido quedó fuera del alcance del padre Saúl, antes logró abrir su boca arrojándole su aliento agrio y apestoso, que por poco hace que el padre perdiera el sentido. Rápidamente el maestro Hassín fue a su auxilio, y presentándole con su mano la Cruz De San Benito, hizo que ese ser inmundo se cubriera los ojos y se hiciera para atrás.

- ¡En nombre de Nuestro señor Jesucristo!, ¡te ordeno que salgas de este cuerpo que no te pertenece!

Así lo repitió varias veces mientras daba oportunidad a que el padre Saúl se recuperara. Juntos le siguieron diciendo las mismas palabras pero cada vez con mayor fuerza, con el agua bendita y con la Cruz, lo tenían arrinconado sin que se pudiera mover para algún otro lado. El padre Saúl le hizo una señal a mi yerno, quien rápidamente entró en la habitación, y tomó la Cruz de San Benito que el maestro tenía en su mano.

- Rápido maestro, que casi es la hora - le dijo el padre, apurándolo mientras le seguía echando el agua bendita, para mantenerlo quieto.

El maestro se dirigió al centro de la habitación, por unos segundos cerró los ojos, al tiempo que tocaba con la mano izquierda su medallón, y con la mano derecha buscaba el lugar en donde poder abrir el portal y conectarse en la cueva de donde había salido esa horrible bestia. Por suerte para todos, encontró el lugar rápidamente, y comenzó a hacer el círculo con la sal. Ahora era preciso llevar a ese demonio al centro del círculo, no sería nada fácil.

- ¡Vamos, hijos!, ¡tenemos que obligarlo a llegar al círculo sea como sea! – gritó el padre Saúl.

Después de que el maestro terminó de preparar el círculo, tomó el rosario del padre Saúl, y entre los tres mantenían acorralado a ese demonio, que gritaba de rabia y de dolor por las heridas que le producía el agua bendita. Era increíble, pero las oraciones y todo lo que se estaba haciendo, parecían funcionar. Ese ser perdía fuerza. Como pudieron, fueron haciendo que ese espíritu inmundo se moviera hasta tenerlo casi en el círculo, de pronto el padre Saúl se quitó la sotana, y se la puso en el cuello a esa bestia. Aunque al sentir la sotana el solo contacto parecía que lo estaba quemando.

- ¡No podrán vencerme!, ¡esta es mi hora y nadie lo va a impedir! – les gritó en un tono retador.

Justo en ese instante la sotana del padre se incendió tan rápido que solo quedaron unas cuantas cenizas.

- ¡Nadie como Dios del cielo y de la tierra para hacer justicia!, ¡y en el nombre de él y de su hijo nuestro señor Jesucristo, te ordeno que salgas de este cuerpo y regreses de una vez por todas al infierno, de donde nunca debiste salir! – dijo el padre Saúl. Y con la rapidez de un felino, se le arrojó a esa bestia tomándola de las manos - rápido maestro, hay que ponerle el rosario en el cuello.

Con muchas dificultades, el maestro Hassín logró ponerle el rosario a ese demonio, que se retorcía para todos lados y daba gritos de dolor. Sus ojos se ponían en blanco de una manera espantosa, y sus gritos más parecían ser gruñidos de una bestia salvaje. De pronto, ese ser Diabólico, cambió toda su fisonomía en un instante y volvió a ser ese pequeño niño, tierno y dulce. Fingiendo su voz, les suplicaba.

- ¡Por favor déjenme!, ¡papá, papá, no dejes que me hagan daño!, ¡llévame con mi mamá!

Todos nos quedamos sorprendidos, en un momento llegamos a pensar que era Alberto, y que estaba de regreso con nosotros. Yo me metí corriendo a la habitación para abrazar a mi nieto, pero en cuanto se dio cuenta de que nos había engañado, se zafó de los brazos del padre Saúl, y con una mano se quitó el rosario que tenía en el cuello arrojándolo al suelo. Gracias a que el padre reaccionó a tiempo, se le abalanzó encima tomándolo nuevamente de los brazos.

- ¡No lo escuchen!, ¡nos está engañando!, ¡ayúdenme!

De inmediato, el maestro Hassín recogió el rosario del suelo y se lo volvió a poner en el cuello, pero ese ser infernal fingiendo nuevamente la voz le suplicaba a mi yerno que lo ayudara.

- ¡Por favor ayúdame, papi!, ¡no dejes que me lastimen!, ¡no dejes que me lastimen!

Mi yerno no sabía qué hacer, al ver que era su hijo el que le pedía su ayuda, por un segundo estuvo a punto de echar todo a perder.

- ¡Ya déjenlo en paz! ¿no ven que es mi hijo?, ¡lo están lastimando!

Por un momento pensé que se les iba a ir encima al padre y al maestro Hassín, así que lo tomé por los hombros y lo sacudí fuertemente.

- ¡Por favor, Juan!, ¡reacciona!, ¡él no es tu hijo, nos está engañando!

- Tienen razón, ¡tú no lograrás engañarme maldita bestia del infierno! − gritó mi yerno luego de unos segundos y los dos corrimos para ayudarlos.

- ¡Rápido, don Alberto!, tómelo de los brazos.

Yo lo sujeté lo más fuerte que pude, mientras el padre Saúl le ponía en la frente agua bendita en forma de cruz. En ese instante ese ser volvió a la apariencia que tenía, y al sentir el agua bendita en su frente, se retorcía de dolor.

- ¡Pronto maestro!, hay que llevarlo al centro del círculo.

El maestro y mi yerno, lo sujetaron de los pies, y juntos lo arrastramos hasta quedar en medio del círculo. La fuerza de ese ser era increíble, se retorcía y al mismo tiempo trataba de zafarse de nosotros, así que el padre Saúl le tuvo que gritar al doctor Sánchez que entrara y que nos ayudara a sujetar a ese demonio. Nos quedaba muy poco tiempo para que dieran las seis de la tarde, y el exorcismo aún no estaba terminado, entre el maestro y mi yerno lo siguieron sujetando de los pies, el doctor Sánchez y yo lo teníamos bien agarrado de los brazos, mientras el padre Saúl tomó la cruz de San Benito, y se la puso en el pecho a esa bestia. Parecía que lo estaba quemando, y ahí se la dejó. Después, tomó el agua bendita y se la volvió a poner en la frente en forma de cruz. Al parecer estaba dando resultado. Ese demonio perdía cada vez más fuerza.

El circulo comenzó a emitir destellos a su alrededor, como si fueran pequeñas flamas que se encendían y se apagaban a voluntad, la puerta se estaba abriendo y solo faltaban unos minutos para que dieran las seis. El demonio, tratando de engañar a todos, nos dijo:

- Qué mejor para mí, con esto que pretenden hacer liberarán otros demonios que se me unirán sin que puedan hacer nada por impedirlo.

En muchos casos esto puede ser cierto, cuando se abren portales sin los conocimientos necesarios para saber qué hacer en su momento, se corren riesgos muy graves de traer espíritus indeseables en el proceso, pero en este caso, lo que ese ser quería era hacernos dudar y así ganar más tiempo. Mi yerno fue el primero en creer las palabras de aquel ser.

- Maestro, ¿es cierto lo que dice? – preguntó angustiado.

- Es mentira, señor Allende. Si no se les invoca y se les invita a cruzar la puerta, ellos no pueden pasar, confíen en mí, que todo se hizo para que solamente ese ser demoniaco cruce esa puerta, y se vaya hacia el mismísimo infierno para siempre.

El padre Saúl lo seguía exorcizando.

- ¡No te saldrás con la tuya, engendro del mal!, ¡sal de este cuerpo!, ¡te lo ordeno en el nombre Del Padre, Del Hijo, y del Espíritu Santo!

Después, puso la Biblia abierta encima de la cruz de San Benito, y siguió poniéndole agua Bendita en la frente en forma de cruz. El padre Saúl nos pidió a todos que oráramos con él, y con mucha gente que en ese momento con todas sus fuerzas oraban para vencerlo. Al parecer lo estábamos logrando, estábamos a punto de ganarle la batalla a esa bestia, pero de pronto, justo dentro del círculo, empezó a moverse la tierra partiéndose el piso, se formó una grieta que comenzó a hacerse cada vez más grande dentro de él, y las flamas alrededor se estaban encendiendo cada vez con mayor intensidad. Todos nos asustamos mucho, pero el maestro Hassín y el padre Saúl sabían que había llegado el momento. Nuevamente el padre Saúl nos pidió que oráramos con todas nuestras fuerzas, el demonio se retorcía para todos lados, parecía que se partía en dos, ponía los ojos en blanco como si se estuviera convulsionado, y daba gritos espantosos de dolor. Era horrible.

Mientras, afuera de la clínica, los señores de la obscuridad nuevamente se habían acercado, esta vez, con la intención de entrar y defender a su señor a como diera lugar. El comandante Méndez y sus hombres se enfrentaron con ellos. Esos seres tenían otras intenciones: golpeaban y arañaban a los hombres del comandante sin usar más armas que sus horribles garras y sus dientes que se les encajaban en la cara y el cuello, haciéndoles serias heridas, además de horribles quemaduras; parecían verdaderas bestias salvajes. Los golpes de las macanas parecía no dolerles, el comandante sabía que no podían utilizar sus armas contra ellos por la situación tan especial que estaba ocurriendo, así que les ordenó que los sometieran con fuertes descargas eléctricas. Los seres de ese demonio, sin poderse defender contra eso caían casi desmayados sin oponer resistencia. Pienso que, todavía no tenían la fuerza suficiente por parte de su amo para defenderse de otra manera.

En el interior de la clínica todo parecía estar funcionando, el padre Saúl continuaba exorcizando a ese demonio, todos orábamos junto con él. Como último recurso, ese ser de obscuridad nos gritó a todos.

- ¡Si he de regresar al infierno, me llevaré también este cuerpo conmigo!

Y en ese momento trató de soltarse de nosotros y arrojarse dentro de la grieta, el maestro Hassín sabía que solo faltaban unos segundos para que el portal se cerrara y también la grieta, además, en ese mismo instante también quedaría sellada la cueva, y si no se salía el demonio del cuerpo de mi nieto ya nada se podría hacer. Eran momentos terribles, estábamos todos a punto de un colapso.

El plan era que la madrina del maestro llegaría a donde se encontraba mi nieto mientras le realizábamos el exorcismo. Esa fue la razón por la que preparó su muerte, para que le permitieran llegar hasta donde él estaba, y lo sacara de ese lugar. Todo esto nos lo platicó el maestro Hassín a todos en uno de los acercamientos que tuvo con ella.

Ese ser logró soltarse por un segundo, y de inmediato intentó arrojarse, pero el padre Saúl lo alcanzó a detener de ambas piernas. La fuerza que jalaba al demonio hacia adentro era muy fuerte, por poco se lleva también al padre Saúl. La energía que salía de dentro tenía una luz muy intensa y por unos segundos nos deslumbró a todos, el maestro tomó de la cintura al padre, ya que por un instante parecía que se lo jalaba aquella fuerza. Rápidamente todos nos acercamos para ayudar al maestro Hassín, era una fuerza extraña y muy poderosa la que nos jalaba hacia dentro de la grieta. Cuando pude ver el interior me quedé aterrado, era como un enorme cráter a punto de hacer erupción, se veían las llamas que subían hacia donde nosotros estábamos, eran como enormes brazos que nos querían alcanzar y tragarnos con sus bocas de fuego. El padre Saúl, a pesar de estar colgado en esa enorme grieta, le gritó con todas sus fuerzas a ese demonio.

- ¡Sal de una vez por todas del cuerpo de este niño!, ¡te lo ordeno en el nombre de Dios Todo Poderoso!, ¡de nuestro Señor Jesucristo!, ¡y de la fuerza Del Espíritu Santo!

Y de pronto, la energía que nos estaba jalando nos expulsó tan rápido que salimos volando hacia atrás, y una luz brillante y segadora alumbró toda la habitación continuando por toda la clínica, he incluso fuera de ella, iluminando el cielo, despejando esas horribles nubes negras que por arte de magia se desvanecieron. La luz era tan brillante que también dejó ciegos por unos instantes al comandante y a sus hombres que tuvieron que cubrirse la cara como un auto reflejo. Solo fueron unos instantes en que se mantuvieron así, pero cuando nuevamente pudieron ver, los servidores de ese demonio habían desaparecido. Los hombres del comandante no lo podían creer, volteaban para todos lados sin poder dar crédito a lo que veían, o a lo que ya no veían, parecía ser cosa del Diablo. Además, la luz natural del sol había regresado, todo estaba con una apariencia prácticamente normal, el comandante les dio la orden a todos que se reunieran para tratar de asimilar todo lo que les había sucedido hasta ese momento.

Al ver la luz que cubrió todo a su alrededor, mi hija y la señorita Carmen sabían que algo había pasado, la enfermera tomó de las manos a mi hija.

- Tenga fe señora, estoy segura de que ya todo pasó.

- Dios te oiga y que esta horrible pesadilla ya haya terminado. Acompáñame a la habitación de mi hijo.

Cuando salieron del oratorio, las dos se dieron cuenta de dos detalles: la neblina verdosa se había esfumado, y el olor fétido también había desaparecido. Esto auguraba buenas noticias, así que las dos, prácticamente corrieron para saber por fin qué había sucedido. Después de que la energía nos mandó disparados unos metros por el aire, mi yerno fue el primero que se incorporó, y de inmediato buscó por toda la habitación a mi nieto. Todo en el interior del cuarto estaba como si no hubiera sucedido nada, la enorme grieta ya no estaba, ni nada que indicara que apenas hace unos segundos se había librado una batalla entre el bien y el mal.

- Alberto, hijo, ¿dónde estás? - dijo mi yerno, preocupado.

- Señor Allende, ¡aquí está su hijo! – le gritó el padre Saúl a mi yerno después de que se recuperó. Prácticamente había salido volando.

Alberto estaba en posición fetal, totalmente empapado, temblando de frío, y con su aspecto normal. De inmediato, mi yerno lo levantó del suelo y lo depositó en la cama.

- ¡Doctor!, ¡doctor!, ¡rápido revise a mi hijo!

Mi hija y la enfermera que entraban en ese momento, corrieron para ver qué era lo que estaba pasando. El doctor Sánchez le dijo a la señorita Carmen que revisaran sus signos vitales y le pusieran ropa seca de inmediato. Lo primero que hizo mi hija fue quitarle todo lo que traía puesto, y ponerle un pijama de franela que había dejado en uno de los cajones de su cama desde que se internó, para que pronto recuperara su temperatura normal. Después, el doctor lo revisó minuciosamente sin encontrar nada grave en el estado físico de mi nieto, solo con un poco de debilidad por la falta de alimento, algo ojeroso y pálido, pero nada de cuidado. Pienso que, el tiempo que se mantuvo con suero y con otros medicamentos, le ayudo para que no se debilitara tanto y que pudiera resistir todo lo que le había sucedido. Sin embargo, tenía las marcas de algunas heridas, incluida una en el pecho. Estábamos felices, no podíamos creerlo, tener nuevamente con nosotros a mi querido nieto era una maravilla. Lo mejor de todo era que Alberto no recordaba nada, solo se sentía cansado sin saber por qué y mi hija no dejaba de darle besos y abrazarlo. Para ella, el tener de regreso a su hijo, era como volver a vivir.

El doctor le hizo algunas preguntas sobre su estado de salud, cómo se sentía, si le dolía algo. Mi nieto respondió que se sentía bien, dijo que solo un poco cansado. Lo que él no entendía, era como había llegado a ese lugar, así que mi hija le explicó que se había dado un golpe muy fuerte al caer cuando chocó con su bicicleta, y como Alberto no recordaba nada, le creyó. El doctor Sánchez nos explicó que al parecer mi nieto había borrado todo como autodefensa, que era mejor así, y nos dijo a todos que nunca le mencionáramos la horrible pesadilla por la que había pasado, por la que todos habíamos pasado. Además, nos pidió que a nadie se lo mencionáramos, aunque de todos modos, ¿quién lo iba a creer?

El comandante Méndez le daba órdenes a su gente para que se retiraran de ahí, y que él después los alcanzaría, pero varios de ellos se sentían muy confundidos e inquietos, además, algunos tenían serías heridas en el cuerpo, no querían irse sin que alguien les explicara todo lo que había sucedido. El comandante tuvo que hacer valer su autoridad, y en un tono autoritario les pidió que no hicieran preguntas y que solo acataran sus órdenes. Su gente era muy leal, así que obedecieron las órdenes de inmediato, quizás después el comandante Méndez les tendría que inventar alguna historia que fuera creíble y que más o menos los dejara tranquilos. Pienso que muy en su interior, siempre les iba a quedar la duda por saber cuál fue la verdad de todo lo que ellos vivieron aquella tarde en la clínica de "El Señor De la Misericordia".

Después de que el doctor terminó de revisar a mi nieto, el padre Saúl tomó un poco de agua bendita y en forma de cruz se la puso en la frente, acto seguido, tomó otro rosario que sacó de una de sus bolsas y se lo colocó en el cuello. Pienso que todavía dudaba que ese demonio se hubiera ido del cuerpo de Alberto, pero mi nieto solo lo miró extrañado, sin que se turbara para nada. El padre le dijo que él acostumbraba visitar a los pacientes de esa clínica para darles la comunión y desearles su pronto alivio. Mi hija se acercó a él.

- Padre Saúl, ¿sucede algo?, ¿todo está bien, verdad?

La expresión del padre no era muy convincente, en su rostro se veía cierta angustia y recelo, pero no quiso preocupar a mi hija.

- Así es, hija. Solo quería obsequiarle este rosario y darle la bendición a tu hijo. – mi hija se quedó más tranquila.

Después, el padre se acercó al doctor.

- Doctor, ¿esa cicatriz en el pecho ya la tenía antes de hoy? – le preguntó un poco intrigado.

- La verdad es que no lo recuerdo, padre. Pero, el niño está bien, no se preocupe. Ahora es solo una cicatriz. No está herido.

El padre Saúl no le preguntó más.

Yo no había podido abrazar a mi nieto, lo primordial era que lo revisara el doctor Sánchez y después lo vieran sus padres, pero en cuanto pude estar con él lo abracé con todas mis fuerzas y le dije cuánto lo quería. Desde que él nació, se inició para ambos una relación no solo de abuelo y nieto, sino de los mejores amigos, compartíamos tantas cosas. Me había convertido en su confidente, con él había aprendido a jugar otra vez y a disfrutar los programas infantiles como un chiquillo. Así que, el tenerlo nuevamente conmigo, le dio otra vez, un sentido a mi vida.

Todo había terminado. Después de que el doctor Sánchez lo diera de alta, sugirió que nos quedáramos esa noche en la clínica para terminar de recuperarnos todos, y que nos fuéramos al día siguiente ya que estuviéramos más descansados.

- Gracias doctor, pero la verdad, quisiéramos irnos, queremos que esta noche mi Alberto descanse en su casa. Por supuesto, no sin antes darle las gracias por todo lo que hizo por nuestro hijo, y también por nosotros, ya que tomó la decisión de vivir toda esta… pesadilla. De verdad doctor, gracias

- No, señora Allende. No tiene nada que agradecerme, me gustaría que en unos días me trajeran a Alberto para saludarlo y tener el placer de volverlos a ver.

- Así será, doctor, no lo dude, y le reitero lo que le acaba de decir mi esposa, no encuentro palabras para agradecerle a usted y por supuesto a su enfermera, todo lo que hicieron por nosotros. Tengan la seguridad de que les estaremos eternamente agradecidos.

El doctor Sánchez les sonrió y después, mi hija volteó a ver al padre Saúl que desde que salvó a mi nieto de las garras de ese demonio, prácticamente no había hablado mucho. Todos pensamos que era porque se encontraba agotado debido a la lucha que se había llevado a cabo.

- Padre, no sé cómo agradecerle todo lo que hizo por nuestro hijo, que Dios lo bendiga y lo siga iluminando para que siempre pueda ayudar a quien lo necesite.

- Señora Allende, yo solo soy un servidor de Dios, y le doy las gracias porque me permitió ayudarles con su hijo.

En cuanto pudo, el padre Saúl avisó a sus superiores en el Vaticano de que todo había salido bien, y que Alberto estaba de vuelta con nosotros. Allá se pusieron felices, aunque por momentos llegaron a pensar que todo estaba perdido, ya que las profecías por lo regular siempre se cumplen. De hecho, el padre Saúl llegó a dudar que se pudiera salvar a mi nieto de esta terrible profecía, así que verificó que exactamente en punto de las seis de la tarde se pusiera la lápida en la entrada de la cueva como se les había ordenado, no había duda, todo se hizo de acuerdo al plan, así que no tenía por qué dudarlo. Pese a todo y gracias a Dios no siempre las profecías se cumplen. Nos habíamos apartado unos metros de donde se encontraba mi nieto para poder hablar con más tranquilidad y que no se diera cuenta de nada o para que no hiciera preguntas. Con él se encontraba la señorita Carmen, quien le estaba dando un poco de leche tibia. Alberto observaba al maestro Hassín, que aunque no traía puesta su toga, si tenía puesto su turbante, así que, con la curiosidad de la que hacen gala los niños le preguntó a mi hija:

- Mamá ¿quién es ese señor?, ¿qué tiene puesto en la cabeza?

- Hola, yo me llamo Hassín, y tú ¿cómo te llamas? – contestó rápidamente.

- Me llamo Alberto Allende para servirle.

- Pues mucho gusto en conocerte, Alberto. Estoy aquí porque vine a hacerme unos estudios con el doctor, pero como no lo encontré en su oficina lo vine a buscar hasta aquí. Y lo que traigo puesto se llama turbante, en el oriente lo usan para cubrirse del fuerte sol que hay por esas tierras.

Alberto ya no le hizo más preguntas y el maestro se despidió de él. Después, el maestro le hizo unas señas al doctor indicándole que lo vería afuera de la habitación. Nos acercamos un poco más a la puerta para despedirnos del maestro y agradecerle todo lo que había hecho por mi nieto, a pesar del poco tiempo que lo había tratado, sentía que lo conocía de toda la vida. No cabe duda que lo que habíamos vivido no solo al maestro y a mí nos había unido para siempre, sino también a todos los que de alguna manera estuvimos involucrados en esta horrible pesadilla que por fin había terminado, o al menos... en ese momento así lo creíamos.

DÍA CINCO

A la mañana siguiente antes de irme al Instituto, tomé el teléfono y marqué al número que el señor Vargas me había dado. De acuerdo con la señorita que me atendió, antes de nosotros ya había muchas personas, así que nos dio la cita hasta el otro martes a las tres de la tarde. No podíamos esperar tantos días, tenía que hacer algo, pero a tanto rogarle y decirle que el caso era muy grave accedió dárnosla para el siguiente día a la misma hora. Decidí comunicárselo de inmediato a mi tía, le dije que pasaría por ella casi dos horas antes para que estuviera lista. Teníamos que llegar puntuales a nuestra primera cita. Tomé el teléfono y le marqué al señor Vargas.

- ¿Bueno? ¿Señor Vargas?

- Hola, doctor Beltrán, ¿qué sucede?

- Quería avisarle que mi tía y yo tenemos cita mañana en "Nueva Vida".

- Perfecto, doctor Beltrán. Le avisaré a los demás. Y por favor, tengan mucho cuidado.

- Sí. Señor Vargas, ayer terminé de leer toda la historia y... entonces, por lo que entiendo, aquella marca de la que hablaba el padre Saúl es la misma que contó Alberto, ¿verdad? De esa forma sellaron el pacto mientras ustedes le hacían el exorcismo.

- Sí, aquella bestia nos engañó, doctor. De todas formas, él iba a salir del cuerpo de Alberto, solo estaba esperando que hiciera el pacto, el cual selló con esa horrible marca que le dejó en el pecho. Por eso, desde ese momento comenzó la transformación para mi nieto.

- Entiendo… y lo siento, señor Vargas.

- Bueno, ahora lo importante es detenerlo. Suerte, doctor y recuerde, no se deje engañar por su aparente bondad.

- Bien, así lo haré.

Después, me encaminé a mi trabajo, pensando que tenía que darle prisa a todos mis pendientes, y no dejar ningún caso a la mitad, pero si así fuera, debería dejarlos en manos de otro doctor de mi confianza, ya que después del martes quién sabe a dónde me llevaría todo esto… quizá mi destino tomaría otro rumbo.

DÍA SEIS

Por fin la hora de pasar por mi tía había llegado, lo que fue el lunes y parte de ese día me di prisa y casi no le dejé ningún pendiente al doctor que me iba a ser favor de ayudarme. Le tuve que inventar que tenía un problema familiar, y bueno, en cierto modo así era. Llegué por mi tía pensando esperar algunos minutos, pero para mi sorpresa ya me estaba esperando, por el camino me bombardeó de preguntas acerca de la organización religiosa "Nueva Vida", y por supuesto de Alberto. Solo le dije lo que debía escuchar, y que lo demás lo veríamos juntos en unos minutos más. Llegamos aproximadamente unos 15 minutos antes, pero siempre es mejor así, y no andar con las carreras. Por suerte encontramos donde dejar nuestro auto, pero cuando nos estábamos bajando, una persona se nos acercó indicando que si teníamos cita en "Nueva Vida", podíamos meter nuestro auto al estacionamiento del edificio, así que nos dirigimos hacia allá, seguimos las indicaciones de varias personas para dejar el vehículo. El estacionamiento tenía dos niveles hacia abajo, por suerte nos tocó en el primer nivel, después nos indicaron que tomáramos el elevador y que nos bajáramos en la planta baja, que una señorita nos estaría esperando para llevarnos a la recepción. Cuando descendimos me quedé muy impresionado. Se veía que en este lugar no había miserias, todo el piso era de mármol negro perfectamente pulido, la señorita que nos atendió como todo el personal que después pude constatar, estaban uniformados, todos de traje color azul marino, la única diferencia era que ellas tenían falda. En el costado derecho de su saco estaban grabadas las palabras "Nueva Vida" en color dorado, cuando llegamos a la recepción, otra señorita nos pidió nuestros datos. Yo le di el nombre de mi tía que era con el que había hecho la cita, y que por su gravedad la estaba acompañando, después de revisar que estuvieran bien los datos que le di, le pidió a mi tía que firmara.

- Son doscientos pesos, por favor.

Realmente el dinero que pedían no era mucho, más bien, si era como decían, y la gente o la mayoría de la gente se curaba, lo que cobraban era simbólico. Después, nos pidió que tomáramos asiento y que en unos minutos otra persona vendría por nosotros. Mientras, pude observar el resto de la decoración, toda la recepción estaba hecha de madera con algunas grecas a los lados en color caoba, las paredes estaban pintadas de azul cielo con unas nubes blancas simulando el cielo, y pintadas en todas partes mariposas de muchos colores como si estuvieran volando hacia la libertad. No había más adornos, solo en el techo infinidad de focos que daban la apariencia de estrellas que alumbraban por todas partes el lugar, conforme pasaban los minutos, toda la recepción se fue llenando de gente, hasta que los asientos ya no fueron suficientes, y varias personas ya estaban de pie. De pronto, un joven como de veinticinco años de edad se acercó a todos nosotros y nos pidió que lo acompañáramos. Por fin había llegado el momento que tanto había esperado desde aquella llamada tan misteriosa, me comencé a sentir nervioso, la verdad después de saber quién era, y de todo lo que pretendía hacer, no era para menos. Caminamos sobre un pasillo bastante amplio, las paredes también estaban pintadas de azul cielo, pero sin nubes ni mariposas, había muchos cuadros de madera como de aproximadamente sesenta centímetros de largo por cuarenta centímetros de ancho con fotografías de Alberto con gente de su organización, y otras con personas a las que saludaba. La mayoría de la gente, al igual que mi tía, caminaba lentamente por el pasillo, así que pude observar con cierto detalle los cuadros. Algo que llamó mi atención, fue que en todos los cuadros había dos tipos al lado él también con uniforme azul. Al acercarme y ver sus rostros, me quedé muy sorprendido… fue algo que me hizo poner más atención a los demás rostros. Para que la persona que nos estaba guiando no se diera cuenta, fui deteniendo el paso de mi tía, para que quedáramos un poco atrás, pero no, no estaba equivocado, en todos los cuadros, los rostros de estos dos tipos se veían deformes, como si al tomarles la fotografía ellos se hubieran movido y estuvieran fuera de foco. Esto no podía ser, ya que todos los demás se veían bien. Me di cuenta de que mi actitud podía ser sospechosa, así que continúe caminando con mi tía hasta que dimos vuelta a mano izquierda, a unos cuantos metros estaban dos enormes puertas de madera, entre el guía y otra persona las comenzaron a abrir, después nos invitaron a pasar y a tomar a-siento. Era un salón enorme, todo el piso estaba alfombrado de color azul marino, estaban colocadas sillas en hileras de veinte y había como otras diez hileras hacia abajo, así que si todas se ocupaban, cabían sentadas doscientas personas. Quiero pensar que cada enfermo iba acompañado de un familiar el cual no pagaba sus doscientos pesos, pero si cada martes y jueves sucedía lo mismo, el ingreso por mes no era nada despreciable. Todos nos sentamos, y poco a poco fui viendo cómo cada una de las sillas se iba ocupando. Después, las dos personas que nos atendieron cerraron las puertas y como si todo estuviera sincronizado, en ese mismo instante una música bastante fuerte casi rompe mis oídos. El sonido lo subían y bajaban de acuerdo a sus necesidades, todo el tiempo era música instrumental, cuando la bajaban se escuchaba una voz muy suave y cálida que nos daba la bienvenida a "Nueva Vida", en las cuatro esquinas del salón, se podían observar las enormes bocinas que generaban ese sonido tan fuerte, las paredes laterales y la de la entrada del salón solo estaban pintadas de azul, la pared de enfrente, además del cielo azul, las nubes, y las mariposas, tenía pintado un bosque verde y frondoso. Todo en conjunto, daba la sensación de estar en un verdadero paraíso, lleno de paz y tranquilidad. Justo enfrente de todos había un micrófono con un pedestal, y una silla. Uno de los guías nos pidió que aplaudiéramos, que en esos momentos estaba por entrar Alberto, la música llegó a su máximo pico, la euforia se dejó ver, todos estábamos viendo hacia la entrada del salón prácticamente sin pestañear. Y de pronto, ahí estaba, vestido de blanco completamente se dirigió con paso firme hasta ponerse justo enfrente de todos mientras levantaba sus brazos, mi tía y yo estábamos en la tercera fila, casi en medio, así que lo podíamos ver muy bien. La verdad era un joven muy atractivo y con mucha personalidad. Su cabello era castaño claro y quebrado, sus ojos color miel con unas cejas bien formadas, su nariz recta y afilada, sus labios medianos, y con una sonrisa bastante cautivadora, era de complexión regular, pero al parecer de músculos bien definidos. Todos lo volvimos a ovacionar hasta que los dos guías pidieron que guardáramos silencio, en ese momento también la música cesó. Alberto tomó el micrófono y nos saludó a todos.

- Bienvenidos sean todos ustedes a "Nueva Vida". Su servidor, Alberto Allende y toda la organización que represento, les damos la más cordial de las bienvenidas.

El tono de su voz era muy cálido y apacible, hacía que uno, al escucharlo, se sintiera muy bien. La verdad, todos estábamos cautivados con ese joven que en unos días cumpliría sus dieciocho años, aunque, daba la apariencia de ser un poco mayor por su personalidad tan arrolladora. De pronto, como si alguien me hubiera hablado, llegaron a mi mente las palabras del señor Vargas "recuerde, doctor Beltrán, por lo que más quiera no se deje engañar por la apariencia tan cautivadora de mi nieto, sea cauteloso con lo que haga, o diga, tenga mucho cuidado de él y de toda su gente".

Estas palabras me regresaron a la realidad, debía de ser lo bastante inteligente y no ceder ante toda esta magia que nos iba llevando a donde él quería, pero al mismo tiempo, tenía que aparentar la euforia de todos los demás para no despertar sospechas y que además fuéramos de los elegidos para la segunda cita. El señor Vargas también me dijo que llegó a pensar que Alberto podía leer los pensamientos de los demás, entonces, debía de tener mucho cuidado de no dejar volar mis pensamientos cuando estuviera cerca de él. Traté de concentrarme lo más posible en lo que estaba sucediendo, y actuar con la euforia del momento.

Después de que Alberto nos dio la bienvenida, pidió que nos tomáramos de las manos formando una enorme cadena y que cerráramos los ojos, todos nos sentíamos impregnados de esa energía que estaba en el ambiente, mientras nos iba hablando muy suavemente.

- Lo primero que quiero que hagan, es que se vayan relajando poco a poco. Imagínense que están justamente en un bosque verde y frondoso, lleno de infinidad de mariposas de muchos colores y de un cielo completamente azul…van sintiendo esa paz, esa tranquilidad que les da el estar ahí, ahora respiren muy profundamente, y piensen en el malestar que los trajo aquí, para que yo los pueda sentir y valorar.

Se acercó a todos nosotros deteniéndose con cada persona por solo unos segundos con las manos extendidas hacia el frente, como sintiendo la energía que emanábamos cada uno. Yo entreabrí los ojos tratando de que no se diera cuenta y así fue caminando entre cada hilera de sillas hasta terminarlas por completo. Después regresó al frente y nos pidió que nos soltáramos de las manos y abriéramos los ojos.

CAPÍTULO 7: **El encuentro**

- Les pido a todos que me pongan mucha atención, aunque tengo un don muy especial, a algunos no les podré ayudar, ya que desgraciadamente su mal está muy avanzado. A los que señale, por favor pasen conmigo, ya que quiero disculparme personalmente con cada uno. Y por cierto, tengan la seguridad de que se les devolverán los doscientos pesos que dieron al entrar aquí.

Por un momento la angustia y la zozobra nos llenó a mi tía y a mí, como era natural, ella tenía la esperanza de curarse de su terrible enfermedad, y yo, de ser los elegidos para la segunda cita. Así fue señalando en diferentes filas a un total de quince personas, algunas eran de muy avanzada edad, pero otras no tanto, había también niños, pero a ninguno de ellos llamó, pienso que como me advirtió el señor Vargas, las quince personas que llamó no le servían para sus propósitos.

Después de dedicarle su tiempo a toda esta gente, que la verdad se veía muy desconsolada, llegó una joven que se los llevó nuevamente a la recepción, quizás para terminar su trámite y devolverles su dinero. Luego, los dos jóvenes volvieron a cerrar las puertas, al mismo tiempo que la música se dejó escuchar hasta el nivel más alto, para después bajarla mientras se escuchaban muy sutilmente las palabras "Nueva Vida". Después, Alberto levantó una mano e hizo que se callaran.

- Como podrán darse cuenta, desde hace unos minutos, todos ustedes se sienten mucho mejor, esto es por la sencilla razón de que se están comenzando a curar, desde este momento deberán comprometerse muy seriamente con la organización, y por supuesto con un servidor porque desde hoy ya son parte de Nueva Vida, de esa nueva vida que se les acaba de obsequiar. Sin embargo, debo decirles que todavía no está completa su curación, les voy a pedir que vengan el próximo jueves a la misma hora de hoy para que completen su sanación, en esta segunda cita le daremos gracias al que hizo posible este milagro.

Mi tía se sentía muy emocionada y no era para menos, podía ver en su semblante que estaba mucho mejor. La gente casi se le abalanzaba para tratar de alcanzar a Alberto y agradecerle lo que había hecho por ellos. Ayudado por los guías, pusieron orden y nos formaron a todos para que tuviéramos la oportunidad de agradecerle y tomarlo de las manos. Cuando llegó nuestro turno, mi tía casi se le arrodilla, pero él lo evitó tomándola de las manos, yo solo le di mi mano y le agradecí lo que había hecho por ella, mostrándome también emocionado. Cuando nos tomamos de la mano intenté poner mi mente en blanco para que no pudiera escudriñar en mis pensamientos. Por unos segundos, los dos nos vimos a los ojos, pero de inmediato dirigí la mirada para otro lado y evité que percibiera en mí algo que no le fuera a gustar. La señorita que apenas hace unos minutos se había llevado a las personas que no tenían cura, nos estaba esperando para llevarnos hacia la salida y que cada uno tomara su respectivo vehículo. Los del valet parking nos lo entregarían.

La primera parte de la misión estaba concluida, mi tía y yo nos encaminamos hacia su casa, todavía con la euforia de todo lo que había pasado. Tenía mucho que no la veía tan feliz, se sentía y se veía con una mejoría tan notoria que se puso a cantar, después me pidió que antes de llegar pasáramos por un pastelito para que después de comer nos tomáramos un delicioso chocolate con una buena rebanada de pastel. El resto de la tarde no dejó de hablar de Alberto y del poder divino que tenía. Me despedí de mi tía y me dirigí a mi casa, realmente Alberto también me había dejado muy impresionado, cuánta razón tenía el señor Vargas, ahora lo que debía de hacer era poner los pies sobre la tierra y esperar a la cita del jueves, mientras, mañana seguiría con mi vida normal. Había acordado con el señor Vargas, el padre Saúl y el maestro Hassín, que si no les hablaba era señal de que todo marchaba de acuerdo al plan. Llegué a mi casa con la intención de darme un baño y meterme a la cama, pero antes chequé si había algún recado en la contestadora, el único recado era el de mi amiga Betty, me pedía que en cuanto llegara me comunicara con ella.

- ¿Bueno? ¿Beatriz?, habla Javier, ¿cómo estás?

- Hola Javier, estoy bien. Solo quería que me platicaras cómo te había ido el día de hoy, si crees que no es muy tarde, me gustaría pasar por ti en unos veinte minutos y tomarnos un café... platicar un rato.

La verdad me sentía cansado, habían sido muchas emociones en un solo día, pero tenía que platicarle a alguien la experiencia que había vivido hacía unas horas, y qué mejor que a ella que ya sabía de todo este asunto.

- Me parece buena idea, Betty, aquí te espero.

Fuimos a un restaurante y mientras tomábamos varias tazas de café, yo no dejaba de platicarle la experiencia por la que había pasado. Ella me dijo lo mismo que los demás, que tuviera mucho cuidado con ocultar mis emociones y mis pensamientos, pero sobre todo, que no me dejara engañar por él, que eso era lo más importante para continuar con lo que se había acordado, así no correría ningún riesgo.

- Tienes razón Betty, por eso te quiero pedir un favor muy especial.

- ¿De qué se trata, Javier? me asustas.

- El jueves, después de que salga de ese lugar y que deje a mi tía en su casa, me gustaría verte aquí mismo para entregarte copias de todo lo que tengo. No quiero correr más riesgos teniendo solo un original en mis manos, así que, quiero que los guardes bien en un lugar que solo tú sepas, no quiero que me digas en donde los tienes.

- Pero... ¿por qué Javier?, ¿qué es lo que temes?

- No quiero arriesgarme y que también a mí me convenza. Por eso deben existir otras pruebas, por si es necesario, se las entregarás al padre Saúl…él sabrá qué hacer. Además necesito que me ayudes a sacar a mi tía de todo esto de inmediato.

- Claro que sí, solo dime qué tengo que hacer.

- El viernes a primera hora con el pretexto de saludarla, le pienso hablar para decirle que para festejar que ya está curada, saldremos juntos en un viaje a la playa por unos días, y que tú pasaras por ella mientras yo resuelvo algunos pendientes, que en cuanto me desocupe, estaré con ustedes. Y eso es precisamente lo que quiero que hagas, que la pongas en un avión a cualquier playa que decidas, y por ningún motivo la dejes regresar inventando cualquier pretexto, debes asegurarle que yo las alcanzaré en cuanto me desocupe. Te doy el dinero, que pienso te puedes gastar, pero si te hace falta me dices.

- Cuenta con ello, Javier, solo te pido nuevamente que tengas mucho cuidado con él, no te dejes engañar por lo que veas y oigas… sé fuerte, recuerda que te quiero y me preocupa mucho todo lo que estás haciendo. Mañana checo lo del viaje y todos los trámites que hagan falta.

- Muchas gracias Betty, tú sabes que también eres muy especial para mí y te recuerdo que el jueves tenemos una cita aquí.

Después me dejó en mi departamento y antes de cualquier cosa chequé que estuvieran los sobres amarillos y las copias dentro de mi caja fuerte, de cualquier forma era la primera vez que me despegaba de ellos y quería estar seguro que siguieran donde los había dejado. Tomé un baño y me metí a la cama hasta el otro día.

DÍA SIETE.

Al día siguiente, me levanté como de costumbre para irme al Instituto, mi prioridad era terminar de entregarle mis pendientes al doctor que me iba a cubrir por los días que estaría fuera arreglando mis problemas, y terminar de ver a mis pacientes que había citado para concluir sus casos, y a otros explicarles que mientras me ausentaba iba a ir otro doctor a atenderlos. Prácticamente no pido vacaciones, así es que los directivos no se pudieron negar, solo me recordaron que el Congreso daba inicio el sábado al mediodía, y que yo era uno de los que empezaba. En ningún momento me cuestionaron si el tema que iba a dar ya estaba listo, me conocían demasiado, sabían de mi profesionalismo y del exagerado cuidado que le pongo a mi trabajo. Había pedido jueves y viernes, el sábado era el día en que le mostraría a mucha gente a través de los medios masivos que estuvieran presentes, todas las pruebas necesarias para desenmascararlos, pero por más que pensaba, sabía que a pesar de ser quien era, iba a ser muy difícil que me creyeran, quizá después de lo que iba a hacer, toda mi carrera la pondría en peligro. En este momento ya no había marcha atrás, así que debía llegar hasta el final.

Entre todos mis pendientes se me fue casi todo el día, casi a las cinco de la tarde me confirmó mi amiga Betty que ya había reservado un vuelo a las diez de la mañana, y las reservaciones en un hotel al puerto de Acapulco. Cuando terminé con mi horario en el Instituto, tomé mis cosas y me dirigí a mi casa, sabía que mañana lo volvería a ver y debía de prepararme lo mejor posible tanto física, como mentalmente. En todos mis años como doctor e investigador, jamás me había encontrado con alguien como Alberto, él era alguien tan especial, que tan solo con su presencia cautivaba a cualquiera, no cabía duda, me encontraba en gran desventaja con un adversario poderoso. A pesar de que no soy muy religioso, en esos momentos le pedí a Dios que me diera las fuerzas suficientes para no delatarme, y no ceder ante él. Me sentía nervioso, intranquilo. De verdad, si no supiera quién es en realidad, creo que también a mi terminaría por convencer, así que como auto terapia de convencimiento, saqué los sobres de mi caja fuerte y como si estuviera repasando para un examen, los volví a revisar, para dejar al final el video que tomó el señor Vargas de las misas negras, en donde quedé totalmente horrorizado: jamás en mi vida pensé que alguien pudiera realizar esta clase de cosas, aunque creo que esto me dio el valor para llegar hasta el final y desenmascarar a Alberto, junto con toda su organización.

CAPÍTULO 8
Ritual Satánico

El lugar estaba poco iluminado, solo había tres candelabros con velas negras, tenían dos a los lados del altar y el otro en el centro; las paredes parecían estar pintadas de negro, y sobre ellas había imágenes aladas de demonios con vasijas llenas de sangre dándoselas a su Dios, el señor de las tinieblas. Justo en el centro de su altar, estaba una estatua como de un metro sesenta centímetros de altura, de un ser grotesco, horrible y espeluznante. Era la figura del Diablo tal como la conocemos, pero mucho más escalofriante: todo su cuerpo lo tenía lleno de pelo, su tono era oscuro, su rostro se veía siniestro, sus ojos rojos parecían tener vida, tenía unos enormes cuernos enrollados como los de un carnero, una cola en forma de serpiente, sus patas eran como las de un chivo, estaba con sus dos manos extendidas, o más bien con sus garras extendidas como esperando que le entregaran algo. Cuando terminé de ver el video, supe porqué estaba en esa posición. El salón era grande, junto al altar solo habían cuatro sillas, lo demás estaba vacío, solo una alfombra roja que cubría toda la superficie, las puertas de la entrada eran de madera, de gran espesor que se cerraban con un enorme y pesado pasador como los de antaño. Todo el lugar se veía macabro. Atrás de donde estaban las cuatro sillas había otra puerta, que era por donde hacían su aparición Alberto y los que precedían el ritual. Por lo que me había dicho el señor Vargas, este salón se encontraba dos niveles abajo de la calle, custodiado por dos demonios que solo les permitían el paso a los invitados al ritual. Me imagino, por la toma que estaba viendo, que el señor Vargas llegó unos minutos antes para filmarlo. De pronto, las puertas se abrieron y comenzó a llenarse todo el lugar, tenían puesta su capucha negra, todos vestían ropas obscuras, se acomodaron y se fueron hincando en el suelo, había también niños que se veían convencidos de estar en ese lugar, hasta que el último terminó de acomodarse. Después, cerraron las puertas y de atrás del altar apareció un ser que en el video, se veía deforme y grotesco. Les pidió a todos que pusieran mucha atención, enseguida salieron los padres de Alberto, después apareció otro ser, parecía otro demonio porque también se veía deforme, y por último, él. Vestían de negro y tenían puestas sus capuchas, la mirada de Alberto se veía diferente, parecía ser otra persona, se sentaron y le ordenó al demonio que estaba de pie, que pusiera en el altar un libro grande al que llamó "Biblia Negra" para comenzar la ceremonia. Enseguida se levantó el demonio que estaba sentado, abrió el libro y comenzó el ritual.

- Señores, el momento se acerca, en unos días nuestro maestro cumplirá dieciocho años, fecha en la que recibirá mayor poder y que marcará un nuevo comienzo para todos nosotros, los que adoramos al verdadero dios. Le mostraremos al mundo que estaban equivocados, creyendo en un Dios que no los escucha, en un Dios falso. Terminarán rindiéndose ante nuestro señor y Dios verdadero.

En ese momento, todos en el salón se veían convencidos, el demonio les pidió que tomaran sus libros negros y comenzaran a leer junto con él, le pedían a su Dios que los guiara y a cambio le ofrecerían sangre nueva para sellar el pacto. Por unos minutos, todos lo estuvieron alabando. Alberto y sus padres hacían lo mismo que los demás; al parecer todavía no era el momento de estar al frente en este rito satánico, pero de pronto, el demonio que estaba de pie, entró al salón con una persona que se veía bastante mal, con gritos de verdadero terror les suplicaba que no le hicieran ningún daño y lo dejaran salir de ahí. En ese momento todos estaban fuera de sí, nadie intentaba ayudarlo, al contrario, pedían a gritos la sangre y el corazón para ofrecérselo a su señor, así que entre dos demonios tomaron de los brazos a ese pobre hombre, mientras que el demonio que precedía la misa negra tomaba un cuchillo para sacarle el corazón sin ninguna anestesia. Lo estaba viendo y no lo podía creer, deseaba que antes le diera un paro cardíaco y se muriera para no seguir con esta horrible tortura, pero no fue así, y todavía vivo, de un tajo hundió gran parte del cuchillo en el pecho hasta que le sacó el corazón, y con sus manos se lo mostró a todas esas bestias sedientas de sangre. Después, pidió una vasija y puso el corazón en su interior para inclinarse y colocárselo en las garras a la estatua de su Dios. Todos se inclinaron y lo alabaron por varios minutos más. Yo estaba completamente horrorizado, así que decidí detener el video y terminar con este tormento, no sé cómo pudo soportar ver esto el señor Vargas y no sucumbir. La pregunta era… ¿cómo lo iba a soportar yo en el momento de estar ahí? Nuevamente le pedí a Dios que me ayudara a salir adelante y no desfallecer hasta lograrlo. Después, guardé todo muy bien y me fui a acostar tratando de olvidar lo que había visto y tener la mente lo más tranquila posible, aunque después de ver lo que acababa de ver, iba a ser casi imposible.

DÍA OCHO

Al día siguiente, me levanté temprano, salí a correr y hacer un poco de ejercicio, deseaba sentirme muy bien. En un área del parque donde corro hay gente haciendo yoga, me acerqué y me puse a realizar las rutinas que estaban haciendo, en ese momento buscaba todas las formas de hacer más fuerte mi mente y mi cuerpo, después regresé a mi casa, me di un baño, comí algo de fruta, y por si acaso revisé nuevamente que estuvieran a salvo en mi caja fuerte los originales y las copias, antes de entregárselas a mi amiga Betty.

Me entretuve viendo algunos videos musicales para mantener mi mente tranquila y despejada gran parte del día, cuando vi la hora, ya casi era el momento de ir por mi tía, así que antes de retirarme le di un vistazo a todo, chequé que la caja fuerte estuviera bien cerrada y salí para su casa. Cuando llegué, mi tía me estaba esperando en la puerta, se subió a mi auto y tomamos camino, con buen tiempo para ser de los primeros como la vez anterior, mi tía tenía verdaderas ansias de llegar y volverlo a verlo. Cuando llegamos, nos atendieron de la misma forma que la vez anterior, nos sentamos y esperamos unos minutos en la recepción, pero instantes antes de que dieran las tres de la tarde, la señorita de la recepción pidió nuestra atención.

- Por favor, les pido un momento de su atención.

Yo estaba un poco distraído, pero de pronto me di cuenta de que ahí estaba el señor Vargas.

- Señores, les presento al que va a ser su guía, y los auxiliará en el salón.

No lo podía creer, era él, el abuelo de Alberto. Por unos instantes no pude disimular mi asombro, hubiera querido que mis ojos hablaran y preguntarle qué hacía ahí, al mismo tiempo quería que sus ojos me respondieran, pero como esto no era posible, tenía que controlarme y seguir como si nada. Aunque ya sabía que el señor Vargas se había metido en esta organización para desenmascarar a su nieto, lo que me intrigaba era porqué precisamente hoy tenía que estar aquí, quizá esto era el indicio de que nos habían descubierto, una señal de que las cosas no marchaban bien y querían agarrarnos precisamente ahí. Pero ¿y si no?, ¿y si solo era una mera casualidad?, tenía que arriesgarme y continuar con el plan.

- Señores sean ustedes bienvenidos otra vez a "Nueva Vida". Los conduciré al salón y los auxiliaré en todo lo que sea necesario, les pido que me acompañen por favor – dijo el señor Vargas.

En el camino nuevamente me fui preparando para tratar de mantener mi mente en blanco y no delatarnos de lo que pretendíamos hacer. Les juro que no es nada sencillo tratar de controlar nuestros pensamientos, hacer que no surjan espontáneamente, pero en este momento no me quedaba otro remedio que arriesgarme y ser otra persona frente Alberto.

Nuevamente, al ir entrando al salón, la música se dejó escuchar con intensidad, pero antes de sentarnos el señor Vargas nos dio a todos una hoja donde estaban escritas en forma de alabanza varias palabras.

- Les pido que lean lo que está ahí escrito y que se vayan familiarizando con ellas, para que en el momento que les indique Alberto que las lean en voz alta, lo puedan seguir sin ningún problema.

Después de unos minutos que todos leíamos lo que nos acababa de dar, la intensidad de la música se elevó al máximo para anunciar la entrada de Alberto.

- Buenas tardes tengan todos ustedes y sean bienvenidos a esta nuestra segunda cita a "Nueva Vida". Recuerden que a partir del martes pasado, todos ustedes han comenzado a tener precisamente eso, una nueva vida, y después de hoy el milagro se habrá completado. Quedarán curados totalmente, pero no quiero que le den las gracias a la organización, o a un servidor, yo solo soy el instrumento de mi señor, es a él a quien le deben agradecer por siempre, y una forma de hacerlo es por medio de alabanzas, es por esa razón que tienen en sus manos esa hoja, antes de darle las gracias, comenzaremos la última etapa de la curación.

Y como la vez anterior, todos cerramos los ojos y nos tomamos de las manos formando una gran cadena, concentrándonos en todo lo que él nos decía, pero solo que esta vez, a cada uno de los que estaban en proceso de curación, los tocó con su mano derecha en la cabeza, mientras que le pedía a su Dios que lo ayudara. Cuando terminó, nuevamente se puso en frente y nos pidió que abriéramos los ojos.

- Por favor abran todos los ojos y díganme cómo se sienten.

Mi tía y todos los demás se quedaron por unos minutos sintiendo su cuerpo y comprobando que efectivamente ya estaban curados.

- ¡Es un milagro!, ¡bendito seas Alberto!, ¡bendito seas!

Mi tía, como la gran mayoría corrió para arrodillarse ante los pies del que les había hecho el milagro, pero Alberto levantó a todos y les pidió que regresaran a sus lugares.

- Por favor les pido a todos que guarden la calma, como ya les dije, yo solo soy el instrumento de sus designios y de su poder.

Después, le pidió al señor Vargas que nos enseñara la forma de cantar las alabanzas a su Dios, y el momento en que teníamos que guardar silencio para que solo hablara él. Solo voy a decir algunas líneas para que las conozcan.

Tú que eres el verdadero Dios, bendito seas. Tú que nos diste Nueva Vida, bendito seas. Tú que eres nuestro único Dios, indícanos el camino, que iremos tras de ti gran señor. Desde hoy mi vida te pertenece, bendito seas Dios verdadero.

- Estas palabras son sagradas, es mi voluntad que las memoricen y las repitan de día y de noche – mencionó Alberto.

Todos estaban a su merced, sus mentes y sus cuerpos ya eran de él, cada vez me convencía del gran poder que tenía, y vuelvo a repetir, si no fuera por lo que ya sabía de Alberto, pienso que también a mí me hubiera convencido. Emanaba una fuerza y una energía increíbles. Mientras me encontraba ahí, trataba de no ver al señor Vargas para que nuestros ojos no nos delataran, solo lo miraba cuando nos pedía a todos que le prestáramos atención. Después, Alberto nos dijo.

- En este momento se inicia para ustedes un cambio de vida, y es necesario que se entreguen por completo al que les hizo el milagro, al que es el verdadero Dios, y no al que ustedes le pedían sin ser escuchados, a ese Dios falso que jamás se apiadó de todos ustedes. Es por eso que les pido, que mañana viernes a las once y treinta de la noche, regresen conmigo a este lugar para que les enseñe no solo con alabanzas la forma de agradecerle al Dios verdadero el milagro que les ha concedido, y se entreguen en cuerpo y en alma al que desde este momento también será su Dios, y acaten su voluntad por siempre.

Alberto era un ser con un poder de convencimiento como jamás había visto, nos acababa de decir a todos que el Dios en el que todos creíamos era falso y que él nos mostraría al que desde hoy sería nuestro nuevo señor y nadie decía nada, todos lo daban por hecho, incluyendo, como ya lo había dicho, a niños que junto con alguno de sus padres lo obedecían en todo. Pienso que si en ese momento Alberto nos hubiera ordenado que adoráramos a una piedra todos lo habríamos hecho. La gente en el salón ya no era la misma, se habían convertido en sus sirvientes y harían lo que les pidiera. Era verdad lo que me había dicho el señor Vargas, tenía que sacar lo más pronto posible a mi tía de este lugar, si no, también terminaría siendo su sirviente. Después, Alberto nos dijo:

- Antes de que se marchen, les recuerdo que deben memorizar las alabanzas que tienen en sus manos, después les iré enseñando otras más para que sean bendecidos por nuestro Dios. Y sobre la cita que tenemos mañana por la noche, deberán ser muy discretos, muy cuidadosos, porque no todos tendrán las bendiciones que tuvieron ustedes y mucha gente se pondrá en su contra.

Conforme íbamos saliendo, todos tomamos de la mano al que desde ese momento era nuestro líder religioso, en señal de agradecimiento y de aceptación.

En el automóvil, mi tía se veía feliz, pero también extraña, era como si Alberto, en el momento de curarlos con su energía, también les transmitiera cierta maldad para irlos convirtiendo en parte de él, así que decidí adelantarme y poner en marcha mi plan.

- Tía, ¿qué te parece si para celebrar que ya estás completamente curada, nos vamos tú y yo de viaje? Hace mucho que no salgo, así que me tomé la libertad de comprar dos paquetes turísticos para irnos los dos, tres días y dos noches al puerto de Acapulco y disfrutar como cuando lo hacíamos todos en familia.

- Hijo, me gustaría acompañarte a ese viaje, pero recuerda que tenemos una cita mañana en la noche con Alberto.

- Pero tía, ¿no estarás pensando en seguir viniendo a este lugar?, seguramente lo que pretenden es que seamos parte de esa organización religiosa, recuerda que el único propósito de ir a ese lugar era el de que te curaran y nada más. Si quieres después del viaje le compramos un obsequio, lo saludas y le das nuevamente las gracias, además ya compré todo y pedí estos días en el Instituto… ¿no pensaras dejarme con todo esto, verdad?

- No sé, Javier, no me gustaría ser ingrata con él después de lo que hizo por mí.

- No vas a ser ingrata de ninguna manera, solo te pido tres días conmigo, después, los dos le volveremos a dar las gracias. Tú decides, lo que quieras hacer.

- Está bien, hijo, pero prométeme que en cuanto regresemos le vamos a dar nuevamente las gracias.

- Te lo prometo tía, en cuanto regresemos será lo primero que haremos.

- Oye hijo, ¿qué tu congreso no es este sábado?

- A sí es, tía, pero esta vez yo no voy a estar, se van a tocar otros temas que no son de mi especialidad, es por eso que estoy aprovechando esos días del Congreso para este viaje. Solo te voy a pedir un favor, el avión sale el viernes a las diez de la mañana, y no quiero dejar ningún pendiente en el Instituto antes de marcharnos, así que mi amiga Beatriz, que tú ya conoces, va a pasar por ti para llevarte al aeropuerto, y yo ahí te alcanzo. Mi idea es que al llegar nos cambiemos y salgamos a la playa, desayunemos mientras disfrutamos del paisaje.

Mi tía no estaba muy convencida, sin embargo me dijo que sí y después me sonrió levemente. Después de dejarla en su casa me dirigí a la mía, pensando nuevamente en todo lo que estaba viviendo, y que se acercaba el momento de pararme enfrente de todos para decirle al mundo algo que era muy difícil de creer, aún con todas las pruebas que tenía y todo lo vivido hasta este momento, estaba convencido de que para todos era un profesional en mi trabajo, y eso para mí era ya una ventaja, o al menos así lo pensaba. Así que de lo que me iba a valer en ese momento además de las pruebas, era del gran respeto, y la credibilidad que me tenían, no solo mis colegas, sino todos los que conocían mi trabajo. Sabían que era muy difícil que aceptara cualquier investigación sin antes no estar seguro y agotar todas las pruebas antes de dar por hecho su autenticidad. Llegué y lo primero que hice fue revisar que todo estuviera en orden y que estuvieran los sobres en mi caja fuerte, después saqué las copias que le iba a entregar a Betty y las guardé en mi portafolio, dejando en la caja un juego de copias. Antes de salir a la cita que tenía con ella, revisé nuevamente las ventanas, la puerta de servicio y la caja fuerte. Con todo lo que había visto hasta ahora, no quería correr ningún riesgo, en este momento comprendí perfectamente al señor Vargas, recuerdo que cuando lo conocí, me dio la impresión de que sufría de delirio de persecución, y que estaba completamente loco, si alguien viera mi comportamiento en estos últimos días quizá pensaría lo mismo.

Llegué puntual con mi amiga y lo primero que hice fue entregarle las copias para que ella las guardara en un lugar seguro como lo habíamos acordado, así como los números telefónicos del padre

Saúl y el maestro Hassín para que los contactara en caso de que algo me sucediera a mí. Le platiqué cómo me había ido en mi segundo encuentro con Alberto, y que el plan de llevarme a mi tía y alejarla de esa organización estaba en marcha, después de ver la actitud que tomaron todos cuando Alberto les ordenó que se olvidaran del Dios que todos habían conocido, y que desde ahora él les enseñaría al verdadero Dios sin que nadie objetara nada, era urgente sacar a mi tía de ese lugar cuanto antes.

A pesar de que no conocía la organización ni a Alberto, con todo lo que le había platicado, Beatriz estaba más que involucrada conmigo, se sentía bastante preocupada con lo que me pudiera pasar. Me tomó de las manos.

- Por favor, Javier, por lo que más quieras...cuídate.

Por un instante la apreté fuertemente para sentir su calor entre mis manos, me acerqué para darle un beso en la mejilla, pero nuestros labios se acercaron mostrando ese amor que durante mucho tiempo habíamos sentido el uno por el otro y que hasta en ese momento habíamos callado. Aunque yo hubiera querido no decirle que la amaba porque no sabía qué iba a pasar conmigo, el sentirla tan cerca hizo que le confesara que desde hace tiempo había brotado en mi un amor que nunca imaginé sentir por alguien. Tenía miedo, pero algo dentro de mí me decía que ella también sentía lo mismo por mí, así que me arriesgué, ella me miró y me volvió a besar como diciendo que mis sentimientos eran correspondidos.

- Creí que nunca me lo ibas a decir. Hasta llegué a pensar que no sentías nada por mí.

- Lo que pasa es que tenía miedo de decírtelo, ya sabes... la diferencia de edades es mucha. Yo casi cumpliendo 40 años y tú de 26.

- Pero, no... para el amor no hay edades. ¿Sabes? Yo te quise desde el primer momento, primero comencé a admirarte por tu trabajo, después descubrí el gran hombre que eres y me enamoré de ti.

- Tú eres maravillosa y te agradezco por todo el apoyo que me has brindado desde siempre, pero sobre todo en estos momentos, sabes en lo que estoy metido y voy a continuar pero te aseguro que tu amor me dará más fuerza para luchar. Espero que todo salga bien, porque después del Congreso y si tú estás de acuerdo, me gustaría que hiciéramos planes más serios para nuestro futuro.

Ella me miró tiernamente y nos volvimos a besar. Sin duda, tener su apoyo en esos momentos me hacía sentir mucho mejor.

Al parecer todo marchaba bien, un poco más tarde pensaba hablarle al padre Saúl, al maestro Hassín, y al señor Vargas, para decirles que hasta ese momento todo iba de acuerdo al plan, el que me preocupaba era el señor Vargas, el verlo precisamente hoy en la organización me había dejado muy nervioso, y hasta que él me dijera que todo estaba bien y que solo había sido una mera casualidad, estaría más tranquilo. Después, me entretuve un rato viendo la televisión para darme tiempo y estar seguro de poder platicar con ellos con toda tranquilidad, al primero que le marqué fue al señor Vargas, no podía quedarme un minuto más con esta incertidumbre.

- Bueno ¿señor Vargas?

- Sí doctor, buenas noches, ¿sucede algo?

- Dígamelo usted, que esta tarde cuando lo vi en la organización de Nueva Vida creí que todo había terminado para nosotros.

- Gracias a Dios no, doctor, efectivamente solo fue una casualidad, y entiendo por lo que debió haber pasado. Pero dígame, ¿cómo van las cosas con su tía?, ¿ya arregló todo para sacarla de ahí?

- Así es, ya tengo todo listo para que mañana, mientras nosotros terminamos con todo este asunto el sábado en el Congreso, ella esté a salvo en un hotel del puerto de Acapulco.

- Muy bien, doctor Beltrán. Ahora es importante ponernos todos de acuerdo con el siguiente plan, ya que de esto no solo dependen nuestras vidas, sino las de la humanidad entera. Le pido por favor que se comunique con el padre Saúl y el maestro Hassín, para que les diga que mañana nos vamos a ver en la nueva dirección del maestro a las doce horas, para que juntos tracemos el plan a seguir. Es muy importante que lleve consigo los originales de todo lo que le he dado, que ya no se despegue de ellos hasta el momento de darlos a conocer, y que hasta que llegue ese momento ya no regrese a su casa, mientras, se quedará con el maestro Hassín para evitar cualquier cosa que pudiera pasar.

- ¿Qué es lo que teme, señor Vargas?, ¿cree que sospechen que algo se está planeando en su contra?

- No lo creo, pero conociendo el poder que tienen Alberto y esos demonios debemos de extremar precauciones. Ahora le pido que les hable, que siga mis instrucciones al pie de la letra doctor, y que Dios se apiade de todos nosotros.

Después de hablar con el señor Vargas, de inmediato le marqué al maestro Hassín para ponerlo al tanto de todo lo acontecido. Le dije que mañana nos reuniríamos todos en punto de las doce con él y que me diera alojamiento en su departamento al menos por una noche. Después de que su madrina le dijo que todo lo que habían hecho había sido en vano, el maestro decidió ya no vivir en un solo lugar, mudándose continuamente para evitar que alguien supiera de él, estas fueron las instrucciones que su madrina le había dado, así lo haría hasta que ella le dijera otra cosa, aunque ahora que conozco toda la historia en la que estoy metido, pienso que es mejor que nadie sepa de su paradero.

Enseguida hablé con el padre Saúl, el tono de su voz se escuchaba algo extraño.

- Bueno, ¿padre Saúl?

Cuando me contestó me sorprendió aún más.

- Hola hija, por favor te pido que mañana después de la misa de las siete, me veas para ponernos de acuerdo con los donativos que nos dieron para el dispensario.

Al escucharlo me imaginé que no estaba solo, y que por eso me estaba diciendo todo eso, después escuché sus pasos que se alejaban de donde estaba.

- Doctor Beltrán, como se pudo imaginar no estaba solo, en estos dos días prácticamente no me han dejado solo en ningún momento, espero equivocarme pero parece que sospechan que algo estoy tramando, así que debemos de ser breves y extremar precauciones.

- Espero que esté equivocado, padre Saúl, pero tiene razón, debemos de ser muy precavidos.

- Le marqué, padre, porque mañana a las doce del mediodía tenemos que reunirnos todos en la nueva dirección del maestro Hassín para ponernos de acuerdo con el siguiente plan. Es importante que ninguno falte, mañana le platico cómo me fue el día de hoy con Alberto, buenas noches, padre.

- Correcto. Buenas noches, hijo.

Era la primera vez que el padre Saúl se dirigía a mí de esa manera, y la verdad me agradó. Después de colgar me quedé pensando en lo que me acababa de decir, ¿y si sus sospechas fueran ciertas, y ya supieran de todo lo que estamos haciendo? pero ya no podíamos echarnos para atrás, así que cierto o no teníamos que arriesgarnos.

Como lo hice la primera vez que recibí los sobres amarillos, preparé mis cobijas y mi almohada. Me sentía cansado, todo en mi cabeza me daba vueltas, había sucedido tanto en tan poco tiempo, parecía que las cosas no serían tan fáciles como las habíamos planeado, así que prendí el televisor para tratar de distraerme y que el sueño me venciera hasta el otro día.

DÍA NUEVE

Me levanté casi a las ocho de la mañana, hice un poco de ejercicio en la caminadora, me bañé y esta vez me preparé un sustancioso desayuno. Por un rato estuve en la sala viendo películas clásicas de comedía para tratar de mantener mi mente en otras cosas, después aproveché el tiempo y salí al supermercado para hacer algunas compras que había decidido llevar a la casa del maestro Hassín. Cuando regresé, ya casi eran las once de la mañana, así que saqué los originales de mi caja fuerte, los guardé bien en mi portafolio y me subí a mi auto.

Mientras tanto, en la casa del señor Vargas, que casi estaba listo para acudir al departamento del maestro Hassín, se escuchó un estrepitoso sonido, lo que hizo que él volteara rápidamente. Era la puerta de la entrada, que salió prácticamente volando dentro de la habitación arrasando con todo a su paso; en ese momento supo que estaba en grave peligro. Sus ojos se quedaron viendo a donde apenas hace un segundo estaba la puerta, y de pronto, dos siluetas se pararon justo en la entrada.

- Mi maestro nos ha enviado por ti, él sabe que lo has traicionado y quiere verte.

El señor Vargas no estaba preparado en este momento para hacerles frente, le habían caído de sorpresa, así que no puso resistencia.

- Estoy a sus órdenes.

Debido a la ira que ambos demonios tenían dejaron ver sus verdaderas personalidades y con la fuerza que desplegaron para destruir la puerta, los colores verdes y rojizos de su piel se notaban aún más. Parecía como si estuvieran a la mitad de su transformación para convertirse en esos seres diabólicos, sus manos tenían las uñas negras y puntiagudas, parte de sus cráneos se veían sin pelo, tenían unas pequeñas protuberancias en la frente, sus voces eran roncas y sonoras. Uno de ellos tomó al señor Vargas del cuello y lo zangoloteo como si fuera un muñeco de trapo, dejándole marcadas sus horribles uñas en el cuello, que le ocasionó heridas y quemaduras casi de tercer grado.

- Si me estuviera permitido en este momento te haría pedazos, pero lástima que no es así.

Lo arrojó al suelo con una gran fuerza, lo tomó de un brazo y lo llevó hacia el vehículo rumbo a la organización, dejándole horribles quemaduras.

El señor Vargas se sentía desolado, sabía que era el fin para él, pero lo que le preocupaba era que también sus amigos estaban en grave peligro y desgraciadamente no tenía forma de avisarles. Desde mucho antes, él ya se había preparado por si llegaba este momento, era un riesgo claro al tratar de detener a su nieto; ahora su vida se encontraba en manos de Alberto.

Aunque el maestro Hassín nos explicó a todos cómo llegar a su nueva dirección, decidí salir con tiempo por si me encontraba con algún imprevisto. El tráfico fue como siempre, pero gracias al tiempo que tuve de más, llegué al departamento del maestro Hassín diez minutos antes de las doce del día. Una cuadra antes habíamos acordado que le hablaríamos para checar que todo estuviera bien, y que no encontráramos alguna sorpresa que pusiera en peligro a los demás.

- ¿Bueno?, ¿maestro?, soy el doctor Beltrán, ¿está todo bien?

- Sí doctor, al parecer todo está en orden, puede llegar sin peligro. Le recuerdo que el número de mi departamento es el diez y se encuentra hasta el final de todos los demás, la puerta está pintada de blanco con el número de color negro en la parte de arriba de la puerta. Usted es el primero en llegar, espero que ya no tarden los demás.

Cuando llegué, me di cuenta de que era una vecindad de clase humilde, y que efectivamente el departamento número diez estaba hasta el final. Toqué su puerta y en seguida me abrió.

- Doctor, pase por favor. Como se pudo dar cuenta, el lugar está algo escondido, pero para nuestros propósitos es mejor así. Tome asiento, ¿le parece bien que mientras los esperamos tomamos un café?

- Creo que es una excelente idea, maestro. Traje algo de comida para más tarde.

Se pasó la primera media hora sin sentir.

- Maestro, ya son más de las doce treinta y ninguno de los dos ha llegado.

- Doctor, hay que tener paciencia, recuerde que es la primera vez que vienen y se pudieron confundir, además el tráfico puede estar muy pesado.

- Tiene razón, maestro, prácticamente desde que salí hay bastante tráfico.

- ¿Lo ve, doctor? No hay que alármanos de más.

- Sí maestro, pero… algo que me tiene preocupado es lo que me dijo ayer por la noche el padre Saúl.

- ¿Qué le dijo, doctor?

- Que estos últimos días lo tenían casi como prisionero, que con cualquier pretexto lo acompañaban a todas partes. Parece que sospechaban que algo estaba planeando, recuerde que nos dijo que él pensaba que lo habían puesto ahí para tenerlo vigilado y que ya no averiguara nada sobre Alberto.

- Así es, doctor, pero conociendo al padre Saúl como lo conozco, buscará la forma de burlarlos y llegar con nosotros.

- Espero que así sea maestro, y al señor Vargas… ¿qué lo habrá demorado?

- Seguramente el tráfico. Me habló hace como dos horas, dijo que ya salía para acá.

- Entonces… solo es tiempo para que esté con nosotros.

El padre Saúl, después de oficiar la misa de siete, se fue al dispensario, y con una de las feligreses se puso a separar y acomodar las medicinas en el estante: algodón, alcohol, gasas, entre otras cosas que regularmente les dona la gente. Hacer esto llevó un buen rato. Después, el padre se dirigió a su dormitorio, aunque la cita era al medio día quería estar listo antes, y si era posible en algún descuido poder escaparse, por si a la mera hora no tuviera la oportunidad. Tomó tres crucifijos y se los colgó en el cuello, guardó su Biblia y vació agua bendita en seis botellas de plástico en forma de mamilas, para que al oprimirlas saliera el agua en chisguete. Enseguida se asomó y caminó normalmente, revisando que nadie lo estuviera viendo, salió por la parte de atrás de la parroquia, quizá sería la última vez que estaría en ese lugar, ya que desde el momento en que se dieran cuenta de que se había ido sin avisar, estaría en graves problemas. La decisión ya estaba tomada y después vería cómo resolverlo. Ahora, lo importante era llegar al departamento del maestro Hassín, pero cuando estaba a punto de lograrlo, el sacristán le dio alcance.

- Padre Saúl, qué bueno que pude alcanzarlo, el padre Manuel quiere hablar con usted.

- Está bien, hijo. Vamos a ver qué se le ofrece.

Cuando llegaron a la oficina parroquial, el padre Manuel más que hacerle algunas preguntas, comenzó a darle órdenes.

- Padre Saúl, en estos últimos días lo he notado nervioso, extraño, como ausente, por esta razón es que no quisiera que saliera solo a cualquier parte, es peligroso que ande usted por ahí sin el cuidado necesario, ¿se siente mal?, la verdad me preocupa.

- Estoy bien padre, le agradezco su interés, lo que pasa es... quizá que me involucro demasiado en los problemas de mis feligreses... eso es todo.

- Me da gusto que solo sea eso, de todos modos le aconsejo que vaya a su dormitorio y que descanse hasta la misa de las seis de la tarde, el sacristán le llevará sus alimentos para que no salga y descanse.

Muy sutilmente, pero le ordenaban no salir de su dormitorio, ya no había duda, todo indicaba que lo habían descubierto, así que en cuanto estuvo solo, le marcó al psíquico.

- ¿Bueno? ¿Hassín?

- Sí, padre Saúl, ¿ya está aquí afuera?

- No, sigo en la Parroquia, al parecer sospechan que estoy planeando algo.

- ¿Por qué lo piensa, padre?

- Aunque no me lo dijo claramente el padre Manuel, me pidió que no saliera de mi cuarto hasta la misa de las seis de la tarde, y desde hace varios días no me dejan salir solo, hoy me lo terminó de confirmar el padre, con el pretexto de que me ve cansado me dijo claramente que alguien me debe acompañar a donde vaya y le pidió al sacristán que él o su sobrino del padre estén muy atentos y que por ningún motivo me dejen solo. Desde hace una semana que llegó de repente de su pueblo para trabajar en la ciudad su sobrino, la verdad no me acaba de convencer, nunca lo he visto adentro de la iglesia y a cada momento me lo encuentro, esto se me hace muy raro. Te pido que les digas que en cuanto pueda los alcanzó, mientras tanto, manténganme informado.

- Así lo haremos padre, en este momento el único que ha llegado es el doctor Beltrán.

- Pero… ¿y don Alberto? ¿Por qué no ha llegado?, ¿qué saben de él?

- Me habló hace más de dos horas para decirme que ya venía para acá.

- Te pido que le marques para saber cómo esta, y me hables de inmediato.

- Así lo haré padre y por favor cuídese mucho – colgaron el teléfono, pero el maestro no pudo evitar mostrar preocupación.

- ¿Qué pasó, maestro? ¿Qué le dijo el padre Saúl?

- Que sus sospechas son ciertas, lo tienen prácticamente encerrado en su dormitorio. Me pidió que lo mantuviéramos al tanto de todo, y que en cuanto pueda escaparse nos alcanza.

- Esto no me está gustando nada, maestro, déjeme marcarle al señor Vargas para saber si él está bien.

Por más intentos que hicieron primero el doctor Beltrán y después el maestro Hassín, todo era inútil, no recibían respuesta alguna, y esto comenzó a ponerlos más nerviosos de lo que ya estaban.

- ¿Qué vamos a hacer si es verdad?, ¿qué tal si ya nos descubrieron maestro?, entonces, todo lo que pretendemos hacer sería inútil

- Tenemos que conservar la calma, doctor, y seguir con lo que hemos planeado hasta el fin. Yo estoy igual de preocupado que usted, quizá don Alberto está por llegar, y no nos contesta porque se le bajó la batería o alguna otra cosa.

En ese justo momento, sonó el celular del doctor Beltrán, que sin verificar el número contestó rápidamente.

- Bueno, señor Vargas ¿se encuentra bien?

- No Javier, soy Beatriz. Te he estado marcando pero has tenido ocupado tu celular.

- Así es, Betty, es que nos urge comunicarnos con el abuelo de Alberto, pero no nos contesta, ni tampoco ha llegado.

- Precisamente es por Alberto y por tu tía que te llamo.

- ¿Qué pasa con ella, qué sucede?

- A las nueve de la mañana, marqué a su casa para ponernos de acuerdo sobre los detalles del viaje, y confirmarle que en un rato pasaría por ella, pero me dijo la persona que le ayuda en la casa que no podía contestar porque estaba ocupada, yo le insistí a la señora pidiéndole que le dijera que era tu amiga y que me urgía hablar con ella de algo muy importante, pero ni así quiso tomar mi llamada, por eso te estoy llamando, para decirte que en estos momentos estoy llegando a la casa de tu tía para averiguar qué sucede… ¿estás de acuerdo?

- Claro, claro. Por favor Betty, hazlo enseguida, las cosas se están complicando y no quisiera pensar que mi tía ha cambiado de opinión y quiera ir con Alberto. Haz lo que sea, pero ella debe estar hoy mismo fuera de la cuidad.

- Bien Javier, tan pronto esté con tu tía te vuelvo a marcar.

- Gracias por todo Betty, y por favor ten mucho cuidado – y sin decir nada más, colgó.

- Doctor, hay que marcarle al padre Saúl, contarle lo que está pasando con su tía, decirle que desgraciadamente no hemos podido comunicarnos, ni sabemos nada de don Alberto, y ya casi es la una con treinta de la tarde.

- Ojalá y me equivoque, pero pienso que al señor Vargas le ha ocurrido algo.

- Esperemos que no sea así, aunque algo me dice que tiene usted razón. No se imagina lo que aprecio a ese hombre, aunque lo dejé de ver por mucho tiempo, lo que vivimos juntos nos dejó unidos para siempre, y no soportaría saber que algo le ha pasado.

- Cálmese, maestro, hay que tener fe y no adelantar juicios. Mientras, le voy a marcar al padre Saúl para saber también como está.

- ¿Bueno?, ¿padre? Soy el doctor Beltrán, no nos hemos podido comunicar con el señor Vargas y no sabemos nada de él.

- Tenemos que hacer algo, doctor, yo he intentado por mi parte tratar de comunicarme sin conseguirlo, creo que es el momento de actuar, en cuanto cuelgue buscaré la manera de salir de aquí, y una vez que lo haga, les hablaré para que nos veamos en la casa de Don Alberto. Todo depende de lo que encontremos ahí, para poder idear el plan a seguir.

- ¿Qué es lo que teme, padre?

- No sé, doctor, pero con esos demonios no se sabe, y estando él tan cerca de Alberto el peligro es muy grande. Por favor, dígale al maestro Hassín que le dé un crucifijo de los que tiene, para que de inmediato se lo ponga en el cuello y que haga él lo mismo; lleven por lo menos dos cuchillos bien filosos y escóndanlos muy bien, yo llevaré otro tanto y agua bendita. Debemos ir bien preparados, por si tuviéramos que enfrentarnos antes de tiempo con esos seres de obscuridad. Algo muy importante doctor, deben guardar en un lugar seguro todas las pruebas que tiene en sus manos, traerlas en estos momentos implica un riesgo muy grande; Hassín me dijo que él tiene un lugar donde guarda sus cosas de valor, ahí tiene una suma importante de dinero que puede disponer en el momento que lo necesita, además de papeles importantes que le dejó su madrina, pienso que es seguro por el momento guardarlos ahí. ¿Por qué no van y los guardan de una vez?, mientras tanto yo logro salir de aquí, y por favor, estén atentos a mi llamado.

- Está bien, padre Saúl, así lo haremos. Pero, desgraciadamente ha sucedido algo más, mi amiga Beatriz intentó comunicarse varias veces con mi tía sin que ella le quiera tomar la llamada, esto se le hizo muy raro, y decidió ir a su casa y averiguar qué es lo que está sucediendo. No quisiera pensar que ya cambió de opinión, y quiera ir con Alberto.

- Esperemos que no sea así, doctor, hay que darnos prisa para vernos lo más pronto posible, como quedamos… en la casa de don Alberto. Ahí veremos qué hacemos.

- Bien padre, esperamos su llamada.

En ese instante terminaron de hablar, pero la duda y la incertidumbre eran cada vez más difíciles de manejar.

- Maestro Hassín, el padre Saúl quiere que nos preparemos muy bien antes de ir a su encuentro en la casa del señor Vargas con los crucifijos y los cuchillos que me pidió que trajera, además me dijo que usted tiene un lugar seguro donde podemos guardar todas las pruebas hasta el día de mañana.

- Así es doctor, si quiere una vez que estemos listos lo llevo para que las guardemos.

- Me parece bien, maestro.

Después de prepararse con todo lo que les había dicho el padre, los dos partieron al lugar secreto.

- ¿A dónde vamos, maestro?

- Ya lo verá, doctor. Era de vital importancia guardar todo lo que había sido mi vida… después de dejar el lugar que por muchos años tuve como oficina, mis objetos personales y algunas otras cosas que mi madrina me fue mandando, ella me dijo que algún día las podría necesitar, no podía dejar todo regado, así que tomé la decisión de comprar una casa en un lugar que nadie supiera, en donde pudiera guardar todas mis pertenencias sin que corrieran ningún riesgo, entonces me di a la tarea de buscar el lugar y la casa perfecta a mis propósitos, hasta que la encontré. Y ahí es a donde lo llevo doctor. La casa se encuentra en una colonia de mucha tradición, donde las casas van pasando de padres a hijos, la fui acondicionando de acuerdo a mis necesidades, y una vez al mes me paro por ahí para ver que todo esté bien. Durante el tiempo que estuve en mi oficina, conocí a un matrimonio de ancianos que todos los días me ofrecían dulces, cigarrillos, o alguna otra cosa para mantenerse, entonces decidí que si ellos aceptaban, podrían irse a vivir a mi casa, con el propósito de cuidarla y con la condición de que aparentaran ser ellos los dueños, así, no despertaría ninguna sospecha. Les pedí que dijeran a los vecinos, o personas que viven por ahí, que yo era su sobrino, para que cuando ellos me vieran se imaginen que estoy de visita, aunque claro, cada vez que me aparezco por ahí me quito mi turbante para que nadie me pueda reconocer, así que… va a tener la oportunidad de verme sin turbante, doctor.

Llegaron a la casa del maestro y como lo había dicho, unas calles antes el maestro Hassín se quitó el turbante.

- ¿Qué le parece doctor?, imagino que me veo raro ¿verdad?

- Se ve distinto, creo que si me lo encuentro por la calle sin el turbante, apuesto que no lo reconocería.

Entraron, y como era natural, los dos ancianos que mencionó el maestro lo saludaron muy cordialmente. El maestro presentó al doctor Beltrán como un amigo, unos minutos antes pasaron a una papelería donde compraron cuatro sobres amarillos, en su interior metieron papeles, unos discos, simulando que eran los sobres que el señor Vargas le había dado al doctor Beltrán, y los metieron en su portafolio. Después, lo llevó a una de las habitaciones que siempre mantenía cerrada y de la que solo tiene llave él. La habitación era muy grande, en ella había una gran cantidad de cosas... aunque más que el valor económico, tenían un valor sentimental para el síquico. El maestro se acercó a un mueble de madera que parecía ser una cómoda, la movió y se dejó ver un pedazo de pared, movió un cuadro que estaba justo arriba, y como si fuera la cueva de los cuarenta ladrones, la pared se fue abriendo dejando al descubierto la entrada de lo que parecía ser un pasadizo secreto.

- Lo veo y no lo puedo creer, maestro. Parece de ciencia ficción.

- Tardé un poquito en que me lo construyeran, pero le aseguro que no hay otro lugar donde puedan estar las pruebas mejor resguardadas que aquí.

El maestro le mostró rápidamente el lugar, los dos sabían que no tenían mucho tiempo para que el doctor pudiera ver todo con calma, así que dejaron las pruebas y se marcharon tratando de verse lo más natural posible con los dos ancianos. Ahora habría que estar atentos a la llamada del padre Saúl.

Después de que prácticamente le habían ordenado permanecer en su cuarto, el padre Saúl se puso a idear un plan para salir de ese lugar, así que como normalmente lo hacía cuando se encontraba en su cuarto, prendió su radio y lo sintonizó en la estación donde tocan música clásica. La intención era que supieran que él estaba adentro, acomodó las cobijas de su cama de tal forma que pareciera que él estaba acostado en su cama, tomó las llaves de su auto, y solo esperó un descuido para salir prácticamente corriendo de la Parroquia, pero cuando estaba a punto de subirse a su auto, el sobrino del padre Manuel se interpuso entre él y su auto.

- ¿A dónde cree que va, padre?

- ¿Y tú quién eres para hablarme así?

246

- Creo que ya lo sabe padre… y será mejor que no intente salir de aquí.

- ¡Lo sabía!, ¡eres un demonio más al servicio de Alberto!, ¡pero no será tan fácil detenerme!

De inmediato, el padre Saúl se descubrió el pecho mostrándole uno de los crucifijos que traía puestos a esa bestia del mal, el demonio se cubrió los ojos y se hizo a un lado rápidamente, por el miedo y la impotencia que sentía ese ser se fue transformando dejando ver su verdadero rostro. Con sus largas uñas, trataba de alcanzar el cuerpo del padre Saúl, mientras el padre no dejaba de cubrirse con el crucifijo, pero tenía que darse prisa, si llegaba el padre Manuel o el sacristán estaría perdido, así que sacó de una de sus bolsas una de las botellas con agua bendita y le arrojó varios chisguetes en el cuerpo haciéndolo gritar de dolor. Para ese demonio era como ácido que lo estaba quemando. Rápido y sin perder tiempo, sacó un cuchillo y en un certero movimiento le degolló el cuello a esa bestia, que en su desesperación solo logró darle un par de arañazos en el hombro antes de desintegrarse por completo. Después, el padre Saúl se subió a su auto y escapó rápidamente, cuando el sacristán y el padre Manuel se dieron cuenta ya era demasiado tarde. Solo vieron cómo se alejaba en su automóvil.

Era el primer enfrentamiento con estos demonios, tenía que ponerlos sobre aviso para que estuvieran muy alerta, y confirmarles que se verían en la casa del abuelo de Alberto.

- ¿Bueno?, ¿doctor Beltrán?, voy saliendo de la Parroquia, ¿ya guardaron las prueba en un lugar seguro?

- Ya padre, no tiene de qué preocuparse, y en su lugar traemos otros sobres falsos por si acaso. Nunca me hubiera imaginado que era ese lugar hasta que lo vi., pero dígame ¿cómo logró salir de la Parroquia?

- Fue gracias a Dios, hijo mío, pero mis sospechas sobre el sobrino del padre Manuel eran ciertas.

- ¿Qué quiere decir padre?

- Que no era humano, si no otro… demonio al servicio de Alberto, que hace unos minutos envié al mismo infierno.

- ¿Pero, cómo sucedió padre?

- Al tratar de escaparme, me sorprendió al llegar a mi auto, me quiso detener y tuvimos un enfrentamiento, pero gracias a Dios estaba bien preparado y logré destruirlo. Por eso es muy importante que abran bien los ojos, y que no se quiten los crucifijos por ningún motivo.

- No se preocupe, padre, estarnos muy alerta, y usted también cuídese mucho mientras llegamos a la casa del señor Vargas.

Con unos segundos de diferencia llegaron los dos vehículos a la casa del abuelo de Alberto. Notaron que había una patrulla en la entrada de su casa y como siempre gente tratando de enterarse de lo que había sucedido. El primer impulso de los tres fue bajarse y correr para averiguar sobre el estado de su amigo, pero si esos demonios los estaban esperando, todo se echaría a perder, así que comunicándose por los celulares, decidieron esperar unos minutos mientras planeaban qué hacer. Por suerte para ellos, un vecino que pasaba en ese momento cerca del auto del doctor Beltrán, les informó que hacia como dos horas que escuchó algo así como una explosión, y cuando se asomó vio al señor Vargas que se subía a un automóvil con otras dos personas.

- ¿Se da cuenta, maestro Hassín? Se han llevado al señor Vargas.

- Parece que así es doctor, le voy a avisar al padre Saúl para ponernos de acuerdo en lo que vamos a hacer.

- Padre Saúl, dos hombres se llevaron a don Alberto, y creemos que son demonios enviados por Alberto.

- No lo duden, Hassín. Por el hueco que dejaron al tirar la puerta, esos seres cada vez son más fuertes.

En ese momento sonó el celular del doctor Beltrán.

- ¿Bueno? Betty ¿qué paso?, ¿está mi tía en la casa?

- Javier, estoy en su casa, me tardé en hablarte porque no me abrían, pero después de insistir logré que me abriera. Desgraciadamente me dice la señora del aseo, que tu tía hace casi dos horas llamó a un taxi y se marchó sin decirle a donde se dirigía.

- No puede ser, Beatriz, aunque es muy temprano, estoy seguro que va en camino a la cita con Alberto. Tengo que ir por ella y evitar que se pierda en esa organización demoníaca.

- Javier, sé que tienes que hacerlo, pero por lo que más quieras cuídate mucho. Por lo que me has dicho esos seres son muy peligrosos y no quisiera que algo te pasara, dime si quieres que haga algo más, solo dímelo, pero por lo que más quieras cuídate. Sabes cuánto te amo.

- Gracias Betty, yo también te amo y te prometo que tendré mucho cuidado, verás que todo esto será como una horrible pesadilla y que después del sábado, estaremos tomando un café en nuestro lugar de siempre. De todos modos te voy a pedir que si algo saliera mal, no trates de averiguar más de la cuenta, esa gente no es de este mundo y pueden hacerte mucho daño, recuerda que tienes que buscar al padre Saúl, o al maestro Hassín para que les entregues las copias que te di, solo a ellos se las debes entregar. Ellos ya saben de ti y la forma de poderte localizar si fuera necesario. Recuerda que si algo sale mal no me busques, y de inmediato ocúltate hasta que los contactes a ellos.

- Está bien, Javier, pero estoy segura de que todo saldrá bien.

- Ojalá tengas razón, después te marco para decirte cómo van las cosas, y tú también cuídate mucho.

- Padre, estoy escuchando que la tía del doctor al parecer... se dirige con Alberto, y el doctor quiere ir por ella. Está desesperado.

UN ÁNGEL ENTRE SOMBRAS

- Tiene razón, Hassín. Desafortunadamente todo lo que hemos planeado se nos está viniendo abajo, y hemos arriesgado la vida de don Alberto y de la tía del doctor en vano, el plan de desenmascarar a Alberto junto con esa maldita organización del infierno está en riesgo, pero pese a todo, tenemos que ir por ellos.

Por el camino decidieron llegar en un solo automóvil, el carro del padre Saúl era más fácil de reconocer por ser un clásico, así que buscaron un estacionamiento para que estuviera más seguro, le indicaron al encargado que se quedaría hasta el otro día, y antes de seguir rumbo a la organización, el padre Saúl les recordó que no podían llegar sin hacer un plan.

- Doctor Beltrán, Hassín, la gente con la que nos vamos a enfrentar son demonios. Por si no lo recuerdan, demonios que cada vez van ganando mayor fuerza con el poder que recibe Alberto de su Dios, y es por eso que tenemos que protegernos de ellos, además del crucifijo y los cuchillos, les entrego unas botellas con agua bendita, que como saben, será para ellos la peor de las torturas. Es muy importante que tengan mucha fe en Dios, estoy seguro de que no nos equivocamos al elegirlo. Les aconsejo que antes de dirigirnos hacia allá comamos algo, mientras hacemos un plan para entrar sin ser vistos.

Los tres entraron a un pequeño restaurante, y mientras comían se pusieron a idear el plan a seguir.

- ¿Qué se les ocurre para llegar hasta ellos sin que nos descubran?

- Padre Saúl, maestro Hassín, recuerden que nos dijo el señor Vargas que el área que está menos vigilada es el pasillo por donde el personal de limpieza saca la basura, la cual acomodan en los botes para que al día siguiente pase el camión por ella. En esa ocasión, si recuerdan, me dio a guardar dos uniformes que en un descuido tomó prestados al personal de limpieza, pensando que en un futuro podrían servirnos para algo.

- Creo que es una excelente idea, pero, ¿dónde están esos uniformes?

- Los traigo en mi cajuela, desde que él me los dio, ahí los dejé.

- Bien, manos a la obra, y… que Dios nos ayude.

En el camino, deseaba que todo esto fuera un mal sueño, pero desgraciadamente no era así, en unos minutos más quizá nos tendríamos que enfrentar cara a cara con Alberto.

Estacionamos el auto unas cuadras antes para revisar los uniformes y ver quién de los tres los usaría, decidimos que seriamos el padre Saúl y yo. Mientras tanto, el maestro Hassín se mantendría escondido cerca del auto, y en cuanto lo necesitáramos le hablaríamos para que a toda velocidad saliéramos de ese lugar. Al Padre Saúl le quedó un poco chico el pantalón por su altura, pero el plan estaba en marcha.

Nos fuimos acercando con mucho cuidado tratando de no ser vistos, cuando llegamos al pasillo, buscamos la manera de darle la espalda a la cámara y esconder lo más posible nuestros rostros. Hasta este momento todo iba bien, acomodamos dos bolsas negras con basura que estaban mal puestas, y a una señal del padre Saúl los dos entramos hasta donde encontramos una puerta, que por suerte para nosotros estaba abierta. Al entrar, descubrimos unos ductos de aire, que dedujimos corrían por todo el edificio, así que decidimos que esta podría ser la mejor forma de buscarlos a través del edificio sin ser vistos. El lugar era estrecho, con trabajos nos pudimos escurrir por ahí, hasta que cruzamos por una habitación donde escuchamos a dos demonios que hablaban del señor Vargas.

- El castigo que le tiene preparado Alberto a ese traidor será terrible.

- ¿Siempre a donde lo encerraron?

- Me ordenó Alberto que lo encerrara junto a la celda del que vamos a sacrificar esta noche.

El tiempo transcurrió demasiado rápido desde las doce del mediodía hasta este momento, ya casi era la hora del ritual y las cosas estaban poniéndose cada vez más terribles.

- Tenemos que hacer algo pronto, no quiero ni pensar que Alberto pueda ser capaz de matar a su propio abuelo sin ningún remordimiento.

- Asi es, doctor, tenemos que darnos prisa, ya no falta mucho para la hora en que hacen sus misas satánicas.

- Mire padre, parece que este ducto nos lleva al salón donde hacen sus rituales, deseo con todas mis fuerzas que mi tía no esté en ese lugar o en ningún otro lado del edificio siendo parte ya de esa organización, porque no me lo perdonaría nunca.

- Usted no tiene la culpa, doctor, el poder de Alberto es muy grande para que alguien pueda luchar sin armas. Es mejor no adelantar ningún juicio hasta saber si está aquí su tía.

Como pudimos llegamos hasta el salón, desde las rendijas de los ductos, el padre y yo observamos el interior. Había muy poca luz, en el centro, la figura de su Dios se veía siniestra… como si tuviera vida. Teníamos que hacer algo antes de que comenzara a llegar la gente o los demonios que asisten el ritual. Sin hacer ruido, quitamos la rejilla y con cuidado nos bajamos revisando que nadie se diera cuenta, colocamos otra vez la rejilla en su lugar, y atravesamos el salón. Después, entramos por la puerta en la que entra Alberto, pensando que en algún lugar de ahí podría estar el señor Vargas encerrado. Al cruzar la puerta descubrimos varias más, le pedimos a Dios que en alguna de ellas estuviera. Intentamos abrirlas todas.

- Debemos estar prevenidos, doctor, antes de ver qué hay del otro lado de las puertas, descúbrase el pecho para que se vean los crucifijos, que yo haré lo mismo.

La primera puerta estaba abierta, la fuimos abriendo poco a poco, esperando encontrar en el interior algún demonio que custodiara al señor Vargas, pero estaba vacía. Intentamos abrir las dos puertas siguientes pero estaban cerradas, por un momento se nos ocurrió acercarnos y preguntar si estaba él ahí, pero justo en ese momento escuchamos unas voces que se acercaban a donde nosotros estábamos.

- Parece que alguien viene, padre.

- ¡Pronto, doctor!, hay que escondernos en la habitación que está vacía, ya veremos qué hacer después.

El tiempo fue pasando sin que nosotros pudiéramos salir de ese lugar, al parecer se estaban preparando para el ritual y no dejaban de pasar por el pasillo, temiendo que en cualquier momento entraran y nos descubrieran.

Eran las once treinta de la noche, el ritual satánico estaba por comenzar, el tiempo se nos había escapado sin encontrar al señor Vargas o saber de mi tía. El padre Saúl le llamó al maestro Hassín para mantenerlo informado, y que no estuviera preocupado por nosotros.

- Hassín, escúcheme con atención, no le puedo hablar más fuete, estamos bien, todavía no hemos encontrado a don Alberto ni a la tía del doctor. En este momento está iniciando la misa negra, el doctor y yo estamos escondidos en una habitación pegada al salón, si sucede algo le vuelvo a llamar.

- Bien padre, yo sigo aquí al pendiente.

En esos momentos, deseaba con todas mis fuerzas que mi tía no se apareciera junto con toda esa gente que le iba a rendir culto a Alberto y a su Dios. Comenzaron a llegar todos los invitados, se escuchaban las voces de los demonios que les pedían que se sentaran en la alfombra, también les decían que se pusieran las capuchas que ellos les habían dado, y que estuvieran atentos a lo que les dijeran. Parecía que todos estaban de acuerdo, no lo podía creer, se habían convertido en sirvientes fieles de Alberto. En ese momento hubiera querido sacudirlos a todos y hacerlos reaccionar, claro, era una locura querer intentar hacer algo, y menos aquí encerrado sin poder ver lo que estaban haciendo. Al voltear la vista hacia donde estaba la ventana, que por la parte de afuera estaba completamente pintada de negro, descubrí una rendija entre la pared y la ventana, por donde el padre y yo, pudimos observar el macabro espectáculo. Había gente de todas las edades, comenzaron a escucharse las primeras alabanzas a su dios, el sonido de sus voces era tétrico, no cabía duda... estaban poseídos por una fuerza extraña y maligna.

Alberto estaba sentado junto con sus padres, mientras que el demonio que dirigía la misa, les pedía a todos los iniciados que guardaran silencio, que Alberto les iba a hablar. Todos, incluyéndolo a él, estaban vestidos de negro y con sus capuchas puestas, se levantó y se dirigió al centro del salón.

- ¡Bienvenidos a esta su iniciación! Como les dije el jueves pasado, no he sido yo quien los curó a todos ustedes... al que debemos agradecer y honrar para siempre, es al Dios verdadero... y esta es la imagen que lo representa – dijo mientras señalaba aquella monstruosa figura - él no quiere solo alabanzas, nuestro señor nos pide mucho más que solo obediencia y respeto, él quiere la vida misma si es necesario. Ustedes ya son parte de él, y una forma de servirle es ofrecerle sangre tibia y el corazón palpitante de un ser humano, esto lo hará cada vez más fuerte, debe ser siempre sangre nueva y fresca en todos nuestros rituales, para que él nos siga dando sus bendiciones y su protección.

En el salón estaban como locos, en lugar de hacerlos reaccionar, las palabras de Alberto eran todo lo contrario, estaban completamente poseídos; la energía que emanaba ese ser era muy fuerte. Si en ese momento hubiera escogido a alguno de ellos para el sacrificio estoy seguro que morirían sin dudarlo. La gente se movía para un lado y para el otro, dejando ver con esos movimientos parte de sus rostros. Mis ojos buscaron afanosamente a mi tía, deseaba con todas mis fuerzas que no estuviera ahí, pero desgraciadamente ahí estaba, creí que me desvanecía. No podía ser cierto, mi tía no podía estar aquí, por más que intentaba cerrar y abrir bien los ojos, ella seguía ahí. Estaba como toda la gente, con su capucha negra, moviéndose y alabando a ese ser espantoso que tenían frente de ellos, yo casi gritaba de terror, no podía creerlo.

- Padre Saúl, mi tía está con todos ellos, ¿qué vamos a hacer?, ¡dígame padre!

- Trata de tranquilizarte, hijo. Desgraciadamente ese ser ha logrado perturbar la mente de tu tía, en este momento no podemos hacer nada, sería muy peligroso intentar algo con todos estos demonios aquí en su guarida. Lo que tenemos que hacer es después de que salgan alcanzar a tu tía en su casa y llevárnosla prácticamente a la fuerza para sacarle de su alma ese mal que Alberto puso en ella y que la está haciendo actuar de esa manera, hijo.

- Esto no debería de haber pasado padre, ¡yo tengo la culpa…! por haberla traído aquí.

- Tú no tienes culpa de nada, nunca pensamos que esto iba a pasar, si no jamás lo hubiéramos aceptado, lo importante es que todavía podemos hacer algo por tu tía. ¿Te das cuenta ahora por qué debemos detenerlo?, él es un ser con un poder como nunca había visto, y no solo por tu tía, sino también por toda la gente que ha convertido en sus sirvientes sin voluntad, y que pretende guiarlos hacia su amo y señor, el Anticristo.

- Pero padre, ¿por qué se permitió que él llegara hasta dónde está?, ¿cómo es que no se hizo antes algo?, ¿por qué padre?

- Tú ahora conoces por todo lo que hemos pasado, hijo, permíteme que te siga hablando del modo que lo estoy haciendo, es que con todo lo que estamos viviendo no puedo verte sino como la oveja que se acerca a su pastor para buscar ayuda y consuelo.

- No se preocupe, padre, me hace sentir mejor y con más confianza.

- Bien, desde que supe que este ser se iba a manifestar aquí, me di a la tarea de buscarlo, pero me fui encontrando desde el principio con miles de obstáculos, el mal tiene muchas caras y la mayoría de las veces es fácil que nos logre engañar. Recuerda que de él hay una profecía que dice "surgirá de las profundidades otra bestia que recibirá también el poder del Diablo o del seductor del mundo, y que adorará a la primera Bestia y estará a su servicio, ella ha logrado que los habitantes de la tierra lo adoren, además hace prodigios maravillosos, como curar enfermos, hasta ordenar que baje fuego del cielo a la tierra, también mandará hacer una estatua de la bestia, y el que no la adore lo mandará matar, todo el que le sirva le pondrá una marca en la mano derecha, o en la frente. Ya nadie podrá comprar o vender si no está marcado con el nombre de la bestia, o con la cifra de su nombre". Apocalipsis o libro de las revelaciones.

En ese momento Alberto alzó el tono de su voz, y les pidió a todos su atención.

- ¡Esta noche es muy especial para mí y para todos!, ya que ha llegado el momento de recibir el máximo poder que me será dado por mi señor, el verdadero Dios… el Dios de todo el mundo, así que para celebrarlo en nuestro ritual, haremos un sacrificio muy especial que servirá también de lección para quien nos quiera hacer algún daño. Esta vez yo mismo realizaré el sacrificio, para que mi señor me conceda ese poder. Tráiganlo de una vez, que mi Dios espera ansioso su corazón y su sangre.

El padre Saúl y yo volteamos a vernos sin poder expresar palabra alguna, pero en nuestra mente, ambos nos preguntábamos, ¿será capaz de matar a su propio abuelo? Por unos instantes, la angustia y la desesperación se apoderaron de nosotros, pero de pronto, dos demonios entraron al salón custodiando al que iban a sacrificar.

- ¡Por Dios!, ¡es el señor Vargas, padre! ¡Tenemos que hacer algo antes de que sea demasiado tarde!

- Espera, hijo, antes le voy a avisar a Hassín para que venga en nuestra ayuda.

- De acuerdo padre, ¡pero rápido por favor!

- ¿Hassín?, las cosas se han complicado, ¡Alberto pretende sacrificar a su abuelo!, necesitamos que entres a ayudarnos.

- ¿Qué? No puede ser, no se preocupe, enseguida estoy con ustedes.

Alberto se dirigió a todos para decirles quién era el sacrificado.

- ¡Este hombre me ha traicionado!, ¡y también a mi señor al romper el pacto que había hecho! Quería encontrar la forma de querer destruirnos sin tomar en cuenta que entre nosotros nos unían lazos de sangre muy importantes, pero a él no le importó. Desde el momento que me enteré de su traición, esos lazos de sangre para mí ya no existen y tampoco me importan. Acérquenlo a mí, quiero verlo a los ojos. – Alberto estaba frente al señor Vargas - qué iluso fuiste al pensar que podías hacer algo contra mí sin que me diera cuenta, y qué tonto… porque conmigo pudiste haber tenido todo con solo pedirlo. Has elegido mal y tendrás tu castigo.

El rostro del señor Vargas se veía cansado, pero el tono de su voz se escuchaba apacible, yo diría lleno de paz.

- Ya no me importa lo que hagas conmigo, aquel niño dulce y cariñoso que era mi nieto y que amé tanto, murió cuando tenía seis años, de él guardo en mi mente y mi corazón los más bellos recuerdos. Tú solo eres la maldad encarnada, una bestia repugnante sedienta de sangre, pero cuando llegue el momento Dios enviará a su hijo para hacer justicia en la tierra lleno de todo su esplendor y gloria, entonces… no encontrarás lugar en donde esconderte.

- ¿Por qué no le dices a tu Dios que lo envié de una vez y te salve?

- Te repito, yo ya estoy listo para rendirle cuentas, espero que cuando llegue tu hora lo estés tú también

- ¡Al que tengo que rendirle es al verdadero Dios!, ¡al que ustedes llaman El Monstruo del Abismo!, ¡al que fue el ángel más poderoso y que injustamente fue arrojado de los Cielos al pozo negro! Me ha elegido a mí, dándome un poder que jamás nadie imaginó tener, para prepararle el camino a su hijo, mi gran señor, del que muy pronto todos sabrán. Ahora… si ya estás listo para morir, ¿qué estamos esperando? Acérquenlo a la mesa de los sacrificios y sujétenlo bien, no vaya a querer escaparse.

El señor Vargas volteó a ver a su hija mientras se dejaba agarrar por aquellos seres.

- ¿Tú no piensas hacer nada por evitarlo? Soy tu padre, o… alguna vez fui tu padre.

- No haré nada por evitarlo, ya que si esa es la voluntad de mi único Dios, que Alberto haga lo que tenga que hacer – dijo fríamente.

El señor Vargas ya no dijo nada, pero aún con la tranquilidad que reflejaba su rostro, no pudo evitar dejar salir esa tristeza de saber que había perdido a sus dos seres más queridos.

Ya era suficiente todo lo que habíamos escuchado sin hacer algo para evitar esa horrible muerte, así que salimos de la habitación en donde estábamos dejando ver los crucifijos que traíamos colgados en el pecho, en las manos una botella con agua bendita, y un cuchillo para degollar a esos demonios. El padre Saúl le gritó a ese ser para que detuviera el sacrificio.

- ¡Detente, engendro del mal! ¡Deja a ese hombre que alguna vez fue tu abuelo!

Alberto volteo rápidamente lleno de cólera.

- ¡Nuevamente tú, curita de barreada! ¡Todavía no has escarmentado! ¡Este hombre al haberme traicionado dejó de ser alguien para mí! Así que, después de que lo mate... sigues tú y quien te acompaña, seguramente es alguien que cree en tus tonterías – expresó mientras me observaba - pero a ti te conozco, tú trajiste a tu tía para que la curara ¿verdad? y mírala, se encuentra aquí conmigo y está dispuesta a ser la más fiel de mis súbditas.

- ¡Estás loco, repugnante ser del infierno! ¡Tú le hiciste algo! ¡Pero la voy a sacar de aquí ahora mismo, así tenga que llevármela a la fuerza!

- ¿Y crees que ella quiere ir contigo? Ja, Ja, Ja. Acércate conmigo, hija.

- ¿Qué quieres que haga, maestro?

- Este hombre pretende llevarte con él a la fuerza y hacerme daño.

- Eso nunca mi señor. Dime, ¿qué quieres que haga?

- ¡Que lo mates ahora mismo!

- Mi voluntad es tuya.

Y sin darme tiempo de nada se me abalanzó como una fiera salvaje, yo solo trataba de defenderme sin golpearla, aunque en ese momento estaba gobernada por ese ser malévolo, de todos modos la que tenía enfrente era a mi tía, gracias al padre, que con fuerza la tomó de los brazos y la arrojó al suelo me pude librar de ella. De inmediato Alberto les ordenó a sus demonios que nos atacaran.

- ¡Pronto!, ¡desháganse de ellos! Mientras... continuaré con el sacrificio.

El padre y yo nos pusimos a la defensiva mostrándoles los crucifijos para que no se nos acercaran demasiado, pero desgraciadamente nos ganaban en número, y por más que hacíamos por cubrirnos y arrojarles el agua bendita, uno de ellos alcanzó al padre Saúl, arrojándolo varios metros por el aire, lastimándolo en el hombro con sus largas uñas y quemándolo nuevamente, mientras yo hacía lo imposible para que no me alcanzaran arrojándoles chisguetes de agua bendita. Era la primera vez que me enfrentaba cara a cara con esos seres infernales, vi como poco a poco se iban transformando, sus rostros comenzaron a deformarse de una manera espantosa, era como una especie de mutación de hombre a bestia, todo su cráneo se fue quedando sin pelo para dejar ver dos pequeñas protuberancias cerca de la frente en forma de cuernos, el color de su piel se puso de un tono verde obscuro, sus orejas les crecieron como murciélagos, las manos se les fueron alargando con unas uñas en forma de garras de color negro, sus ojos amarillos resaltaban aún más por la poca luz que había en el lugar. Como pude corrí para auxiliar al padre Saúl.

- ¿Se encuentra bien, padre?

Pero al tratar de incorporarse, no pudo apoyar el pie derecho.

- Al parecer me he lastimado el pie, pero no importa, tenemos que seguir adelante.

Gracias a Dios, en ese momento apareció el maestro Hassín, que ya en la entrada se había deshecho de un demonio que le quiso impedir el paso. De inmediato tomó por sorpresa a uno de esos seres y le pasó el filo de su cuchillo por el cuello, desintegrándose en segundos. La lucha comenzaba a ser más pareja, pero al darse cuenta que sus demonios no podían con nosotros, Alberto le habló al maestro, para tratar de desconcentrarnos.

- ¡Así que estás vivo, psíquico de quinta! Seguro te escondiste como rata asustada, pensé que habías muerto... o es que tal vez,

¿los remordimientos por dejar a tu madrina sola y enferma cuando más te necesitaba hicieron de ti un despojo humano? Pero bueno, qué mejor que están todos reunidos para que vean el sacrificio de su amigo.

Y sin que pudiéramos evitarlo, clavó el cuchillo en el pecho al señor Vargas quitándole la vida en un instante. Por más que quisimos detenerlo y a pesar del agua bendita y los crucifijos, los demonios se nos pusieron enfrente impidiéndonos el paso. Al hacer eso, dos de ellos quedaron desprotegidos, siendo presa fácil del padre y de mí que sin ninguna piedad les rebanamos el cuello. Desgraciadamente nuestro amigo ya había muerto, los dos demonios que lo estaban sujetando lo soltaron para enfrentarse con nosotros, mientras Alberto le sacaba el corazón y burlonamente nos lo mostraba.

- ¡El sacrificio se ha cumplido y ustedes no pudieron hacer nada para impedirlo! - después les dijo a los demonios que quedaban - terminen de una vez con ellos para acabar con el ritual, que éste en especial, me dará más fuerza y más poder para continuar con lo que está escrito.

De inmediato, se llenó de una energía obscura que lo cubrió completamente y se la transmitió a todos sus demonios, quienes al recibirla, comenzaron a lanzar una especie de bolas de fuego que giraban y salían como proyectiles mortales.

En ese momento noté que a todos sus súbditos, incluyendo a mi tía se les comenzó a formar una marca en la mano derecha y algunos otros en la frente. Eran tres extrañas líneas. Nosotros sabíamos que ya no había nada que hacer, nos lamentábamos profundamente el no haber podido hacer algo por salvar al señor Vargas de esa bestia. El olor a muerte ya se respiraba en aquel tétrico recinto.

Gracias a un movimiento rápido, el maestro Hassín pudo esquivar una de esas bolas de fuego que iban directamente hacia él, al mismo tiempo que me empujaba para que yo tampoco recibiera el impacto. Solo alcanzó a quemarme un poco el brazo derecho. Una vez que nos levantamos, corrimos hacia la salida jalando al padre Saúl. En ese momento ya no había nada que hacer. Sabíamos que el poder de Alberto había crecido, ahora ya no iba a ser suficiente el cubrirnos con crucifijos y agua bendita, así que antes de salir fuimos tirando todo para obstaculizarles el paso. Yo tomé un candelabro y lo arrojé a una de las cortinas. Se prendió de inmediato y eso nos dio tiempo para salir de ese lugar.

Como pudimos, llevamos casi cargando al padre Saúl, que por increíble que parezca, durante la lucha no se quejó para nada de su pie. Después, se acomodó en la parte trasera de mi auto para que fuera más cómodo, el maestro Hassín tomó el volante y partimos a toda velocidad. Yo me sentía muy mal, estaba viviendo la peor de las pesadillas y esto apenas era el principio.

- ¿Qué es lo que vamos a hacer padre?

- Por lo pronto, salir lo más rápido posible de este lugar, después ir por las pruebas a donde las tienen escondidas y buscar un lugar seguro donde pasar el resto de la noche hasta el momento del Congreso, hijo, ¿o tú como ves, Hassín?

- Creo que es lo mejor, padre, solo doy unas vueltas de más para estar seguros que no nos están siguiendo y después nos dirigiremos hacia allá.

- ¿Creen que el fuego les pudo hacer algún daño padre?

- No lo creo, hijo. Esas bestias necesitan más que eso para destruirse, pero al menos sirvió para darnos tiempo y poder salir de ahí.

Después de un rato de estar seguros de que nadie nos seguía, tomamos camino a la casa del maestro. Una cuadra antes como lo hizo la vez anterior, se quitó el turbante y estacionamos el auto, le pedimos al padre Saúl que nos esperara ahí y que estuviera muy alerta por cualquier cosa, mientras tanto nosotros llegaríamos caminando a la casa. Llegamos y lo primero que nos extrañó fue no ver al matrimonio de ancianos, que la vez anterior nos recibió desde la entrada.

- Disculpe maestro, ¿y las personas que cuidan su casa?

- No sé doctor, es la primera vez que no están, se me hace raro, espero que estén bien, y que hayan salido por alguna urgencia. Mejor vamos a darnos prisa para salir lo más pronto posible. Con estas bestias no se sabe.

- Tiene razón, maestro, es mejor darnos prisa, además el padre está solo en el carro.

Caminamos hacia la habitación atravesando el pasillo, pero cuando llegamos vimos que la puerta estaba abierta y la cerradura forzada, enseguida corrimos al interior de la habitación para ver qué había pasado. Todo estaba "patas arriba", de inmediato volteamos al lugar secreto donde estaban todas las pruebas, pero gracias a Dios, al parecer no lo habían descubierto. Esto era muy grave, si habían llegado hasta aquí, entonces podían estarnos vigilando o estar en cualquier lado.

- Doctor, antes de que abra hay que estar preparados, puede ser una trampa.

Los dos buscamos por toda la casa sin encontrar señales de esos demonios.

- Quizá al no encontrar nada se marcharon llevándose con ellos a los dos ancianos para que no los delataran.

- Puede ser doctor, pero de todos modos en lo que saco las pruebas y otras cosas que podemos necesitar, incluyendo todos mis ahorros, esté atento.

- Bien, maestro. ¿Entonces, se llevará todo su dinero?

- Sí, no sabemos qué pueda pasar. Es mejor llevármelo de una vez.

Cuando casi salíamos de la casa, aparecieron de la nada dos demonios tomándonos por sorpresa, uno de ellos agarró al maestro Hassín como un hilacho y lo aventó por el aire, de inmediato yo les mostré el crucifijo y les comencé a arrojar agua bendita por todos partes, mientras, daba oportunidad a que el maestro se incorporara.

- ¿Se encuentra bien, maestro?

- Estoy bien, no alcanzó a hacerme mucho daño, lo importante es que no se lleven las pruebas.

Por unos minutos, aquellos seres no cedían a nuestros ataques, parecía que habían ganado mayor resistencia, he incluso a diferencia de los otros, estos dos demonios daban grandes saltos como intentos de volar que lográbamos contener con el agua bendita, cayendo al suelo, retorciéndose del dolor. El maestro les comenzó a rociar grandes cantidades solo en el rostro, y en especial en los ojos, yo hice lo mismo y gracias a eso logramos dejarlos ciegos y quemados casi por completo. Aprovechamos para cortarles el cuello y enviarlos de regreso al infierno.

Salimos prácticamente corriendo con el temor que también hubieran atacado al padre Saúl, pero gracias a Dios, él estaba bien. Nos subimos al auto con las pruebas y el dinero En el camino le platicamos todo lo sucedido al padre.

- Señores como pueden ver, ningún lugar es seguro ahora, estos seres están por todas partes y tenemos que estar muy alerta. Ahora hay que buscar un lugar para descansar y asearnos un poco... las quemaduras del hombro y el pie me están comenzando a doler.

- Tiene razón padre, pero lo primero es buscar un médico o un lugar de urgencias para que lo atiendan y después buscar en donde descansar para decidir qué vamos a hacer mañana.

- ¿Qué está tratando de decir, maestro?

- Solo pienso que ya no es buena idea que usted se presente mañana en la conferencia, estando las cosas como están, es demasiado peligroso.

- Lo sé maestro, pero creo que le debo esto al señor Vargas y en este momento ya no me importa nada, debemos detenerlo a cualquier precio, no solo por él, o por mi tía, sino por todos los que terminarán creyendo en él. Por eso sigo pensando que el Congreso es la mejor idea para desenmascarar a Alberto y a todos sus demonios. Y no creo que frente a todos se atrevan a hacerme algún daño.

- Bien doctor, solo le pido que me permita estar en su Congreso por cualquier cosa que pueda suceder, mientras... dejaremos al padre Saúl en un lugar seguro para que se recupere.

- Por lo que veo, ya tienen todo planeado ¿verdad?, pero yo no los pienso dejar solos y menos en estos momentos que estamos a punto de llegar al final. Además, estoy seguro de que con un poco de descanso estaré mejor

Por suerte, encontramos un médico que trabajaba toda la noche. El doctor se quedó un poco extrañado por el estado en que iba el padre Saúl y también nosotros, pero el padre le explicó que unos drogadictos lo atacaron cuando salía de darle la confesión a un enfermo, y que ahí lo encontramos nosotros, defendiéndolo de esos tipos. Después de revisarlo y curar las quemaduras del hombro, el diagnóstico del pie fue que el hueso calcáneo estaba astillado, así que el doctor le puso una férula, le dio calmantes para el dolor y para la hinchazón y le dijo que tendría que caminar apoyado en una muleta. También curó nuestras lesiones. Después, le pidió la dirección de su iglesia para que lo fuera a ver, pero el padre le dijo que no era necesario. A pesar de lo tarde que era, decidí llamarle a Beatriz y contarle todo lo que nos había pasado.

- ¿Bueno? ¿Betty? Soy Javier.

- Gracias a Dios que estás bien, no sabes cómo me tenías preocupada. Dime, ¿qué pasó con tu tía?, ¿con el señor Vargas?, ¿ustedes están bien?

Le platiqué todo, tratando de no omitir nada, como esperaba, me pidió que si iba a seguir con el plan, me cuidara de esos seres.

- Betty, estoy seguro de que mi tía al pertenecerle en este momento a esa Bestia, le dijo que tú eres mi amiga, así que desgraciadamente te he puesto también en un grave peligro. Te pido que tengas mucho cuidado, que como te lo pedí antes, no te involucres demasiado si algo me llega a pasar, no preguntes por mí, y si es posible aléjate por un tiempo de la ciudad.

- No, de ninguna manera me voy a separar de ti. Ahora menos que nunca que corres tanto peligro y aunque tú no quieras voy a estar ahí en el Congreso contigo.

- No, no puedes estar ahí. Entiende que no quiero que te pase nada. Por favor, te suplico que no vayas, porque si algo te pasara jamás me lo perdonaría

- En este momento no te puedo prometer nada.

- No, por favor no seas necia, aléjate y haz lo que te dije. Te prometo que yo me cuidaré y en cuanto pueda tendrás noticias mías – así dio fin a la conversación telefónica.

Después, buscamos un hotel donde terminar de pasar la noche y descansar aunque fuera por unas horas. Una de las cosas que el maestro sacó del escondite, además de las pruebas, fue una suma importante de dinero para todos estos imprevistos, así que pagó una buena habitación para que estuviéramos cómodos. De inmediato, nos dimos un baño para quitarnos todo el cansancio del día, el padre se bañó como pudo, ayudado un poco por nosotros. Lo dejamos recostado y después nos trajeron algo de cenar, de hecho, por la hora ya casi no alcanzábamos nada. Mientras cenábamos les pasé el número telefónico de Beatriz para que pudieran contactarse con ella si es que algo salía mal. Eran cerca de las dos de la madrugada, teníamos el televisor encendido, pero nuestros pensamientos estaban en otro lado, poco a poco, el cansancio logró vencernos y nos quedamos dormidos hasta que la luz del día y los primeros ruidos de la mañana nos despertaron.

CAPÍTULO 9
El congreso

DÍA DIEZ

Iban a dar las siete de la mañana y el Congreso daba inicio a las once, así que nos levantamos y mientras tanto el maestro pedía algo de desayunar, yo estaba viendo la televisión. Las ropas de los tres estaban manchadas de una especie de líquido que les salió a esos seres en lugar de sangre cuando los degollamos, tenían un color verdoso y un olor no muy agradable, estaba rasgado de algunas partes, pero ya no nos daba tiempo de buscar ropa limpia, además, era una prueba más si me veían así. La quemadura del hombro y el pie del padre Saúl estaban mucho mejor, de todos modos al salir del hotel no le permitimos que lo apoyara en el piso y lo llevamos hasta el auto el maestro y yo, que en el momento que el padre puso su brazo en el hombro del maestro nos percatamos que la quemadura que le había hecho el demonio sí era para preocuparse. Él trató de hacerse el fuerte y siguió caminando. Prácticamente desde que nos despertamos, le estuvimos insistiendo al padre que nos esperara en el hotel y que cuando todo acabara regresaríamos por él, pero se empeñó en acompañarnos con el pretexto que aun con el pie lastimado podría ayudarnos y no hubo poder humano que lo convenciera de quedarse.

Ya no había marcha atrás, lo que comenzó para mí como una broma de mal gusto aquella noche de la llamada telefónica, estaba

268

llegando a su momento decisivo. En menos de una hora le diría a todo el mundo que un ser diabólico y perverso con disfraz de Santo, era el que las profecías habían anunciado desde hacía mucho tiempo para prepararle el camino al hijo del Diablo, llamado por el Libro de Las Revelaciones, el "Falso Profeta". Deseaba con todas mis fuerzas que todo saliera bien, que con las pruebas que iba a presentar todos me creyeran, confiaba en mi reputación, sabían que yo no diría algo así si no fuera cierto, para la mayoría era un escéptico de hueso colorado, incluyendo a la prensa y demás medios de difusión, así que esperaba que todo esto me ayudara a convencerlos.

Me sentí comprometido con el señor Vargas para enfrentar esto último yo solo, así que les pedí que me esperaran cerca de la entrada del Centro de Convenciones.

- Maestro Hassín, pienso que es mejor que se queden en el auto el padre y usted, estoy seguro de que enfrente de todos no se atreverán a hacerme algún daño.

- Pero, ¿si no es así doctor? ¿Y si esos seres, al ver que los está delatando, intentan lastimarlo?

- Si eso sucediera, sería una prueba más de que estoy diciendo la verdad, confíen en mí, que sabré cuidarme.

- Bien, de todos modos estaremos muy alerta por cualquier cosa que pueda suceder hijo, y… que Dios te ayude.

- Gracias padre, ya verán que todo saldrá bien.

Después, tomé mi portafolio café, donde tenía guardadas las pruebas, saqué mi pase de entrada y el gafete que días antes me habían mandado al Instituto. A pesar de que iba limpio, por el estado de mis ropas, los de vigilancia dudaron en darme el acceso, pero después de varias llamadas que les pedí que hicieran ya no hubo ningún problema.

El Centro de Convenciones contaba con varios salones perfectamente equipados y con un grupo de coordinadores expertos que asisten en todo momento a la reunión, en este momento nuestro evento era el más importante, ya que asistirían al Congreso gente de todas partes del mundo, por esta razón todos los medios de difusión, se les había invitado tanto nacionales como extranjeros, y se habían dado cita desde muy temprana hora para que estuviera todo listo y no hubiera ninguna falla técnica.

Llegué unos minutos antes de que diera inicio, varios de mis colegas me saludaban extrañados al ver cómo iba vestido. Después de que mi jefe, el doctor Gonzalo, dijera unas palabras de bienvenida a toda la concurrencia y diera por inaugurado el evento, el primer expositor era yo. Cuando me vio casi le da un infarto.

- Pero Javier, ¿de qué vienes disfrazado?, ¿qué te ha ocurrido? No pretenderás salir y hablarle a toda esa gente en estas fachas, ¿verdad?

- No doctor, ¿cómo cree? En unos minutos más me comienzo a cambiar, no tardaré ni cinco minutos – mentí.

- Está bien, Javier, quiero pensar que tu trabajo está listo, ¿verdad?

- Como siempre doctor… sin problema.

El doctor Gonzalo revisó que todo estuviera listo, auxiliándose con los coordinadores del evento, después subió al estrado para recordarnos a todos que la pasáramos bien en el Congreso, y que en un descanso podrían comer algún bocadillo de los que se habían preparado. Duró quince minutos hablando, ojalá hubiera sido una eternidad, aunque traté de aparentar ante el padre Saúl y el Maestro Hassín que estaba tranquilo, por dentro me sentía muy nervioso, pero… por fin el momento había llegado. Cuando el presentador me anunció, el doctor Gonzalo volteó para desearme suerte, cuando me vio, me tomó del hombro impidiéndome subir al estrado, recriminándome el no haberme cambiado. En ese momento, no había tiempo de explicarle el motivo.

\- Doctor Gonzalo, creo me conoce muy bien, por favor le pido que confié en mí – le dije seriamente.

El doctor, al escucharme hablar de esa manera, y ver la expresión en mi rostro, me soltó, permitiéndome subir al estrado. De inmediato las luces de los reflectores me bañaron por completo.

\- Buenos días, la mayoría de ustedes ya me conoce, pero para los que no tengo el gusto, permítanme presentarme: soy Javier Beltrán, doctor en psicología y parapsicología, trabajo en el Instituto de Parapsicología e Investigación de Fenómenos Paranormales desde hace más de siete años. Les extrañará a todos la forma en que vengo vestido, pero créanme, hay una razón para ello.

Seguí hablando sobre los adelantos que en esta materia se siguen dando, buscando la oportunidad de llevarlos a donde quería llegar.

En todos estos años que tengo investigando el fenómeno paranormal, siempre mis diagnósticos han tenido que ver con algún trastorno de la mente y no con alguna otra causa, como brujería, posesión demoníaca, fantasmas, etcétera. No sé por qué, pero en todo este tiempo el destino no me había dejado ver la otra cara de la moneda, en la cual existe el bien y el mal, esa lucha constante entre esas dos fuerzas. Por esa razón, poco a poco me convertí en un escéptico en la mayoría de estas cosas, buscando siempre alguna razón lógica para esta clase de fenómenos. Créanme que así había sido hasta este momento… pero después de lo que me ha ocurrido en estos últimos días, mi forma de pensar ha cambiado totalmente. Les pido disculpas a todos ustedes por haber sido un gran necio y no creer que también existen cosas inexplicables fuera de toda lógica y razón, cosas que hasta nuestros días, la ciencia no ha podido explicar. Lo que les voy a presentar en un momento, llegó a mis manos de una manera muy especial y misteriosa, ahí me decían que eran las pruebas de una posesión de un demonio, y que esto había sucedido doce años atrás, que este hecho tenía que ver con algo que cambiaría el futuro de la humanidad si no hacíamos algo para impedirlo.

El doctor Gonzalo no podía creer lo que el doctor Beltrán estaba diciendo, esto no tenía nada que ver con lo que se había preparado, pero en ese momento no podía hacer nada, así que no le quedó más remedio que dejarlo continuar.

Hace exactamente diez días alguien llamó por teléfono a mi casa, diciéndome que en mi buzón me habían dejado unos sobres amarillos con las pruebas de lo que les acabo de decir, y que esto le había ocurrido a un niño de seis años, doce años atrás, pero lo más grave era que este demonio nunca salió del cuerpo de ese niño y poco a poco lo fue convenciendo para que fuera él, quien le preparara el camino al Anticristo, y a cambio de esto, aquel demonio le daría un poder inmenso que jamás ha existido. Todo lo que les estoy diciendo lo tengo por escrito como un testimonio de todos los que estuvieron involucrados en este caso, además de varios videos en los que se pueden ver sus cambios no solo en actitud, sino también en apariencia física. Todo esto y muchas cosas que yo mismo he vivido, son las pruebas de que esto es verdad, y de que antes de decidir mostrarlo a todos ustedes, me di a la tarea de hacer una ardua investigación para estar seguro de que no era algún fraude como en la mayoría de estos casos sucede. Desde el momento que decidí ayudar a la persona que me dio los sobres, decidí que todo el mundo debía saber de este ser Demoniaco, lo que es capaz de hacer para que no los siguiera engañando con su aparente bondad. Lo primero que pensé cuando me pidió que lo ayudara, fue que me quería tomar el pelo haciéndome una broma de mal gusto, pero sus palabras sonaban tan sinceras que decidí seguirlo escuchando. Me pidió que antes de tomar una decisión a la ligera, analizara muy bien el caso hasta que no hubiera duda de su autenticidad, Me dio los nombres de todos los involucrados y me dijo que con mucho cuidado comprobara que todo era cierto. Así que, como les dije, me di a la tarea de investigar toda la información sin pasar por alto ningún detalle que me pudiera hacer pensar que podía ser algún fraude. Créanme, y los que me conocen lo saben, me costó mucho, pero mucho trabajo convencerme de que esto desgraciadamente era verdad, es por esa razón que estoy aquí en este foro internacional para presentarles a todos ustedes las pruebas de lo que les estoy diciendo y advertirles que corremos un grave peligro si no lo detenemos.

Todos los ahí presentes se veían algo inquietos, nunca se imaginaron escuchar algo así, y menos de parte del doctor Beltrán. El tema que debía tocar era muy diferente a esto. La prensa y los demás medios de comunicación, tanto nacionales como internacionales, que estaban transmitiendo y traduciendo al pie de la letra las palabras que estaba diciendo el doctor Beltrán, no sabían si seguir o inventar algún desperfecto que momentáneamente los sacara del aire. Todo esto era tan absurdo, pero… tratándose de él, decidieron no cortar la transmisión. Por otro lado, la gente del Instituto y principalmente el doctor Gonzalo, no podían dar crédito a todo lo que estaba pasando en ese momento, pero el doctor Gonzalo recordó lo que el doctor Beltrán le había dicho y lo dejó continuar.

El doctor Beltrán tomó su portafolio y sacó de unos sobres amarillos las pruebas de lo que les estaba diciendo, después, apoyado por la gente del staff, les pidió que pusieran el primer video de lo ocurrido, y conforme todos los veían, les iba explicando la historia, apoyándose de los demás videos, hasta el momento del exorcismo. Después, les explicó cómo ese ser logró burlar a todos, haciéndoles creer que habían logrado mandarlo al infierno y principalmente al padre Saúl que dio por cerrado el caso. Pero que años después y gracias al abuelo de Alberto se enteraron de que la pesadilla aún no terminaba, que esta vez aquel ser era mucho más peligroso, ya que se había disfrazado de santo, cubriendo con su aparente bondad y sus prodigios toda la maldad y perversión que tenía, engañándolos a todos los que se acercaban a él, convirtiéndolos en sus más fieles súbditos sin importarles ya nada, solo servirle a él y a su Dios, el señor de las tinieblas. El doctor Beltrán comenzó a decirles lo que había detrás de este ser y de sus seguidores.

- La persona a la que me he referido todo este tiempo se llama Alberto Allende, y actualmente es el líder de una secta religiosa llamada "Nueva Vida", él se aprovecha del poder que le dio ese demonio de curar a la gente y hacer grandes prodigios, para tenerlos a su merced, convirtiéndolos en soldados fieles que van regando la maldad por todas partes. Para seguir los designios de Alberto, serías capaces de todo, incluso de matar.

Cuando el doctor Beltrán comenzó a hablar de Alberto, la mayoría de las personas que estaban en el Congreso comenzaron a molestarse con él, le decían que cómo podía hablar así de un joven tan bueno, que solo busca hacerle el bien a la gente, sin ningún otro interés. Pero, ¿era posible que ya lo conocieran?, qué extraña fuerza se había impregnado en todo el salón, que estaba gobernando los pensamientos de todos los presentes en el Congreso. El poder de ese demonio se extendía cada vez más sin que nadie pudiera hacer nada por evitarlo. El doctor se dio cuenta de que algo extraño estaba pasando, así que les pidió que creyeran en él.

- Tengo las pruebas de que lo que les he dicho de él es verdad, yo mismo lo viví y se los voy a comprobar, les pido por favor que confíen en mí. Parte de estas pruebas es la manera como vengo vestido, ya que el padre Saúl, el maestro Hassín, y yo, por rescatar a mi tía y al abuelo de Alberto, estuvimos a punto de morir a manos de sus guardianes que en realidad son demonios que han tomado forma humana con poderes increíbles que jamás había visto. Desgraciadamente no pudimos hacer nada por evitar que mi tía se reuniera en ese ritual macabro, convirtiéndose en una de sus seguidoras. Vi cómo Alberto sacrificó al señor Vargas, sin importarle que fuera su abuelo, sacándole el corazón para ofrecérselo a su Dios, el señor de las tinieblas.

Después, para demostrarles a todos las atrocidades que hacen, sacó el último video que el señor Vargas le dio de uno de los rituales satánicos, donde se ven las macabras y espeluznantes escenas de gente de todas edades adorando a una figura demoníaca guiados por Alberto, para después, presenciar el sacrificio de un ser humano.

- ¿Ven, señores? ¿Ven cómo todo lo que les he dicho es verdad? ¡Tenemos que hacer algo para impedir que nos siga engañando con su aparente bondad!, porque si no lo hacemos… la humanidad entera estará perdida.

Cuando levantó la vista para ver a todos los que ahí estaban, no lo podía creer, entre toda esa gente se encontraba su tía, y muchos de los que había visto la noche anterior en la misa negra. También estaban los demonios con los que se habían enfrentado y que desgraciadamente no habían logrado destruir. Al parecer, de alguna manera se habían apoderado de las mentes de todos los ahí reunidos, incluso de todos los medios de difusión, que llenos de cólera le gritaban que todo era una farsa muy bien preparada, y que más valía que se retractara de todo, porque su reputación estaba en grave peligro. El doctor Beltrán sabía que algo malo estaba pasando, y aun a costa de su propia vida estaba decidido a llegar al final.

- ¡Por Dios!, ¿qué no se dan cuenta que los están manejando de alguna manera para que actúen así? ¡Entre ustedes hay gente de Alberto y demonios, que estoy seguro son los responsables de esto!

- ¡Ha perdido el juicio!, ¡ha perdido el juicio! − comenzó a gritar la gente.

El doctor Beltrán se veía muy mal, estaba desesperado, pero no podía darse por vencido, así que continúo hablándoles.

- Por favor señores, todos ustedes me conocen muy bien, y saben que yo no sería capaz de inventar algo como esto, además, ¿con qué propósito lo haría?, no tengo ninguna razón para ello. Les vuelvo a pedir que no se dejen dominar por eso que los está haciendo actuar de esta manera. Las pruebas que les he mostrado son auténticas y en este momento le pido a las autoridades que investiguen todo lo que les he dicho de Alberto y de esta organización, para que no quede duda de lo que les he mostrado y no se ponga en tela de juicio mi palabra.

Parecía que el doctor Beltrán los estaba convenciendo, algunos comenzaban a dudar. Quizá el mal se estaba debilitando, así que esta era la oportunidad de seguir con el relato. Unos instantes antes, el doctor Gonzalo estuvo a punto de subir al estrado y prácticamente ordenarle al doctor que se bajara, terminando con esta situación tan difícil para todos. Pero a pesar de lo que estaba sucediendo, el doctor Gonzalo confiaba plenamente en él, así que lo dejó continuar arriesgando su propio prestigio.

- Cuando decidí ayudar al señor Vargas, que es el abuelo de Alberto en primera instancia, sabía que me estaba metiendo en algo muy peligroso, incluso a riesgo de mi propia vida, y la manera de desenmascararlo era introducirme en esa organización, así que lo que se me ocurrió, fue platicarle a mi tía que había una organización llamada "Nueva Vida" en donde al parecer una persona curaba a la gente. No saben cómo me arrepiento de haberlo hecho…le pedí que me acompañara sin imaginarme hasta donde la iba a llevar este ser en cada sesión, cambiándola por completo y poniéndola en mi contra.

En ese momento, guiada por esa fuerza maligna que la había poseído, la tía del doctor Beltrán, se levantó de su asiento y les pidió a todos que la escucharan.

- Señores, cuando mi sobrino, el doctor Beltrán, me pidió que lo acompañara nunca pensé que iba a conocer a un joven tan maravilloso. Desde el momento que lo conocí, me inspiró mucha confianza y sentí en mi corazón una paz tan grande... jamás había sentido algo así. Con él habíamos gentes de todas las edades, con la única esperanza de ser curados y gracias a ese don que Dios le ha dado y orando, quedé completamente curada de un cáncer terminal en la matriz que tenía contados mis días. No se pueden imaginar lo que es vivir así. Dios, a través de él, me hizo este milagro y lo único que me pide a cambio es que ayude a toda la gente que conozca a tener fe en Dios, invitándola a la organización y enseñándola a orar. Aquí traigo las pruebas de la enfermedad que tenía y también de que estoy completamente curada. Las pueden analizar para que vean que digo la verdad. Por eso no entiendo la actitud de mi querido sobrino, después de la primera sesión me dijo que Alberto no era lo que parecía ser, que en realidad era un ser Demoniaco con un poder inmenso que el mismo diablo le había dado para convencer a la gente de unirse a él, que tuviera mucho cuidado de no caer en su trampa, que después me mostraría a mí y al mundo las pruebas de lo que me estaba diciendo para desenmascararlo. Por supuesto que yo no le creí, y más después de sentir que me estaba curando sin pedirme nada a cambio... solo que tuviera fe. Yo le dije que de dónde había sacado esa idea tan absurda, que pensara bien lo que iba a hacer difamando de esa manera a ese Santo, al mensajero de Dios, al nuevo mecías enviado desde el cielo para traer alivio y consuelo a toda la gente que se acerque a él. Créanme, que desde que me dijo lo que pretendía hacer, le pedí muchas veces que no lo hiciera, que si alguien le había metido esa idea tan absurda se alejara de esas gentes que solo pretendían dañar su prestigio. Pero veo con tristeza, hijo mío, que no me hiciste caso y que sigues empeñado en esta absurda mentira.

- ¡Tía, por favor no mientas! Lucha con eso que te está obligando a actuar de esa manera, sabes muy bien que todo lo que les he dicho es verdad. No te imaginas cómo me he arrepentido de haberte llevado a ese lugar, pero lo que importa ahora es hacerte reaccionar para que les digas a todos que es cierto, que tú también viste a Alberto sacarle el corazón a su propio abuelo, para después ofrecérselo a esa estatua horrenda que tienen del Diablo. ¡Por favor tía tienes que hacerlo!, ¡lucha dentro de ti!, ¡y saca de una vez ese mal que te ha trastornado de esta manera antes de que sea demasiado tarde!

Desgraciadamente su tía ya estaba totalmente poseída por esa maldad que le había transferido Alberto, ya le pertenecía en cuerpo y alma, así que ya no había nada que hacer, ella lo defendería a cualquier precio, aunque para ello tuviera que destruir a su sobrino.

- Por favor, Javier, el que debe reaccionar eres tú, no me hagas pensar que de verdad has perdido el juicio. En ese lugar no se hacen misas negras, tampoco la gente que trabaja con él son demonios, no sé cómo grabaron las imágenes que has mostrado, o qué tecnología usaron para que pareciera tan real, yo no sé de eso, pero sí te puedo asegurar que son falsas, y una prueba contundente, y que no va a dejar duda de lo que les estoy diciendo, es que el abuelo de Alberto está vivo y si es necesario que lo veas, y lo vean todos para que se convenzan de que todo es parte de un engaño en el que te hicieron caer, le pediré a la organización que lo traiga.

- ¡Pero tía, por el amor de Dios!, ¡el señor Vargas está muerto!, ¡yo mismo vi cuando ese ser del infierno al que tú llamas Santo le arrancó el corazón!, ¡sin piedad alguna!, ¡déjalo descansar en paz! Si quieren que les dé una prueba de todo lo que he dicho… en este momento les mostraré algo. Entre nosotros hay gente que le sirve a Alberto y que en realidad son demonios, como ya les había dicho… tengo la forma de mostrárselos.

El doctor Beltrán les pidió a los dos demonios que subieran al estrado para que los pudieran ver todos, estos seres no se negaron, al contrario, subieron mostrándose bastante seguros, después, el doctor le pidió a uno de los periodistas que les tomaran varias fotografías de sus rostros. El periodista titubeo por unos segundos, pensando quizá en no ser parte de todo esto, pero después hizo lo que el doctor le había pedido, se acercó a esos dos seres y les tomó varias fotografías sin que ellos se negaran. El doctor Beltrán les comenzó a explicar cómo se iban a ver cuándo se las mostrara a todos.

- En un momento verán que sus caras aparecen deformadas, dejando ver sus verdaderos rostros horribles... como los demonios que son. Sus ojos son amarillos como los de un animal salvaje, aparecen sin cabello y el tono de su piel es de un color verde obscuro.

Desgraciadamente en ninguna fotografía sus rostros aparecieron deformes, ni sus ojos, ni el color de su piel se veían como el doctor lo había dicho, quizá el poder de Alberto se hacía cada vez más fuerte y de algún modo esos seres los estaban engañando. El doctor Beltrán no lo podía creer, ante todo el mundo estaba quedando como un mentiroso.

- ¡Esto no puede ser posible!, algo está sucediendo, por favor tómenle otras fotografías.

Pero el periodista se negó esta vez y se hizo a un lado, pensando quizá en no meterse en problemas.

El ambiente en el salón cada vez estaba más tenso, de pronto, el doctor corrió hacia donde estaba uno de los demonios.

- ¡Ya verán que tengo razón! - descubriéndose el pecho, les mostró a todos el crucifijo que tenía colgado del cuello, en cuestión de segundos el doctor estaba encima de ese ser y de inmediato trató de ponerle el crucifijo en el rostro, pero aquel demonio, astutamente fingió estar asustado por la actitud del doctor y dando gritos pidió que se lo quitaran de encima. Varios de los presentes corrieron para ayudarlo y quitárselo de encima.

- ¡Suéltenme!, ¡tengo que demostrarles que es un demonio!, ¡suéltenme por favor!

Pero cuando vio el doctor Beltrán, que aun con el crucifijo el demonio no se transformaba, o se retorcía del dolor por el contacto en su piel, accedió a soltarlo.

- No me lo explico, les juro que no sé qué es lo que está pasando, pero les pido que me crean, no tengo ninguna razón para inventar todo lo que les he mostrado y les he dicho. Además, ¡piensen!, no pondría en riesgo ni mi reputación ni mi prestigio de tantos años si no fuera verdad todo esto.

Parecía que el doctor estaba dejando las cosas así, ya que por más esfuerzos que estaba haciendo, no había logrado convencerlos.

Afuera del Centro de Convenciones, el padre Saúl y el maestro Hassín sentían que algo estaba pasando ahí dentro.

- Padre Saúl, estoy seguro de que no le está yendo nada bien al doctor Beltrán… algo me lo dice.

- Yo pienso lo mismo Hassín, me siento muy inquieto, pero quizá debemos esperar un poco y no apresurar las cosas. Le prometimos al doctor que aguardaríamos aquí hasta que él nos llamara.

- Está bien padre, pero si no nos llama en diez minutos pienso entrar a buscarlo y comprobar que esté bien. De todos modos hay que estar preparados por cualquier cosa que pueda pasar.

Desgraciadamente para el doctor, las cosas no se iban a quedar así, las fuerzas del mal querían destruirlo por completo y este era el momento de hacerlo. De entre la gente, se fue abriendo paso una figura, que cuando la vio el doctor Beltrán, sintió que se desvanecía.

- Dios todopoderoso, esto no puede ser. Estoy alucinando.

Con paso firme pero lento, llegó hasta donde estaba el doctor, que bastante alterado se dirigió a él… prácticamente en shock.

- Usted no está aquí conmigo señor Vargas, usted está muerto, yo vi cuando Alberto le sacó el corazón. ¿Qué pretenden al suplantarlo seres inmundos, volverme loco?, pues no se saldrán con la suya. - Y tomando del cuello al impostor, lo comenzó a zarandear fuertemente - ¡Dime quién eres en realidad, engendro del mal!, ¡te lo ordeno en el nombre de Dios!, ¡respóndeme!

El demonio que había suplantado al abuelo de Alberto, siguiendo la farsa, le comenzó a gritar.

- Por favor, doctor Beltrán, suélteme, ¿qué no me ve? Soy el señor Vargas.

Pero el doctor comenzó a golpearlo al tiempo que le gritaba.

- ¡Mientes ser diabólico!, no sé cómo has podido suplantar su cuerpo, pero yo te enviaré de regreso a aquel horno de fuego de dónde has venido.

Nuevamente varios de los presentes corrieron para evitar que el doctor Beltrán cometiera una locura.

- ¡Suéltenme!, ¿qué no se dan cuenta?, ¡él no es el señor Vargas!, ¡es un demonio que lo está suplantando!

Toda la gente en el salón le comenzó a gritar.

- ¡Sáquenlo, ha perdido el juicio!, ¡llévenselo de aquí y continuemos con el Congreso!

Pero en ese momento, y sin que nadie se diera cuenta, una sombra alada parecida a la de un murciélago gigante pero con dos cuernos, pasó por encima cubriéndolos he impregnándolos a todos de su maldad y de su perversión. El doctor Gonzalo subió al estrado y trató de calmar a toda la gente recordándoles que estaban en un Congreso a nivel internacional, y que todos merecíamos respeto, dos hombres de seguridad, sujetaban al doctor Beltrán para que ya no intentara hacerle daño a alguien más. Mientras, los dos demonios y el supuesto señor Vargas buscaban la salida más próxima aparentando cierta indignación por lo que les había pasado. Si tan solo se hubieran quedado unos minutos más, podría haber comprobado el doctor Beltrán que tenía razón, ya que no pudieron evitar convertirse en lo que realmente eran, en demonios horrendos que solo por unos instantes pudieron soportar lo que les había hecho el doctor sin tener ningún cambio, pero inmediatamente después de que se transformaron se desintegraron en segundos, hasta que nada más quedaron unas cuantas cenizas, dibujando solo sus siluetas. La misión que les había encomendado Alberto estaba hecha. Desgraciadamente para el doctor Beltrán, esos demonios habían logrado que todos confirmaran que el doctor estaba completamente loco.

En esos momentos, una ambulancia se estacionaba en la puerta principal, confirmando las sospechas del padre Saúl y del maestro Hassín.

- ¿Ya vio, padre?, está llegando una ambulancia, estoy seguro de que algo le pasa al doctor Beltrán. Va a tener que manejar mientras voy por el doctor.

- Bien Hassín, descúbrase de una vez para que se vea el crucifijo y tenga preparada el agua bendita.

Pero de repente, se escucharon unos gritos bastante fuertes.

- ¡Suéltenme!, ¡a dónde creen que me llevan!, ¡yo no estoy loco!, ¡les digo que me suelten!, ¡no pueden obligarme a ir con ustedes!

Rápidamente, al escuchar que el doctor necesitaba de su ayuda, el maestro Hassín salió del auto para evitar que se llevaran a su amigo, pero en ese justo momento, un ser espantoso le impidió que lo hiciera.

- Padre, por Dios ¿qué es esto?

De inmediato, el maestro Hassín le mostró el crucifijo haciendo que esa bestia se hiciera para atrás. Era realmente horrible, parecía un enorme murciélago, su cabeza era alargada y de su hocico salían dos enormes colmillos, sus ojos eran rojos; su piel era peluda y de un tono oscuro que hacía resaltar más el color de sus ojos. Sus brazos estaban separados de sus alas y lo que parecían ser sus dedos eran horribles garras al igual que las de sus patas. Tenía una larga cola que parecía moverse por sí sola, cual serpiente.

- Rápido Hassín, súbete al auto, es un demonio alado que estoy seguro mandó el mismo Lucifer para terminar de destruirnos.

Como pudo, el padre Saúl maniobró el automóvil, dirigiéndolo hasta la ambulancia donde tenían al doctor Beltrán, pero unos metros antes, la ambulancia se arrancó a toda velocidad, llevando en su interior a su amigo.

- Hay que seguirlos padre, no podemos permitir que se lo lleven.

El padre le aceleró para tratar de darle alcance a la ambulancia, pero ese ser alado era muy fuerte y con sus enormes alas logró alcanzarlos colocándose por encima de ellos. Con sus garras filosas trataba de alcanzar el rostro del padre Saúl, mientras el maestro Hassín le rociaba en donde podía el agua bendita, que al hacer contacto en la piel le hacía serias heridas que lo quemaban, haciéndolo gruñir de dolor. Pero su misión era no dejarlos ir, ni tampoco que tratara de salvar al doctor Beltrán, así que tomó con sus garras el automóvil rompiendo los cristales usando sus fuertes alas elevándolo varios centímetros del suelo y sacándolo del camino.

- Rápido maestro, saque su cuchillo y córtele las garras a ese demonio, que yo trataré de controlar el auto en cuanto lo suelte.

El maestro Hassín con toda la cólera que tenía, en dos cuchilladas le cortó la garra derecha a esa bestia y ésta gruñó de dolor, pero ese ser no se iba a dar por vencido así que nuevamente se acercó a su automóvil, y ayudándose con su cola que parecía ser una víbora al ataque, trataba de alcanzar al maestro Hassín para estrangularlo.

Mientras, con la garra que le quedaba, seguía intentando hacerle daño al padre Saúl. Por desgracia habían perdido la ambulancia en donde llevaban a su amigo.

Como podía, el padre Saúl movía el carro de un lado y del otro para evitar que esa bestia lo alcanzara, al mismo tiempo, intentaba sacar el agua bendita de una de sus bolsas. Por su parte, el maestro Hassín trataba con todas sus fuerzas de desprenderse de esa cola jalándola; le estaba cortando la respiración. Apenas podía pensar, la fuerza de su cola era increíble. Por fortuna, en ese momento el padre Saúl logó sacar el agua bendita y se la roció al demonio quemándole la garra casi por completo. La bestia emitió un gruñido ensordecedor mientras soltaba al maestro Hassín, quien, al verse liberado y en un movimiento rápido, tomó el cuchillo y en un tiro certero logró cortar de tajo gran parte de su cola. La bestia no tuvo más remedio que quitarse del toldo, volando por unos segundos en el aire, para después desaparecer sin dejar algún rastro.

El maestro Hassín y el padre Saúl estaban desfallecidos, se sentían culpables de todo lo que había pasado.

- Padre… ¿qué vamos a hacer?, hemos perdido a don Alberto, que fue un ejemplo para mí y para todos por su gran entereza, y para desgracia de todos, no logró su deseo de terminar con esta horrible pesadilla. No podemos permitir que su muerte sea en vano. Para triunfo de esos seres, se han llevado a nuestro amigo, y nosotros no pudimos hacer nada por evitar que se lo llevaran. Conociendo a esa gente, no sé qué sean capaces de hacerle. Me siento en este momento tan mal, padre, que no sé qué más podamos hacer.

El maestro Hassín tenía razón, después de que los guardias de seguridad detuvieron al doctor Beltrán, dos hombres vestidos de blanco se lo habían llevado a la fuerza, metiéndolo en la ambulancia. Con muchos trabajos lograron ponerle una inyección dominándolo y durmiéndolo por completo para que no siguiera gritando, en realidad eran demonios de Alberto que obedecían sus órdenes al pie de la letra, llevándolo a un psiquiátrico fuera de la ciudad, que muy pocos conocían.

- Hassín, desgraciadamente para nosotros, el enemigo al que nos enfrentamos es el más poderoso de todos. Tú ya has visto varias de sus manifestaciones y de sus transformaciones, como la de este ser alado que estoy seguro llegó del mismo infierno, y todavía nos espera algo mucho peor, demonios que ni en las peores pesadillas podríamos imaginarnos y quizá con otra clase de poderes. Sin estar preparados para ello sería otra lucha infructuosa. Sabía desde que decidí enfrentarlo, que no sería nada fácil, pero jamás me imaginé que esta lucha iba a ser tan dura, y en este momento no tenemos las armas suficientes para defendernos, ni para lograr destruirlos. Por eso, muy a mi pesar, creo que no tenemos más remedio que esperar y recuperar fuerzas para saber qué hacer, esta vez no podemos arriesgarnos sin tener algo o alguien que nos ayude a terminar con Alberto y sus seguidores. Recuerda que el que le ayuda es Rey del Abismo, es el señor de las tinieblas. Créeme Hassín, que en este momento al igual que tú, desearía buscar a esa bestia y matarla con mis propias manos, pero desgraciadamente su poder crece cada día más, y sería inútil intentarlo, por eso tenemos que encontrar ese antídoto que nos ayude a poder destruirlos. Mientras eso pase, le ruego a Dios que proteja al doctor Beltrán y que no le hagan daño. Con mucho cuidado lo buscaremos hasta dar con su paradero y hacer lo que sea por rescatarlo y reivindicar su nombre. Por lo pronto, no podemos regresar ni tú al departamento, ni yo a la parroquia, además, creo que es necesario cambiar nuestra apariencia, no deben saber quiénes somos. Nuestras vidas ya están marcadas, nos hemos convertido en errantes que buscan el secreto para acabar con esos seres de obscuridad, y ten la seguridad de que en nuestro andar nos seguiremos enfrentando a demonios de Alberto que no descansarán hasta destruirnos. Nos hemos convertido desde este momento en los Primeros Señores de la Luz, soldados de Dios, patéticos y sin saber qué hacer en estos momentos, sin armas para enfrentarlos, pero con un destino que tenemos que cumplir.

- No todo está perdido, padre Saúl, recuerde que cuando fuimos a ver a mi madrina a su casa encontramos todo revuelto, indicio de que esos seres del mal estaban buscando algo. Estoy seguro de que mi madrina tenía, no sé... el secreto o la manera de destruir esa bestia y buscará la forma de hacérnoslo saber.

- Tienes razón Hassín, y conociendo el poder de tu madrina no dudo que ella estará con nosotros en esta batalla. Además, estoy seguro de que Dios nos indicará el camino para lograr acabar con esas bestias.

- Padre Saúl, ¿no cree que deberíamos ir a buscar esas... claves a la casa de mi madrina? Antes de que esos seres nos ganen la partida.

- Creo que es una gran idea, pero recuerda que en este momento somos presas fáciles del mal, de esa obscuridad que se extiende cada vez más... y solo esperan que cometamos algún error para destruirnos. Por eso debemos tener mucho cuidado, planear bien cada paso y estar preparados para cuando esa batalla llegue, esto es solo es el inicio. Tengamos fe, Hassín... tengamos fe.

Mientras todo esto sucedía y a pesar de que Beatriz le había prometido a Javier no asistir, ella llegaba al lugar del Congreso sin sospechar siquiera todo lo que había pasado unos minutos antes. Se dirigió a la entrada principal y mostrando su credencial de periodista le dieron el acceso. El lugar se veía caótico, la gente estaba alterada y fuera de sí, algunos estaban fuera de sus asientos y había mucho ruido. Beatriz supo que algo andaba mal y de inmediato buscó al doctor Beltrán, pero al no encontrarlo pudo ver entre todo ese caos a su jefe.

- ¿Dónde está Javier? ¿Qué ha sucedido?

- No sé...empezó a hablar cosas muy extrañas... sin sentido, decía algo sobre demonios y cosas que iban a suceder si no se detenía a un tal Alberto, luego tuvo una crisis nerviosa y se lo llevaron

- ¿A dónde lo llevaron? – preguntó preocupada

- No sé…yo supongo que al hospital porque vino una ambulancia por él.

- ¿Pero a dónde exactamente? ¡Debió usted de haber preguntado!

- Cálmate… cómo puedes ver yo estoy al frente de este Congreso y mi lugar está aquí. Estoy seguro que después sabremos a donde se lo llevaron.

- ¡Pero es que debe estar en peligro! – gritó muy angustiada

- No, no. Lo van a ayudar a salir de esa crisis nerviosa en la que está.

- ¿Y cómo puede estar seguro? ¡Lo sabríamos si usted supiera en dónde está exactamente!

- Ya, ya… cálmate. En estos momentos lo que me urge es calmar todo este alboroto que de hecho, se hizo gracias a Javier.

- Pero, es que, ¿en dónde está? ¡por favor, ayúdeme!

- Lo siento pero en estos momentos no puedo hacer nada.

- Al menos, ¿podría darme su número de celular, doctor? Para saber si sabe algo después… por favor – dijo luego de unos segundos.

- Sí, te lo doy y de verdad… él estará bien. Solo le hace falta estar tranquilo – dijo entre apenado y preocupado. Le dio el número.

- Gracias, doctor – dijo ella y luego se marchó.

Beatriz se quedó pensando en lo que le había dicho Javier acerca de que si le pasaba algo, no debía buscarlo, que por el contrario, localizara al padre Saúl y al maestro Hassín ya que ellos sabrían qué hacer. Ella solo le rogaba a Dios que Javier estuviera bien y que le diera la oportunidad de volverlo a ver sano y salvo, o si estuviera en sus manos poder hacer algo para ayudarlo y tratar de impedir que esa horrible profecía se cumpliera.

PSIQUIÁTRICO

El doctor Beltrán la estaba pasando bastante mal en el psiquiátrico, pero a pesar de todo estaba dispuesto a soportarlo sin ofender a Dios por este tormento que él nunca había pedido. El único pensamiento en su mente era lograr salir de ahí como fuera, y continuar con lo que el destino le había encomendado: destruir a esa Bestia.

Tengo casi tres meses encerrado en este lugar desde el día del Congreso, las primeras semanas me aplicaban sedantes y me sometían a fuertes descargas eléctricas para evitar que intentara hacerles algún daño, o que quisiera escaparme de este horrible lugar. He descubierto que también aquí hay demonios que me vigilan de día y de noche, no sé cuánto tiempo más pueda soportar estar en este lugar sin que pierda la razón. En estos últimos días para evitar que me sigan torturando con esas descargas eléctricas, tuve que aparentar que me había resignado a permanecer en este lugar, volviéndome dócil y obediente… además de fingir cierto desequilibrio, evadiéndome de la realidad. Desde que estoy aquí nadie ha venido a verme, ni mi jefe, ni ninguna otra persona…pienso que es mejor que sea así por bien de todos… yo mismo le pedí a Beatriz que si algo salía mal, se olvidara de mí y tuviera mucho cuidado, porque Alberto podría intentar hacerle algún daño, ojalá y en donde esté se encuentre bien y no intente venir a buscarme. No sé qué pasó con el maestro Hassín, ni con el padre Saúl, le ruego a Dios que estén bien y que los ilumine para que pronto encuentren la forma de destruir a esos demonios, que cada vez son más fuertes. Ojalá que Dios me permita en algún momento de mi vida, nuevamente ayudarlos para lograr detener a Alberto… a ese Lobo con piel de Cordero… a esa bestia al que San Juan llamó en el libro de las Revelaciones, el "Falso Profeta".